乾偉 典藏

二〇〇一年六月廿九日

2001年六月廿五日
澤章典藏

唯識三十頌 導讀

《唯識三十頌》是世親論師的不朽名作，
是研究「唯識」必讀的論著。
此書主要分析心識的種種功能，以及由此功能引發的各種現象，
通過細緻的心理分析與瞭解，
而成為修行生起次第的入門理論。
研讀本論，非常有益修持，且對一切法門皆不生執著。

主　編　談錫永
導讀者　李潤生

6
佛家經論導讀叢書

目錄

第一篇・導讀

第二篇··釋正文……101

卷首語

近年捐資印贈佛經的人多，而能讀佛家經論的人卻少。近年演繹佛學的著作譯作亦多，只是能引導讀者有系統地讀經論的叢書則未見。為此，同人等發願，精選佛家經論若干種，編成叢書出版，小乘大乘，空宗有宗，顯乘密乘，規模略具。

光是選印佛經，即雖精心選註，對今日的讀者恐怕益處亦不大。尤其是一些不能讀經論原文的讀者，他們僅靠讀近人的著述來瞭解經論大義，甚容易僅能得一偏之見，因此，便須要指導他們怎樣去讀經論，令其能親自體會經論的法味。這總比靠間接傳播，所領略者為深刻。此亦猶家廚小炒，終比名廚製作的罐頭好味。

是故「導讀」之作，除註釋或講解經論外，最重要的，還是指出一經一論的主要思想，以及產生這種思想的背景，同時交代其來龍去脈，即其啓發承先的作用。讀者循序而入，便當對佛學發展的脈絡瞭然，亦能體會佛說一經的用意，菩薩演繹一論的用心所在。

《佛家經論導讀叢書》總序

一

讀佛家經論，困難的地方不在於名相，而實在於領略其旨趣。若得其旨，開卷便覺終身受用；若不得其旨，則雖誦經終身，開卷終覺茫然。

經論有不同的旨趣，衍生成不同的宗派，實由於行者根器不同、修持不同之故。印度晚期，將此歸納為四宗部，而修持次第則分為九乘，這已成為藏密寧瑪派的傳統。若根據這傳統來讀經論，在領略經論意旨方面，會容易一些，也能深入一些。

本叢書的編輯，實亦根據此傳統。且依古代論師的善巧方便，先依唯識抉擇部派佛教的經論，再依中觀應成派抉擇唯識，最後，則依了義大中觀（如來藏）抉擇應成派。

所以本叢書可視爲橋梁，由此即能過渡至《寧瑪派叢書》，領略寧瑪派九乘次第的根、道、果意趣。亦即由小乘的止觀修習，依次第而至「大圓滿」的修習，皆須知其根、道、果，然後始可修持。

二

依寧瑪派的觀點，一切經論實爲了修持的見地而建立。也可以說，無論那一次第的修持，都必須以經論作爲見地。這見地，也即是修持的根；其所修持，即便是道；修道的證量，也就是果。

因此，本叢書所收的經論，實爲各修持次第的根。其重要性，亦即在於此。指出這一點，非常重要。近代佛教學者接受了西方的治學方法，喜歡用「發展」這一觀點來處理一個系統的學術，因此便將佛家經論視爲一系列的「思想發展」。然而這樣做，卻實在非常不恰當。

釋尊當日教導弟子，依次第而教，因此開示的理論便亦依次第。但我們卻不能說釋尊於教導「四諦」時不識「十二因緣」；於教導「十二因緣」時不識「唯識」；於教導「唯識」時不識「中觀」；於教導「中觀」時不識「如來藏」。因此，我們不能說這種種學說，實由「發展」而來，而非釋尊的次第說法。

是故各種不同的佛家見地，只有傳播的先後差別，而非由一個思想，發展成另一個思想。也可以這樣說，只能有「佛家思想傳播」的歷史，絕對不可能有「佛家思想發展」的歷史。若說「發展」，有墮爲謗佛的危險。

由是讀者須知，佛家經論實爲由上向下的建立，而非由下向上的發展。

由上向下建立理論，是爲了實修的需要。我們喜歡說證空性，但如何去證空性呢？那就非依次第修持不可，那就需要由上向下建立各次第的根。

指出各次第的根，其旨趣何在，即是編輯這套叢書的基本觀點。

三

理解佛家經論，必須由實際修持着眼。若離修持去理解，則必生疑惑。以《入楞伽經》爲例。倘離實修，則會覺得其不純，既非純說「唯識」如《解深密經》等，亦非純說「如來藏」如《如來藏經》等。筆者當年即持此疑，向敦珠法王無畏智金剛尊者請開示。法王只答一句：「《楞伽》說菩薩的心識，但菩薩亦由凡夫起修，是故便亦說凡夫的心識。」筆者即因法王這一句開示，才得叩開「如來藏」的大門，建立「了義大中觀」見。

蓋佛家一切法門，無非只是心理改造，由凡夫改造爲聖者，即是法門建立的目的。是故釋迦說「四諦」時，亦說「四諦十六行相」。所謂「行相」，便即是心的行相，也即是心理狀態。凡夫若不知自己在修持時的心理狀態如何變化，實不能稱爲修持。

《楞伽》說「如來藏藏識」，即是「聖凡心理狀態」的分析。那實在是爲實修作指導，而非建立一種思想。如是理解，即知《楞伽》並非不純。同時亦可明白，當年達摩尊者何以只傳「四卷楞伽」以印心。「印心」者，即是洞悉自己的心理狀態變化，那就是修持。

舉此一例，即知經論不是純理論的建立。本叢書的編輯，即以實際修持為着眼點，期望能因此而令讀者知道經論並非知識。若視之為知識，則釋尊已說之為「說食不飽」。

四

西元一九九二年，唯識大師羅時憲教授在香港，筆者在夏威夷，遙隔萬里，志趣一如，因有編纂本叢書之意念。經論多由羅公選定，導讀者亦由羅公圈定，羅公並委筆者為主編。於西元一九九三年中筆者返香港，籌集資金，編輯出版，終能於羅公往生前，完成叢書三冊，而整套叢書則於一九九七年中殺青。前後經營四年，總算未負羅公之所託。

然而當日限於客觀條件，叢書的內容及版式均未如理想，且編排次第參差，實爲憾事。今既出修訂版，則內容版式及次第均有所修改，此實爲全佛文化事業有限公司助成之功德。羅公於彌勒座前，當歡喜讚嘆。

乃爲之頌曰——

文字原非障　實為修道根
所修亦不執　次第斷毒塵
是故佛所證　喻為金剛心
頂禮諸聖衆　灑我以甘霖

西元一九九八年農曆四月於圖麟都

談錫永

別序

「唯識」是大乘佛學的一支，與「般若」並立，成爲大乘佛學的雙足。

大概來說，「般若」思想傳播於西元前後，最早的《般若》經典於西元紀元前已開始出現，至西元二世紀頃，由龍樹論師將之推上高峰。

大致與此同時，「如來藏」思想亦從屬於「般若」而出現。依西藏密宗寧瑪派的說法（這亦是印度晚期論師的說法），密法修行於西元前已經存在。密乘「大圓滿」法系的祖師是維摩詰（Vimalakirti異譯：毘摩羅詰，意譯：無垢稱、淨名），他是與釋尊同時的人。然而當時因爲學佛者的根器尙未能適應密法，所以持密的行人只秘密修法，此即所謂「不可思議法門」。在《般若》系列經典中，有一位很活躍的文殊師利菩薩（Manjusri，意譯：妙吉祥），所弘揚的即是此一法門，是故密乘亦將文殊師利看成是專弘密法的菩薩。開始公開「大圓滿」法門的祖師，是俱生喜金剛（Prahevajra，藏稱Garab Dorje），他出生於西元五十五年，由此可見密法弘揚之早。漢土學者以為無上密乘至西元七世紀才出現，此說法實應重新刊定。

「大圓滿」法的根（見地，觀點），即是「如來藏」，關於這點，詳見於本叢書《四法寶鬘》導讀。至於「如來藏」思想的弘揚過程，則於本叢書《楞伽經》導讀中亦已有介紹。

「如來藏」思想本無異於「般若」，依照寧瑪派的說法，般若中觀所說的仍未為了義（究竟的真理），唯說「如來藏」始為了義，因此便亦稱之為「大中觀」（了義大中觀），亦即為最深義、最真實究竟的中觀。

至《楞伽經》編集，「如來藏」思想已弘播至最高峰——卻不是發展至最高峰，因為修「大圓滿」的人早已具有《楞伽經》的見地，如《維摩經》中的見地，以及俱生喜金剛所造的大圓滿偈頌中的見地。然而先由低層次說法，最後才說到高層次的深法，是故便只能說是弘播的過程，而不能說為發展的過程。

在《楞伽經》中，開始提到一些後來發展「唯識」的思想。如說「如來藏藏識」，此中的「藏識」便即是阿賴耶識（第八識），同時又提到許多與人類心理有關的概念，因此可以說，《楞伽經》實在是「唯識」的先導。於「導讀」中，對這點將有說明。

因此我們可以這樣說：如果「般若」但有龍樹的「緣起」，未必能發展出「唯識」，正因爲「般若」中同時有「如來藏」思想，因此才把「唯識」催生出來。

藏密寧瑪派不把「如來藏」和「藏識」看成是事物，是故根本便無須討論其本體（本質、自性）。當我們的心識未受污染時，此「法爾」的心識（本來就有、自然而然的心識），姑名之爲「如來藏」；心識一旦受到污染，便名之爲「藏識」（阿賴耶識）。所以，「如來藏」與「藏識」，只是心識的兩種相狀，亦可以說是心識所起的兩種功能。約兩種相狀功能以名心識，則可稱之爲「如來藏藏識」。

即是說，「如來藏藏識」無非只是心識的別名，它才是一種事物，而「如來藏」與「藏識」則非事物。

為甚麼要討論到「藏識」呢？

因為光知道心識的「如來藏」狀態，對實際修行實無益處。心識未受污染或不受污染，即是成佛的境界，可是，我們生下來吸第一口空氣，立即便有「自我」的執着，甚至在母胎時已有「自我」的建立，由是即有貪、瞋、癡等煩惱污染，既已污染，心識已成「藏識」的相狀，那我們又怎麼辨呢？

為此，「唯識」便專門分析心識的種種功能，以及由此功能所引發的種種現象，也可以說，基本上即是細緻的心理分析。通過心理分析，使修行人認識到自己的一切心理作用，並且知道客觀世界所呈現的萬象，無非都由人類共同的心理作用所建立（是故犬類建立的客觀世界，便不同於人類的建立），這樣既可以對「空性」有所瞭解，亦可以對客觀現象與主觀心識有所瞭解。能瞭解自己的心理本質與功能，及其引發的現象，就可以針對着自己的內心來修行。因此，唯識家所說的「轉識成智」，無非只是心理改造。

「如來藏」思想引發「唯識」，即是由理論進入實修，而「唯識」則是實修的理論。藏密無上密乘，將「唯識」視為生起次第的入門理論，原因即在於此。

本論爲研習「唯識」必讀的論著。論中有一頌，說明「唯識性」，頌云——

此諸法勝義　亦即是眞如
常如其性故　即唯識實性

讀者對此頌應加留意，一切心理狀態以及其功能的「勝義」，即是「眞如」，言「勝義」即是說其究竟，此乃就相與用而約其本體，這樣一來，「唯識性」便與「如來藏藏識」相通了。能把握着這觀點來研讀本論，則對「般若」、「如來藏」、「唯識」三者，自能融會，而不視之爲佛家的對立理論。同時亦不會將三種思想的傳播，視爲佛家思想的「發展」。

質實而言，這三系佛家思想且爲一貫，「般若」說空邊，「唯識」說有邊，能知兩邊始能離兩邊，由是始能了知非空非有的「如來藏」。也正因此，寧瑪派的教法便亦由「有邊」起修，然後修「空」，再作離空有二邊的修習。所謂「即身成佛」，便即是「如來藏」的實證。

若能如是研讀本論，則當有益於修持，且能對一切法門皆不生執着。此則可參考《現觀莊嚴論》中所說的四種加行道。

西元一九九八年歲次戊寅四月定稿

談錫永

自序

印度佛家哲學，就顯教言，不過空有兩宗。「空宗」者，當以「般若中觀」爲代表；「有宗」者，當以「法相唯識」爲代表。《唯識三十頌》便是「有宗」的基本要典。

我入「唯識」之門，固然有賴業師羅時憲先生的啓迪，但過程也有些轉折。一九五七年在教學實習中，初次接觸《金剛般若波羅蜜經》，便給「明廣大心」那一段文字所感動；所謂：「所有一切衆生之類，若卵生、若胎生、若濕生、若化生、若有色、若無色、若有想、若無想、若非有想非無想，我皆令入無餘涅槃而滅度之。如是滅度無量、無數、無邊衆生，實無衆生得滅度者。何以故？須菩提，若菩薩有我相、人相、衆生相、壽者相，即非菩薩。」從此我領會到佛家境界之高、悲願之大、胸襟之廣，在我所接觸的思想體系中，實無一宗一派能夠與之倫比。可是那時的我，只能陶醉在那種「廣大心」、「最勝心」、「至極心」、「無顚倒心」的意言境中，而實在無法瞭解佛家哲學的歷史背景與整個思想體系。

如是者亦有年，我還找不到入佛的門徑。其間雖然也曾閱讀過一些入門作品，像張澄基的《佛學四講》，最能引人入勝；也曾參加過一些經會，像中華佛教圖書館所辦倓虛法師的「楞嚴講座」，給我的印象最深。然而，究竟佛教何來？如何發展？宇宙、人生何來？如何才是歸趣？如何尋找？如何進入？如何證得？如何評價？這樣一連串的問題，「上窮碧落下黃泉」，在缺乏名師啓導的情況下，始終無法獲得答案。

一九五九年，我進聯合書院（夜校部）進修中國文史，聽羅時憲老師《中國哲學史》的課，對《周易》產生濃厚興趣。老師因勢利導，教我閱讀熊十力先生的《讀經示要》，因而得以接觸熊先生的「易學」。由是開始涉獵馮友蘭、梁漱溟、錢穆、唐君毅等現代名家的思想著作，對佛家唯識理論卻無緣接觸。一九六一年轉到珠海書院（日校）進修，隨陳湛銓老師習《易經》，隨嚴靈峰老師習《老子》，此外則自修《中庸》、《論語》。當時沈醉於中國哲學，在《大專》雜誌上，發表了一些文章，把迷惑了多年的佛學，拋諸腦後。幸好，過不了多久，聯合同學豁晦、綺年帶給我喜訊，說羅時憲老師講經說法；我便在課餘之暇前往參聽，因此得以明瞭《解深密經分別瑜伽品》、《佛經選要》、《金剛經》、《心經》、《因明入正理論》等空、有二宗的不少基本要籍。自己也讀了一些中、印佛教史，然後對佛教的思想面目，才能鈎畫出一個簡單的輪廓。

一九六三年，我進新亞研究所，親炙錢穆、潘重規、牟潤孫、謝幼偉、唐君毅等文、史、哲的大家。可是我的佛學研究，仍要仰賴羅老師的教誨和指引。那時我才開始有系統地研習唯識。唐君毅老師贈我「唯識三論」和日人井上玄眞的《唯識論講話》，囑我讀呂澂先生的《佛教研究法》，以及蔣維喬、黃懺華、湯用彤、梁漱溟等有關佛家教史、教理的著作。羅老師告訴我研究唯識當從窺基《述記》入手。於是我把《唯識三十頌》、《成唯識論》、《唯識述記》對讀，依《述記》造科判，造箚記，我又恐怕自己的理解有所偏差，未能達到「好而知其惡，惡而知其美」的平衡，因而無法深入觀察唯識的全面；因此羅老師教我讀援佛入儒、抨擊佛教最爲得力的熊十力先生的著作；於是又把《新唯識論》、《原儒》、《佛家名相通釋》與窺基《述記》一起披讀。如是者經年，我終於對唯識的思想體系獲得較明確的掌握。一九六六年，我完成了《唯識種子學說研究》那篇畢業論文（初由唐君毅老師指導，後唐老師因眼疾到外國就醫，改由謝幼偉老師指導，而羅時憲老師則任校外審查委員），以優等成績獲得通過。這是我對唯識研究的初步成果，也是各位老師對我的愛護、啓發、教誨、指引的一點小小的回報。

一九七六年，羅時憲老師撰《成唯識論述記刪注》，集唯識注疏的大成，計劃出書十冊。每冊文稿初就，囑姚繼華先生校對原典。囑我披讀，就其淺深、繁簡、得失提出意見，然後酌情增刪資補，然後刊定印行。還不嫌我陋鄙，於第一冊出版時，囑我爲之作序。老師對我的鼓勵護念如此。可惜至今只能有四冊付梓面世，未全竟功。

當我發表論文，出版著作，羅老師必定先覩爲快。閱讀後，必給我評價，指示得失優劣，提出改善建議，然後替我推介。慚愧的是：我的著述中，除《佛家業論辨析》外，多屬「因明」、「量論」之作，鮮有及於「唯識」；但老師對我的喜悅，如常無異。

自八十年代中葉，羅老師常往還加港兩地。每當老師離港，則能仁研究所的課，例必囑我別開講題，接續講授；然我所開的課，如《陳那量論》、《法稱量論》、《因明入正理論研究》、《肇論研究》等，都未能與「唯識」產生直接關係，有負老師的苦心。

去秋羅老師因病返港，見我適從教育學院提早退休，囑我接替多間院校教席。由於各院的要求，我在新亞研究所、新亞文商書院、法住文化學院等，都講唯識，雖然淺深有別，而其旨趣無異。我因便整理講義，都二十萬言，成《唯識三十頌導讀》一書，統攝唯識學派有關境、行、果的要義，固可作唯識研究的初階，亦可作佛家思想探索的基石。無奈，書未成而老師即已往生。悲痛之中曾一度擱筆，惟念老師對我的護念和付囑，只好黽勉精進。終於不負厚望，全書賴以完成。可惜此書出版，得不到老師作爲我的第一位讀者，得不到老師給我的教正，給我推介，更得不到老師給我鼓勵和帶有愜心的歡顏。如今只可寄望此書，足以啓發讀者的正見，對佛法都能得到正解，從而發心、修行、證果。那麼，就可以在每位讀者的心中，重現羅時憲老師對我的喜悅與微笑。

一九九四年三月五日　香港山齋

李潤生

唯識論分科全圖

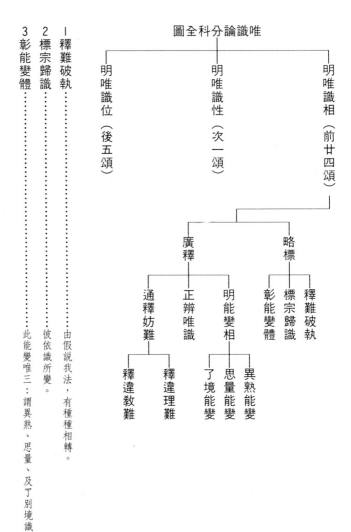

- 明唯識相（前廿四頌）
  - 略標
    - 釋難破執
    - 標宗歸識
    - 彰能變體
  - 廣釋
    - 明能變相
      - 異熟能變
      - 思量能變
      - 了境能變
    - 正辨唯識
    - 通釋妨難
      - 釋違理難
      - 釋違教難
- 明唯識性（次一頌）
- 明唯識位（後五頌）

1 釋難破執……由假說我法，有種種相轉。

2 標宗歸識……彼依識所變。

3 彰能變體……此能變唯三：謂異熟、思量、及了別境識。

4 異熟能變

- 三相門……初阿賴耶識，異熟，一切種。
- 所緣行相門……不可知執受、處、了。
- 心所相應門……常與觸、作意、受、想、思相應。
- 五受相應門……唯捨受。
- 三性分別門……是無覆無記。
- 心所例同門……觸等亦如是。
- 因果譬喻門……恆轉如暴流。
- 伏斷位次門……阿羅漢位捨。

5 思量能變

- 舉體出名門……次第二能變，是識名末那。
- 所依門……依彼轉。
- 所緣門……緣彼。
- 體性行相門……思量爲性相。
- 心所相應門……四煩惱常俱，謂我癡、我見、並我慢、我愛、及餘觸等俱。
- 三性分別門……有覆無記攝。
- 界繫分別門……隨所生所繫。
- 起滅分位門……阿羅漢滅定，出世道無有。

6 了境能變

- 能變差別門……次第三能變，差別有六種。
- 自性行相門……了境爲性相。
- 三性分別門……善不善俱非。
- 相應俱受門
  - 列六位名……此心所遍行、別境、善、煩惱、隨煩惱、不定。
  - 受俱分別……皆三受相應。
  - 重明六位
    - 遍行……初遍行觸等。
    - 別境……次別境謂欲、勝解、念、定、慧，所緣事不同。
    - 善……善謂信、慚、愧、無貪等三根、勤、安、不放逸、行捨及不害。
    - 煩惱……煩惱謂貪、瞋、癡、慢、疑、惡見。
    - 隨惑……隨煩惱謂忿、恨、覆、惱、嫉、慳、誑、諂、與害、憍；無慚，及無愧；掉舉與惛沈、不信並懈怠、放逸及失念、散亂、不正知。
    - 不定……不定謂悔、眠、尋、伺，二各一。
- 所依門……依止根本識。
- 俱不俱轉門……五識隨緣現，或俱或不俱，如濤波依水。
- 起滅分位門……意識常現起，除生無想天，及無心二定，睡眠與悶絕。

7 正辨唯識……是諸識轉變，分別所分別，由此彼皆無，故一切唯識。

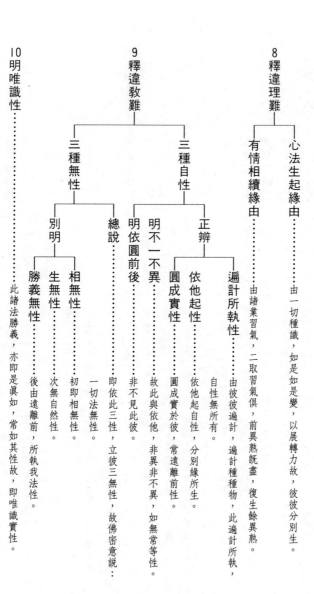

- 8 釋違理難
  - 心法生起緣由……由一切種識，如是如是變，以展轉力故，彼彼分別生。
  - 有情相續緣由……由諸業習氣，二取習氣俱，前異熟既盡，復生餘異熟。
- 9 釋違教難
  - 三種自性
    - 正辨
      - 遍計所執性……由彼彼遍計，遍計種種物，此遍計所執，自性無所有。
      - 依他起性……依他起自性，分別緣所生。
      - 圓成實性……圓成實於彼，常遠離前性。
    - 明不一不異……故此與依他，非異非不異，如無常等性。
    - 明依圓前後……非不見此彼。
  - 三種無性
    - 總說……即依此三性，立彼三無性，故佛密意說：一切法無性。
    - 別明
      - 相無性……初即相無性。
      - 生無性……次無自然性。
      - 勝義無性……後由遠離前，所執我法性。
- 10 明唯識性……此諸法勝義，亦即是眞如，常如其性故，即唯識實性。

二明唯識位

- 資糧位……乃至未起識，求住唯識性，於二取隨眠，猶未能伏滅。
- 加行位……現前立少物，謂是唯識性，以有所得故，非實住唯識。
- 通達位……若時於所緣，智都無所得，爾時住唯識，離二取相故。
- 修習位……無得不思議，是出世間智，捨二粗重故，便證得轉依。
- 究竟位……此即無漏界，不思議善常，安樂解脱身，大牟尼名法。

第一篇

導讀

第一章 引論

第一節 作者與譯者

一、作者

《唯識三十頌》（Trimsika Vijnaptikarika ）的作者是世親（Vasubandhu），也有翻作天親的①。他的確實年代，東西方學者還未達至共識。呂澂先生在他所撰《印度佛學源流略講》一書中假定他是公元第五世紀的人②，因爲世親跟他的兄長無著（Asanga）同屬笈多（Gupta）王朝（公元三二〇年至五〇〇年）後半期的人；無著大約生存於公元四〇〇年至四七〇年，而世親則生存於公元四二〇年至五〇〇年③。

有關世親的生平事蹟，漢文資料有眞諦所譯（作者不詳）的《婆藪槃豆法師傳》。（按：「婆藪槃豆」即Vasubandhu的音譯；「婆藪」爲天，指毘瑟紐天（Visnu）、「槃豆」爲親，是宗親義。古人常有向天求子、子以天名的習俗。又依普光《俱舍論記》所載，印度有天，俗號世親，世人親近供養；譯爲「天親」，實謬。）此外還有玄奘所撰的《大唐西域記》中的卷四、卷五，慧立撰的《大慈恩寺三藏法師傳》卷二、卷三；藏文資料主要有布頓（Buston）的《佛教史大寶藏論》（按：亦簡稱爲《布頓佛教史》④）和多羅那他的《印度佛教史》（按：簡稱《多氏佛教史》⑤）。此等資料記載了不少神話和傳說，彼此有共通的地方，也有分歧的地方。下文則取其共通的及較少神秘色彩的資料，加以綜合的整理。

世親是北印度健馱羅國（Gandhara）富婁沙富羅（Purusapura，意譯爲「丈夫城」，在今Peshawar地方）的人。他屬婆羅門種姓（僧侶階級），是國師憍尸迦（Kausika）的次子。兄長是當時瑜伽學派（Yogacara）始創者無著（Asanga）論師⑥。兄弟二人早期都從說一切有部（Sarvāstivādin）出家。不過無著在有部出家不久，便轉而皈依大乘，弘揚彌勒（Maitreya）的瑜伽之學。世親在有部受持三藏，博學多聞，神力俊朗，無可爲儔，戒行清高，難以相匹。

據說世親論師在阿緰闍國（Ayodhya，亦翻作「阿瑜陀」），師事佛陀蜜多羅（Buddhamitra，意譯爲「覺親」）。那時有外道頻闍訶婆娑，亦名自在黑（Isvarakrsna），精研數論派（Samkhya）的義理，著《僧佉論》（Samkhyakarika），即《數論七十論》，亦名《金七十論》⑦，來阿緰闍國，見國王祕柯羅秩多（Vikramaditya，即「超日王」），請求與佛教徒對辯，若墮負，當斬頭相謝，佛教徒亦當如是。

時世親論師與其他諸大法師，悉往他國，唯有世親的老師佛陀蜜多羅在。他雖有很深的解悟，但年已老邁，神情昧弱，辯說羸微，於廣集大衆之中，辭屈見敗。外道因佛陀蜜多羅跟他同出婆羅門種姓，所以沒有斬下他的頭顱，只鞭撻其背，以顯示自己的勝利。超日王賞了他三洛沙⑧的黃金而去。後世親論師回國，得聞其事，亟欲替老師一雪恥辱，無奈外道已死，對辯無從，在憤懣之餘，造了《七十眞實論》，大破外道的《僧佉論》，使它首尾瓦解，無一句得立。

世親雖在說一切有部出家，但他的深邃阿毘達磨（Abhidharma，意譯爲「對法」）知識究竟是從那裏學來的，卻有種種的不同說法⑨。據說有部自從在迦膩色迦王（Kaniska）時代（約公元二世紀）編纂了《阿毘達磨大毗婆沙論》（Abhidharmamahavibhasa）以後，便刻石立表，嚴格規定：爲了防止大乘及其他部派對有部正法的污壞，不許《阿毘達磨大毗婆沙論》、《發智論》（Jnanaprasthana）等著作流出國外，如要學習阿毘達磨，唯有到迦濕彌羅（Kasmira，漢文舊譯爲「罽賓」，是有部的根據地）去，而且學得阿毘達磨後也不得出國。

因此，阿緰闍國有一位名叫婆娑須拔陀羅（Bhasasubhadra）的法師，爲了學習毘婆沙的義理，所以佯狂偷到迦濕彌羅去，常常雜在大衆中聽法，威儀乖失，言笑舛異；衆人輕之，聞不齒錄。經過十二年，聽聞毘婆沙數遍，文義已熟，悉能誦持在心，再佯狂瞞過守護者的檢問，潛回本國。還至本土，大事宣揚毘婆沙的義理，由此而世親在阿緰闍國，也能精通毘婆沙，乃至十八部的各別論典（其中自然包括經量部——Sautrantika——的義理）、各部不同的經典和戒律、外道六師的所有學說及一切辯論技巧。

世親論師既已通達有部毘婆沙義，便爲衆人講說，日造一頌，以賅攝一天所說義理，如是次第造六百餘頌，盡攝毘婆沙要義，而無人能破，這便是《阿毘達磨俱舍論》（Abhidharmakosa）的本頌。《俱舍論本頌》完成後，世親把它寄與迦濕彌羅諸毘婆沙師，他們讀了大爲歡喜，以爲世親把有部的正法廣爲弘揚；但本頌偈語玄深不能盡解，於是籌集黃金百斤，餉世親，請作長行，解此偈義。

世親論師如其所請，立說一切有部義，但於有缺點的地方，便以經量部義破之，不贊同處，則用「傳」、「許」等字眼來加顯示，正名爲《阿毘達磨俱舍論》，所謂「俱舍」（Kosa），是「篋藏」義，以表本論是涵攝《發智》、《六足》、及《大毘婆沙》諸論要義而成的。論成，寄與迦濕彌羅諸師，彼見所執義壞，各生憂苦⑩。

時阿緰闍國超日王命太子婆羅袟底也（Baladitya，後即位爲新日王），從世親受戒，王妃亦出家爲弟子。後太子登上王位，母子共請世親留住阿緰闍國，以事供養。

那時候，世親論師既遍通十八部義，妙解小乘義理，但卻不信大乘，認爲大乘非佛所說。他的兄長無著論師，住在丈夫城，既喜見其弟世親聰敏過人，識解深廣，賅通內外典籍，但又恐其造論破壞大乘，因遣使往阿緰闍國，告以病篤。世親便即隨使返丈夫城，與兄相見，諮問病源。無著答道：「我今心有重病，由汝而生。汝不信大乘，常生毀謗，以此惡業，必永淪惡道。我今愁苦，命將不全。」世親聽了，深爲驚懼，即請長兄爲解說大乘。無著爲他略說大乘要義，世親聰穎，即時悟知大乘學理過於小乘。於是遍學大乘義，深深體驗到小乘爲失，大乘爲得，若無大乘則無三乘道果；憶昔毀謗大乘，不生信樂，深自咎責，懺悔先過，欲以割舌謝罪。無著勸止，說道：「汝設割千舌，亦不能滅此罪。汝舌能毀謗大乘，也能善用此舌以解說大乘。」世親承教，自此廣造大乘諸論，解釋大乘經教⑪。

前時世親論師造《阿毘達磨俱舍論》，傳到迦濕彌羅，諸毘婆沙師大為驚憤。那裏有論師名為衆賢（Samghabhadra），聰慧機敏，博達多聞，從少便得到人們的讚譽。他對有部《毘婆沙論》有精闢深入的研究。當他讀了世親的《俱舍論》後，決心加以研尋，另造他論予以破斥，救毘婆沙義。於是苦心孤詣，認眞鑽研，經過十二年的努力，完成了二萬五千頌的《俱舍雹論》，可說言深致遠，窮幽洞微。對門人說：「以我逸才，持我正論，逐斥世親，挫其鋒，無令老叟獨擅先名！」於是帶了三四名俊彥學徒，持所著《雹論》，找世親面共議決。當時世親正在磔伽國（Takka）的奢羯羅城（Sagala），聽聞消息，立即整裝他往，不與對辯。

如是多時，衆賢無法如願；一天，他忽然感覺氣力衰竭，自知不久人世，於是修書謝世親說言：「如來寂滅，弟子部執，傳其宗學，各擅專門，黨同道，疾異部。愚以寡昧，猥承傳習，覽所製《阿毘達磨俱舍論》，破毘婆沙師大義；輒不量力，沈究彌年，作為此論（按：指《俱舍雹論》），扶正宗學。智小謀大，死其將至，菩薩宣揚微言，抑揚至理，不毀所執，得存遺文，斯爲幸矣，死何悔哉！」衆賢歿後，門人奉書，至世親所。

世親覽書閱論，沈吟良久，對門人說：「衆賢論師，聰敏後進，理雖不足，辭乃有餘。我今欲破衆賢之論，若指諸掌，顧以垂終之託，重其知難之辭，苟緣大義，存其宿志。況乎此論，發明我宗（按：指有部毘婆沙的宗義）！」遂將衆賢的《俱舍雹論》改名爲《順正理論》⑫，使它與衆賢的另一著作《阿毘達磨顯宗論》（Abhidharma(Pitaka) prakaranasasastra）得以流傳下來。

世親論師有「千部論主」的美譽。凡他所造的論著，無不文義精妙，有見聞者，靡不信求，所以天竺及周圍學大小乘的人，都以世親所造爲學本，而異部及外道論師聞世親名，莫不畏伏。世親年屆八十，才於阿緰闍國，捨命壽終。在修行上，他雖蹟居凡地，還未見道而成聖者，但他的思想理論，已臻於難以思議的境界⑬。世親論師有豐富的著作，以漢譯流傳的名著，可分四大範疇加以撮要地臚列如下：

(一)小乘著述：不少著作都已散佚，影響最大而現存的是《阿毘達磨俱舍論》。

(二)釋大乘經：《金剛般若波羅蜜經論》

《十地經論》

《妙法蓮華經優波提舍》

《無量壽經優波提舍》

《寶髻經四法優波提舍》

《涅槃經論》

《文殊師利問菩提經論》

《勝思惟梵天所問經論》

《轉法輪經優波提舍》

(三)釋大乘論：《辨中邊論》（彌勒造頌）

《攝大乘論釋》（無著造論）

《六門教授習定論》（無著造頌）

(四)專論著作：《唯識二十論》
《唯識三十頌》
《大乘成業論》
《佛性論》
《止觀門論頌》
《大乘五蘊頌》
《大乘百法明門論》
《如實論》
《發菩提心論》

二、譯者

《唯識三十頌》的漢文譯者是唐・玄奘三藏法師，其詳可見拙著《因明入正理論導讀》的第一篇、第二章〈本論的作者與譯者〉中所載文字。現只簡述其重點如下：

玄奘俗姓陳，陳留人（今河南開封）。隋開皇二十年（公元六〇〇年）生，卒於唐麟德元年（公元六六四年）。玄奘自幼聰悟，從父潛心儒學；年十三在洛陽出家，習《攝大乘論》，年十九至二十八，往還於長安、川蜀之間，學《俱舍》、《發智》、《成實》諸論，再重習《攝大乘論》，深感「偏謁衆師，備餐其說，詳考其義，各擅宗途，驗之聖典，亦隱顯有異，莫知適從」。於是決心遊學印度，以解所惑，並取《瑜伽師地論》，以釋衆疑。於是在貞觀三年（公元六二九年）踏上西遊的征途。

抵印度摩揭陀國（Magadha）的那爛陀寺（Nalanda Monastery），師事戒賢論師（Silabhadra），先後學習《瑜伽師地論》、《顯揚聖教論》、《中論》、《百論》等瑜伽及中觀學派的要典，以及因明及部派的著作。如是前後五年。然後外遊諸國，隨習大小乘、因明、聲明，乃至外道要籍。返回那爛陀寺，講授《攝大乘論》。著《會中論》凡三千頌，以調和空、有二宗的評論。造《制惡見論》一千六百頌，降伏正量論師毀謗大乘的異說。行將返國，獲戒日王（Harsavardhana）的禮遇，在曲女城（Kanyakubja，在今之

Kanauji）舉辦十八日無遮大會，公佈《制惡見論》而無能破之者。

玄奘於貞觀十九年（公元六四五年）齎經像凡六百五十七部返抵長安。在弘福寺、玉華宮及慈恩寺先後翻出大小二乘、空有二宗、內外諸經典七十五部，都一千三百三十五卷。其中於貞觀二十三年（公元六四九年）翻譯出世親論師的《唯識三十頌》，繼續與高弟窺基法師，揉合十家註釋，於顯慶四年（公元六五九年），完成《成唯識論》，建立唯識宗於中土。茲將瑜伽學派的傳承至玄奘表列於後：

彌勒—無著—世親—┬—安慧（或云難陀）—勝軍—┐
　　　　　　　　　└—陳那—護法—戒賢——————┴—玄奘

可見玄奘實爲無著、世親、陳那、護法的瑜伽學派的嫡傳學者，故所譯出的《唯識三十頌》，當比陳・眞諦所翻的《轉識論》爲準確⑭。

玄奘法師於龍朔三年（公元六六三年）完成了六百卷的《大般若經》的翻譯後，氣力漸感不繼，於麟德元年（公元六六四年）卒於長安玉華宮。

註釋

①Vasubandhu一名，唐代以前，如鳩摩羅什和眞諦，譯爲「天親」，唐代以來，如玄奘和義淨，則譯作「世親」。（按：羅什所譯，是否爲世親的作品可疑。）

②《呂澂佛學論著選集》卷四、頁二一九八至二一九九，齊魯書社版。

③依玄奘的《大唐西域記》及唐人註疏的傳說，無著生於佛滅後九百年，而眞諦一系所說則生於佛滅後一千一百年。不過佛滅年代計算各異，算起來也近於第五世紀。見呂澂先生所著的《印度佛學源流略講》，見註②。又按Ashok Kumar Chatterjee所著The Yogacara Idealism一書，則認爲世親是公元四世紀的人，他是依N. Peri所著的A propos de la date de Vasubandhu（BEFEO,XI,1911）一文而釐訂的。在註文中，他還引述其他的推算，如J. Takakusu（高楠順次郎）早期推測世親年代是公元四二〇年至五〇〇年（JRAS, 1905），後期又把年代加以推前（JRAS, 1914），又如Wogihara（荻原雲來）在其著Bodhisattvabhumi（《菩薩地》）中認爲世親年代是公元三九〇年至四七〇年，而無著是公元三七五年至五〇〇年（按：荻原雲來把無著卒年反置於世親之後，這不是沒有依據的。如玄奘的《

大唐西域記》卷五，有關「阿踰陀國」中，記無著在佛去世千年誕生，其弟世親先他而死，死後生覩史多天，即兜率天，化爲仙人，乘虛下降，進庭向他敬禮。所以把世親的年代，推算得後無著而生、早無著而死的結論），但在一九二一年，Wogihara（荻原雲來）又把世親推斷爲公元四二〇年至五〇〇年，又H. Ui在Lanman Studies一書中，推定彌勒（Maitreya）的年代是公元二七〇年至三五〇年，無著是公元三一〇年至三九〇年，而世親則是公元三二〇年至四〇〇年。（可見彼此未能達成一致意見，而差距約在一百年之間）其詳見The Yogacara Idealism，頁三十六。

④布頓（Buston，公元一二九〇年至一三二二年），生於元代的西藏著名的史學家，所著的《布頓佛教史》，深得世界佛學界的推崇。漢文本由郭和卿譯出，於一九八六年由民族出版社出版。

⑤多羅那他（Taranatha，公元一五七五年至一六三四年），生於明代的西藏佛教學者，所著的《印度佛教史》，也是世界的權威著作，漢文本由張建木譯出，於一九八八年由四川民族出版社出版。

⑥據眞諦譯《婆藪槃豆法師傳》及玄奘著《大唐西域記》所載，憍尸迦共有三子，長子是無

著、次子是世親、三子是師子覺。分別見於《大正藏》卷五十、頁一八八及卷五一、頁八九六。

但據布頓的《佛教史大寶藏論》所載，則無著與世親是同母異父的兄弟，而並沒有提及三弟師子覺的事蹟（多羅那他的《印度佛教史》從之）。藏文記載當時有女婆羅門名「明戒」（多氏載那女子名鉢羅迦沙尸羅，梵文作Prakasasila）與王族男子生無著論師，後又與婆羅門男子結合而生世親論師。分別見於《布頓佛教史》頁一三四至五，《多氏佛教史》頁一二一及一二八。

⑦陳眞諦法師有《金七十論》的漢譯，收於《大正藏》卷五四。

⑧洛沙（laksa），即十萬的數詞。「三洛沙金」即三十萬的金子；這裏省略了量詞，不知確實數量，唯表示很多黃金而已。

⑨玄奘弟子普光撰《俱舍論記》，說世親論師「潛名數載，討廣說之教源」（按：意謂世親改名換姓，潛到迦濕彌羅，偷學《阿毘達磨大毘婆沙論》）。見《大正藏》卷四一、頁一。又唐・法寶撰《俱舍論疏》，說世親先於有部出家，後學經量部，於有部義時懷取捨，更欲往迦濕彌羅國研檄有部，考定是非；恐彼諸師情懷忌憚，遂改本名，潛往尋究，時經

四載，有部三藏文義無遺，數以經量部異義難破有宗。時有羅漢，名塞逮陀。唐言悟入，怪其神異，遂入定觀，知是世親，密告之曰：此部衆中，有未離欲者，恐當致害，請速還本國。因即還歸，製《俱舍論》。見《大正藏》卷四一、頁四五七至四五八。但呂澂先生則認為這傳說是爲了抬高《俱舍論》的聲譽，藉此取代《婆沙》地位而作的，故不可信，見呂撰《印度佛學源流略講》第四章，收錄於《呂澂佛學論著選集》第四輯，頁二一一九至二一二〇。西藏的《布頓佛教史》及《多氏佛教史》也略載世親往迦濕彌羅學《毘婆沙》事，但說師事衆賢（Samghabhadra），此與漢典大有出入。又漢典有關世親生平較早的資料是陳．眞諦所出的《婆藪槃豆法師傳》，傳中所記潛往偷學《毘婆沙》的不是世親，而是婆娑須拔陀羅。見《大正藏》卷五十、頁一八九。

⑩有關世親撰著《俱舍論》的經過，法寶在《俱舍論疏》卷一中，有這樣的一段傳說：世親因（悟入論師的勸告而）即歸還（阿綸闍國），製此（俱舍）論頌。使人齎往迦濕彌羅國。時彼國王及諸僧衆聞皆歡喜，嚴幢幡等，出境而迎，標頌於香象前後，引從至國。尋讀，咸誦世親弘我宗義。時彼悟入告衆言曰：此非專弘有部宗也。頌置「傳」、「說」，似爲不信；其如不爾，請釋即知。於是國王及諸僧衆，發使往請……（世親）論主受請爲釋

本文，凡八千頌，還使記往，果如悟入之所言也。見《大正藏》卷四一、頁四五八。

⑪有關世親轉學大乘的經過，玄奘的《大唐西域記》及藏傳《布頓佛教史》及《多氏佛教史》等資料所述，跟眞諦《婆藪槃豆法師傳》頗有差異。如《大唐西域記》卷五所載：世親菩薩自北印度至於此（阿踰陀國的無著講堂故基西北四千餘里的伽藍），時無著菩薩命其門人令往迎候，至此伽藍，遇而會見。無著弟子止戶牖外，夜分之後，誦《十地經》（Dasabhumika-sutra）。世親聞已，感悟追悔，甚深妙法，昔所未聞，誹謗之愆，源發於舌；舌爲罪本，今宜除斷。即執銛刀，欲自斷舌，乃見無著住立告曰：「夫大乘教者，至眞之理也，諸佛所讚，衆聖攸宗。吾欲誨爾，爾今自悟，悟其時矣，何善如之！諸佛聖教，斷舌非悔。昔以舌毀大乘，今以舌讚大乘，補過自新，猶爲善矣；杜口絕言，其利安在？」作是語已，忽不復見。世親承命，遂不斷舌。旦詣無著，諮受大乘。於是研精覃思，製大乘論，凡百餘部，並盛宣行。見《大正藏》卷五一、頁八九六。

⑫見玄奘所撰《大唐西域記》卷四、《大正藏》卷五一、頁八九一至八九二。

⑬現代考據學者，有認爲著《俱舍論》的世親與無著之弟的世親，是同名異人。前者是說一切有部的論師，稱新世親；後者是瑜伽行派的論師，稱古世親。由於眞諦譯《婆藪槃豆法

師傳》把二人混合爲一，因而引起歷來的誤會。其詳可以參考E. Frauwallner的On the Date of the Buddhist Master of Law Vasubandhu, Serie Orientale Roma III, 1951。但其餘學者，卻持異議，可參考S. Anacker: Seven Works of Vasubandhu. p. 7-28。

⑭眞諦所出的《轉識論》，實即世親所造的《唯識三十頌》，與玄奘所出者，是同書異譯。

第二節　撰作背景

一、判教

唯識宗有「三時判教」之說，如是世親論師所撰《唯識三十頌》應與何時相應？按「三時判教」是窺基法師依據《解深密經・無自性相品》①，把釋迦說法的不同時代及所說經典的不同內容及性質，分爲三個時期：

第一時教：釋迦爲發趣聲聞乘（按：即小乘）者說「四諦」之理，以《阿含經》（Agamas）明「我空法有」之旨。如是雖轉正法輪，甚奇希有，但是未了義，是諸諍論安足處所，有上有容，是小乘之教。

第二時教：釋迦爲發趣大乘者說「諸法皆空」之理，如《般若經》（Prajna sutras）以隱密反面方式明「一切法皆無自性、無生無滅、本來寂靜、自性涅槃」之旨。如是以隱密相轉正法輪，雖是甚奇希有，但亦是有上有容，猶未了義，是諸諍論安足處所，屬大乘空教。

第三時教：釋迦爲發趣一切乘者（按：指一切種姓的有情②），說「中道」義理③，如《華嚴經》（Avatamsaka-sutra）及《解深密經》（Sandhi-nirmocana-sutra）等，以正面明確的方式，明「一切法皆無自性，無生無滅，本來寂靜，自性涅槃，無自性性」之旨。如是以顯了相轉正法輪，甚奇希有，無上無容，是眞了義，非諸論諍安足處所，是大乘中道教。

今世親論師所撰《唯識三十頌》，非闡釋佛家「我空法有」之旨，故不與「第一時教」相應，亦非以隱密的反面方式，闡釋「一切法皆無自性、無生無滅、本來寂靜、自性涅槃」的理論，故也不與「第二時教」相應；《唯識三十頌》唯以正面的、明確的、了義的方式，闡釋「一切法皆無自性、無生無滅、本來寂靜、自性涅槃、無自性性」的中道義理，非諸論諍安足處所，屬大乘中道教，故應與「第三時教」相應。

按佛家思想，自從釋迦建立基礎理論以後，便針對某些特殊問題，朝着自我完善的理論方向，有所繼承，有所發展。所以原始佛教不能不發展而成部派小乘佛教，小乘部派不能不發展而成大乘空宗，大乘空宗不能不發展而成大乘有宗，大乘空有兩大顯教不能不發展而成眞言密教。而世親《唯識三十頌》，也在佛家思想的發展過程中，承擔了一種重要使命，發揮着一些重要的作用。

二、原始佛教思想與遺留問題

原始佛教，基本上面對的是人生問題。釋迦對人生作了深入的考察，理解到現實的人生是無常的、是苦的、是無我的，如《雜阿含經》（Samyuktagama）第九經所說：

「爾時世尊告諸比丘：色無常，無常即苦，苦即非我，非我者亦非我所。如是觀者，名真實正觀。如是受、想、行、識無常，無常即苦，苦即非我，非我者亦非我所。如是觀者，名真實觀。」④

佛家反對印度傳統「婆羅門」（Brahmana）的「神我」（Atman）觀念。於是把世人所執的靈魂或神我，加以諦觀審察，發現所謂靈魂神我，不過是物質性及精神性的五組東西聚集而成，名爲「五蘊」（Pancaskandha），每一蘊都是無常的、招致痛苦的，都沒有婆羅門所謂「妙樂所成我」所具的常一、妙樂的特性，因此「實我」非有，乃至凡一切存在「非實我所有」。但由此「五蘊」所聚集而成的「假我」卻是存在的，因果相續地存在着；所謂人生就是這個假我生死相續的過程。這種生死相續的過程是無常的，是苦的，必須予以超越，而後得以解脫，於是建立了「四諦」（Catvariarya-satyani）的理論：

四諦
- 苦諦——世間的果（憂、悲、苦、惱的現實人生）
- 集諦——世間的因（能招致現實人生的無明與業）
- 滅諦——出世間果（消除一切煩惱的理想人生）
- 道諦——出世間因（實踐證入理想人生的方法）

如是「四諦」便構成了「世間」與「出世間」⑤的兩重因果。佛家繼承了印度傳統「業感緣起」⑥的「輪迴」（Samsara）理論⑦，於是建立「四諦」學說作爲原始佛教的理論基礎。那就是以「集」（「無明」與「業」）爲因，招引「苦」（憂、悲、苦、惱的現實人生）爲果，這是「生死流轉」的因果關係：以「道」（修行實踐「正見」、「正思維」、「正語」、「正業」、「正命」、「正精進」、「正念」、「正定」這「八正道」）為因，獲致「滅」（消除一切煩惱的理想人生）為果，這是「還滅解脫」的因果關係。

原始佛教最關注的就是這「生死流轉」與「還滅解脫」，於是依此苦、集、滅、道的兩種因果，再建立「順觀」的與「逆觀」的「十二因緣」（Dvadasanga pratityasamutpada）理論⑧，茲恐繁不贅。然而由於佛家一方面承認有「流轉」與「還滅」的現象，一方面又否定有「實我」、「神我」的存在，於是便產生了兩種困難而有待來者加以解決的：其一是「五蘊」無常，則流轉、「還滅」的主體是誰？其二是五蘊無常，則何種功能，當生命個體於今生完結後，能引起來生的生命，使「流轉」得以進行？

三、部派思想與遺留問題

釋迦入滅後一百五十年頃，由於戒律的諍論⑨，佛教僧團開始分裂成保守的「上座部」（Sthavira）及開明的「大衆部」（Mahasamghika），後來還不斷地分裂成十八部或二十部，史學家稱之為「部派佛教」。「部派佛教」一方面嘗試解決上述的兩種困難，一方面在原始佛教的重視人生論的基礎上，進而發展到宇宙論的領域去。於是使佛教具備境、行、果等全面的理論依據。

為解決「五蘊無常，則流轉、還滅的主體是誰」的問題，部份學派建立了近乎「神我」的理論，如犢子部（Vatsiputriyas）建立不可說的、非即蘊非離蘊的「補特伽羅」⑩，化地部（Mahisasaka）建立「窮生死蘊」⑪，如是乃至大衆部的「根本識」、說假部（Prajnaptivadin）的「有分識」等等，都是貫徹生死之間的生命主體，但由於理論尚未成熟，難免與外道所主張的「神我」相類，與原始佛教的「無我」精神無法一致，故仍未能徹底解決「誰是流轉與還滅的主體」這個問題。

至於「引起來生生命的功能」問題，說一切有部（即薩婆多部，Sarvastivadin）建立了「無表色」說，謂某一有情，今生造善業或惡業，都能產生一種無形無相的物質，名為「無表色」，以作為感引來生果報（未來生命）的功能。經量部（即經部，Sautrantika）亦立「種子」（Bija）之說，以明一切物質及精神的活動，都是由種子功能所引生的。但此等「無表色」與「種子」如何攝藏，如何起用……都缺乏完整合理的理論解說，所以未能徹底解決原始佛教所遺下來的「引起來生生命的功能」問題⑫。

此外，小乘不同部派一致地把佛教的探索面，從人生的領域擴展到宇宙的領域去。如就境言，承繼着原始佛教之把「五蘊」擴展到「十二處」、「十八界」⑬，小乘把其中「法」（Dharma）的概念不斷擴大，而「法界」則可以作爲統攝萬有之詞。於是運用分析方法，把「法」再分爲不同範疇，如說一切有部把一切法分爲五類，名之曰「五事」⑭：

㈠**色法**（Rupa-dharma）：一切物質現象，如四大種（地、水、火、風）及四大種所造色（眼耳等五根、色聲等五境及無表色）。

㈡**心法**（Citta-dharma）：指認知的六種主要的精神活動，亦即眼等六種識，亦名「心王」。

㈢**心所法**（Caitta-dharma）：指附屬於心法與心相應的各種心理活動，如受、想、思，乃至各種善、不善、無記（中性的）心理活動。

四心不相應法（Citta-Viprayukta-Samskara）：指色法、心法及心所法之外的一切關係性之抽象概念，依色心活動的分位假立，如生、老、住、無常等法。

五無爲法（Asamskrta -dharma）：上述四類諸法都是條件制約而存在的緣起法⑮，名爲「有爲法」（Samskrta dharma），而非條件制約而本自存在的叫「無爲法」，如虛空無爲、非擇滅無爲及擇滅無爲。

而其他學派亦各有自己的分類。對諸法的假、實亦有諍論，如生、老、住等「心不相應行法」有說爲實，有說爲假；過去、現在、未來諸法有說爲法體三世恆存，有說爲刹那生滅、過未無體……如是等等，諍論不休，但比原始佛教卻有進一步的發展。

又有關修行理論，有主「心性本淨，客塵所染，淨心解脫」，有主「心性本淨（指淨後則不再染），染心解脫」⑯，乃至修行方法上的各種觀想方法（如「五停心觀」）⑰。又於證果方面除討論小乘所證的「四向四果」⑱外，亦討論佛果的問題：如諸佛世尊是否皆爲出世，諸如來語是否皆轉法輪，佛是否以一音說一切法，如是乃至佛有睡夢、佛無睡夢，如來色身是有邊、是無邊，諸佛壽量是有邊、是無邊……如是等等，諸派說法不同，但對大乘學理的建立，卻產生了催化的作用。

四、大乘般若思想與影響

到了公元前二世紀左右，受大衆部思想的影響，以度一切有情、以實踐慈悲本願、以成佛爲最終目的之菩薩（Bodhisattiva）精神開始流行。他們提出以布施、持戒、忍辱、精進、禪定、般若等六種「波羅蜜多」⑲（Paramita）爲實踐的途徑。繼而各種《般若經》（Prajna-sutras）紛紛出現。這種菩薩精神的思想，其實踐與所依據的理論都較部派更爲廣大，所以自稱爲「大乘」（Mahayana），而貶低以前的佛教爲「小乘」（Hinayana）。爲了糾正部派（尤其是說一切有部）的執着「人空法有」，般若思想也發揮了一切法畢竟非實這種「一切皆空」的理論（「空」〔Sunya〕是不眞實義）。於是矯枉過正，引出空有兩種思想強烈對諍的情況。

到了公元第二世紀，南印度有龍樹菩薩（Nagarjuna），深感當時的佛教徒不執於有，便執於空，墮入二邊，不能自拔，所以造《中論》（Madhyamakarika）與門人提婆（Aryadeva）等弘揚「中觀學派」的「中道」（Madhyamapratipad）精神和理論。龍樹依原始佛教「緣起」的原理，說明一切法都是因緣和合所成，此名爲「緣起」；一切事物既是「緣起」，便不能獨立存在，說爲「無自性」（沒有事物的獨立、永恆的自體）（Nihsvabhava），「緣起無自性」說名爲「空」。

緣起＝無自性＝空

如是《般若經》說「一切法空」、「畢竟空」並不是說一切事物都無所有，而是說一切事物都是緣起，都無自性而已，然它們還是宛然有象，如幻如化的，此名爲「假施設有」、「假名有」。因此，從「緣起」觀念可以開成兩面：一者、諸法緣起，則無自性、非自性有，是故「非有」；二者、諸法緣起因果相續，非自性無，是故「非無」。「非有」、「非無」，說名「中道」。所以《中論・觀四諦品》有偈說言：

「衆因緣生法，我說即是空，
亦為是假名，亦是中道義。
未曾有一法，不從因緣生。
是故一切法，無不是空者。」

「空」（非有）不離「假」（非無），「假」不離「空」，說名「中道」；不着於「有」，不着於「無」，是名「中道」。如是一切法，不着二邊，凡對立的二邊，悉皆遮破，不生亦不滅，不常亦不斷，不一亦不異，不來亦不出，是名「中道」。這是從知識論的途徑以入「諸法實相」（Dharmata），這是「中觀學派」的一種貢獻。

猶有進者，從「空」的角度以觀一切法，則一切事物都無自性，物與我皆假名有，固無自性，即構成物、我的一切色法、心法皆是無常，依因緣生，故亦無自性。如是乃至一切關係、一切抽象概念，如生如滅，如時間，如空間，如來如去，如是乃至一切「不相應行法」，都無自性（若執爲實，必然產生思想上的矛盾）。如是乃至「無爲法」相對「有爲法」而存在，故亦空無自性。

這是依「第一義諦」(亦名「眞諦」，亦名「勝義諦」Paramarthasatya)來說。從「假」(假施設有、假名有)的角度以觀一切法，則此世間的因緣所生諸法，非無因而生、亦非虛無，此是「世俗諦」(Samvrtisatya)。《中論》兼明此二諦。如是世俗諦實不離勝義諦，勝義諦不離世俗諦，只由能觀者的層次不同，標準有異，而所說有所區別而已。依眞、俗二諦，可以對機說法，曾無滯礙了。此後，「二諦說」與「中道說」便成爲大乘「眞理觀」和「實踐觀」的基本原理。

五、大乘瑜伽思想與本論的契機

「中觀」學說雖然可以使人依「第一義諦」的標準，透過遣離一切二邊的戲論(Prapanca)，蕩相顯體，超越語言表現的終極，步步提升我們的智慧，以臻於極高明的境界，而諦證「諸法實相」，不過它對原始佛教所遺下的主要問題(一者、流轉與還滅的主體爲誰；二者、招引果報的功能爲何；這是部派佛學所嘗試解決而尙未能圓善解決的)，般若學者與中觀學者還沒有加以解決，或無意加以解決。

再者中觀的破一切法都是平觀一切法的緣起無性，故非實有，而未能次第觀察諸法非實之所由（即未能先觀有情所執實我、實法爲空，而再觀構成此實我、實法的諸種心法及色法是空而非實，進而諦觀諸法活動變化的關係是空而非實）。於是留下了一大片的思想空間，好讓「瑜伽行派」這後之來者加以墾拓。

隨着各種《般若經》之後，便是《法華經》（Saddharmapundarika）、《華嚴經》（Avatamsaka-sutra）等涉及化身佛及法身佛的經典出現。其中《華嚴經》更提出「三界唯心」的新說，所謂：

「心如工畫師，畫種種五陰（五蘊），一切世界中，無法而不造。如心佛亦爾，如佛衆生然，心佛及衆生，是三無差別。」⑳

到了公元五世紀，一批有關「如來藏」(tathagata-garbha）的經典，如《涅槃經》（Mahaparinirvana-sutra）、《勝鬘經》等相繼出現。這種在顯識的底層下攝藏着各種染淨功能的學說，卻被後期的「唯識論者」（Vijnanavadin）或「瑜伽行派」所吸納，衍化而成「阿賴耶」（Alaya）藏識的思想。

跟着又出現了《楞伽經》（Lankavatara-sutra）。《楞伽》是從「如來藏」過渡到「法相唯識」學理的經典，因爲經中已提五法、三自性、八識、二無我的唯識基本概念。所謂五法是：

㈠**相**：指因緣所生的色心諸法而有體相可被計執分別者。

㈡**名**：指顯示各種色法和心法的種種名言概念。

㈢**分別**：指依可分別相的色心諸法而生起的虛妄分別或徧計分別（如執實我實法），此分別的自體亦爲緣起的心法。

㈣**正智**：指對一切法能如實知之的智慧，亦即了知「眞如」（Bhutatathata）的智慧。所謂如實知者，是指能知一切「相」與「分別」都是緣生無自性、無主宰、無有眞實的作者、受者。

㈤**眞如**：指正智如實觀察一切諸法，不增不減地所得以進入的無相、無分別的境界㉑。

《楞伽》的「五法」有別於部派說一切有部所立的「五事」。有部把色法、心法、心所法、不相應行法、無爲法平等排列而成「五事」。《楞伽》則以「相」、「名」、「分別」是凡夫所行境界，以「相」、「名」爲所知，「分別」爲能知；「正智」、「眞如」爲聖者所行境界，以「正智」爲能知，「眞如」爲所知。由凡入聖，有升進而步向眞解脫義。《楞伽經》所言「三自性」者，是指：

㈠妄計自性：由「分別」、「名」與「相」而計執爲實我、實法。此在《解深密經》中名爲「偏計所執自性」。

㈡緣起自性：由所依的心法與所緣的現境、依緣和合而生起的一切存在。此在《解深密經》中名爲「依他起自性」。

㈢圓成自性：於緣起法（緣起自性）上，起名事的計執則成「妄計自性」（偏計所執）；離名事的計執相，不起分別，還其本來面目，即爲「眞如」。此眞如離名事分別而顯，而由「正智」自證所行，圓滿成就，無所增減，是名「圓成自性」。在《解深密經》中名爲「圓成實自性」。

如是把「中觀」的「二諦」開成爲「三自性」，則更能次第如實地反映出一切法的假、實情況，所以後來唯識宗把「眞俗二諦」各開成四，而成爲「四重二諦」，其實也是循這思路發展所致。如是「三自性」與前「五法」可以互相配合如下：

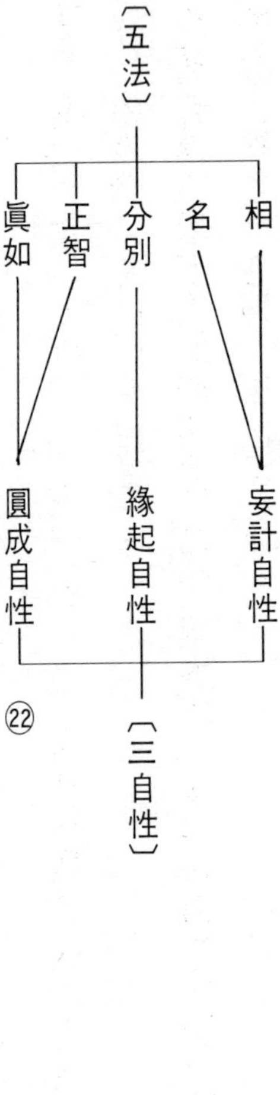

㉒

又《楞伽》所言《八識》者，是在原始佛教的「六識」之上，再尋其根源，發現還有涵攝一切成佛功能的「如來藏心」，亦名「阿梨耶」（Alaya）（第八識），以及在意識底層下的「意」（Manas）（第七識）。「意」及「前六識」（眼、耳、鼻、舌、身、意識）爲「七轉識」，而「阿梨耶」則爲「藏識」。至於「二無我」，即指「人無我」及「法無我」（人空、法空），與

「般若大乘」所說無別。

跟着有《密嚴經》（Ghanavyutha-sutra）詳釋「阿賴耶識」（在《楞伽》說爲「阿梨耶」）；有《大乘阿毗達磨經》（Mahayana-abhidharma-sutra）㉓以「阿賴耶識」（即《楞伽》所謂「阿梨耶」）爲「所知依」（「所知」是指一切法，即宇宙萬有悉皆依心識而存在，於是發揮了《華嚴經》之「三世唯心造」的精神，而加以理論化）。

及至《解深密經》（Sandhinirmocana-sutra）的出現，更加深入地、詳盡地闡述了「假說自性」與「離言自性」的關係，對阿賴耶識也作了切實的補充，說此（第八）識有執持「種子」功能的攝藏作用，故名爲「阿陀那」，但它卻沒有建立第七末那識；此外於「三自性」外更立「三無性」，以明空與有的關係。又於瑜伽修行的方法、修行的階位及所證的佛果等等方面，都有詳盡而創新的解說。於是，對「唯識的妙理」、「唯識的本相」、「唯識的觀法」及「唯識的妙果」都有清晰演說。

此後彌勒的《瑜伽師地論》（Yogacaryabhumi-sastra）、《辨中邊論

》（Madhyantavibhaga-sastra）、無著的《顯揚聖教論》、《攝大乘論》（Mahayana-samgraha）繼續面世，對「八識」、「三自性」等概念有明晰的闡述。而《唯識三十頌》的作者世親論師在未完成本論之前，已撰著了《大乘百法明門論》以明一切法不離識；又造了《大乘成業論》（Karma-siddhiprakarana）以解決自原始佛教遺留下來而尚未能徹底解決的「流轉還滅的主體」及「作業酬果的功能」這些基本的問題。

大乘佛教發展到這個階段，一方面已能繼承般若中觀學的緣起無自性的中道精神，一方面能運用說一切有部「阿毗達磨」的分析方法，構成一套以識心攝一切法的「唯識體系」；不過，唯識思想的精深理論，還是分別散佈在不同經論之中，雖然無著的《攝大乘論》以及世親、性空的釋論，已是境、行、果兼賅的系統之作，但仍嫌其概括有餘而簡要不足，因而世親晚年，以三十首偈頌（譯成漢文，僅六百字），提綱絜領地統攝大乘有宗的一切法相唯識要義，而成爲一部極其周密、極有系統、言簡而意賅、爲後出者開拓無限天地的可貴作品。

註釋

①見《解深密經》卷二、《大正藏》卷十六、頁六九七。

②唯識宗依有情所具不同種姓分一切有情爲五大類別：

一者、菩薩種姓有情

二者、聲聞種姓有情

三者、緣覺種姓有情

四者、不定種姓有情

五者、無種姓有情

如是名爲「五種姓」（Panca-gotrani）。見《入楞伽經》卷二、《解深密經》卷二及世親的《佛性論》卷一等。

③唯識宗所言「中道」，如《辨中邊論》所說，能取所取的遍計非有，虛妄分別的依他起、以及無分別的清淨圓成實非無，非有非無，是謂「中道」；此與中觀學派的離二邊的非生非滅、非常非斷，如是乃至非有非無等的「中道」不同。

④《雜阿含經》卷一，見《大正藏》卷二、頁二。

⑤憂、悲、苦、惱的現實世界名曰「世間」，出離了憂、悲、苦、惱的現實世界名爲「出世間」。

⑥「業」在梵語爲Karma，指由「無明」(Avidya) 所引致的一切善、不善的行爲；以此爲因而招引痛苦的人生，名曰「業感緣起」，即由「惑」、「業」爲因爲緣，而感招「苦」果。

⑦「輪迴」是指每一生命個體（假我）隨着「惑」（無明）與「業」爲因，不斷地招引各種的痛苦的不同生命形態爲「果」的轉變歷程；彼生命形態有五，即天、人、餓鬼、地獄、畜生，名爲「五趣」或「五道」。如是在五趣中流轉不息，直至獲得解脫，名爲「輪迴」，亦曰「生死流轉」。

⑧逆觀「十二因緣」是指：觀人之所以有「老死」由於有「生」、「生」由於「有」、「有」由於「取」、「取」由於「愛」、「愛」由於「受」、「受」由於「觸」、「觸」由於「六入」、「六入」由於「名色」、「名色」由於「識」、「識」由於「行」、「行」由於有「無明」；此與四諦中有「苦」果由於有「集」因相應。順觀「十二因緣」是指：觀有情若「無明」滅則「行」滅、「行」滅則「識」滅、「識」滅則「名色」滅、「名色」

滅則「六入」滅、「六入」滅則「觸」滅、「觸」滅則「受」滅、「受」滅則「愛」滅、「愛」滅則「取」滅、「取」滅則「有」滅、「有」滅則「生」滅、「生」滅則「老死」滅，如是與四諦中以「道」爲因而生「滅」爲果相應。

⑨據《阿毘達磨大毘婆沙論》卷九十九及《異部宗輪論》（Samayabhedoparacanacakra）所載，當時僧侶對大天（Mahadeva）所提出的「五事」產生爭執而起分裂。所謂「大天五事」即：

一、餘所誘（阿羅漢仍未脫情欲，會因夢中魔女引誘而遺精）

二、無知（阿羅漢仍有「不染無知」，如不知自己所達的果位）

三、猶豫（阿羅漢仍有不能判別是非的時候，名之爲「處非處疑」）

四、他令入（阿羅漢要由他人指點，然後才能修行證入果位）

五、道因聲故起（阿羅漢仍有痛苦，發出「苦哉」之聲，但此有助於達至解脫）

如是五事可以攝成一頌：「餘所誘無知，猶豫他令入，道因聲故起，是名眞佛教。」見《大正藏》卷二七、頁五一一及卷四九、頁十五。

⑩補特伽羅（Pudgala），意譯爲「數取趣」，指有相續不斷的我體，由造業感果而在五趣

之中輪迴不息。此我體與外道所主張別存於五蘊之外有常一的主宰者不相同。

⑪化地部立三類蘊：其一是剎那生滅的「一念蘊」，其二是持續一生的「一期生蘊」，其三是隨着生死流轉、從無間斷、直到解脫生死然後捨離的「窮生死蘊」。

⑫上述都是有佛家業論的問題，其詳可參考拙著《佛家業論辨析》一文，見《法相學會集刊》第一輯。

⑬十二處指內在感官的六種根（眼、耳、鼻、舌、身、意）及外在認知對象的六種境（色、聲、香、味、觸、法）。「處」（Ayatana）是長養義，由眼根對色境而生眼識，由耳根對聲境而生耳識，由鼻根對香境而生鼻識，由舌根對味境而生舌識，由身根對觸境而生身識，由意根對法境而生意識。如是以「六種根」對「六種識」，說爲「十八界」（astadasa dhatavah）。「界」是類別義。

⑭見《阿毘達磨品類足論》的〈五事品〉，載於《大正藏》卷二六、頁六九二至六九四。

⑮緣起法在原始佛教本指「十二因緣法」的「此有故彼有，此生故彼生，此無故彼無，此滅故彼滅」的生命延續，而部派把它推展到一切有爲法去。如指色法的生起，須藉因緣及增上緣二種；心法的生起，須仗因緣、等無間緣、所緣緣及增上緣等四種。

⑯其詳可參考呂澂先生的《印度佛學源流略講》中的第二章「部派佛學」。

⑰「五停心觀」包括五種觀想方法：一者不淨觀以對治貪欲、二者慈悲觀以對治瞋恚、三者緣起觀以對治愚癡、四者界分別觀以對治我執、五者數息觀以對治散亂。其詳見於《大毘婆沙論》卷四十、《俱舍論》卷二十二、《順正理論》卷五十九等。

⑱謂：預流向、預流果、一來向、一來果、不還向、不還果、阿羅漢向、阿羅漢果（亦名「無學果」），如是合成小乘修行的不同階位。其詳見於《大毘婆沙論》卷四十六及五十四、《成實論》卷二、三、《順正理論》卷六十一等。

⑲「般若」(prajna)是觀空的智慧，能觀照諸法緣生、本無自在的實體、不取相不取非相的清淨智慧。「波羅蜜多」(Paramita)意譯爲到彼岸（正譯爲「彼岸到」），即由生死流轉的此岸，過渡到還滅解脫的彼岸。此智慧能引導有情由生死的此岸過渡到解脫的彼岸去，說名「般若波羅蜜多」。

⑳見《大正藏》、卷九、頁四六五。

㉑「五法」的闡釋，見《入楞伽經》卷七的「五法門品」。《大正藏》卷十六、頁五五七。又可參考先師唐君毅先生所撰《中國哲學原論》的《原道篇》卷二、頁一〇五六至一〇五

七。

㉒其詳可參考呂澂先生的《入楞伽經講記》，見《呂澂佛學論著選集》卷二、頁一二五七至一二五八。

㉓此經已佚，可從無著的《攝大乘論》及《阿毘達磨集論》所引有關此經的資料以窺見其大略，其詳見呂澂的《印度佛學源流略講》，刊於《呂澂佛學論著選集》卷四、頁二一九〇至二一九一。

第三節　本論的主旨、結構與內容概要

窺基撰《成唯識論述記》，記中述《唯識三十頌》的宗趣有言：「天親（世親）菩薩爲利有情，令法久住，依如上教（按指「如來大悲，以甘露法，授彼令服，斷妄狂心，棄執空有，證眞了義，於《華嚴》等中，說一切法皆唯有識」），製三十頌，明唯識理，文義周圓，離於廣略。」①

可見世親撰《唯識三十頌》的目的在「令法久住、利益有情」，因爲不學凡夫，從無始時來，由於妄計分別，執離心識之外，有眞實能取的實我，以及眞實所取的實法。如來於第三時教，於《華嚴》、《楞伽》、《密嚴》、《解深密》等經典中，爲說「一切唯識」的教法，令迷執者（於五種姓中，主要是爲菩薩種姓及不定種姓有情）棄彼空執，及彼有執，而能證入眞實了義（徹底）的境界。但此等經教，甚深難了，所以世親論師，造此《唯識三十頌》，以周圓的文義，闡釋如來第三時的教法，令彼久住於娑婆世界，利益菩薩種姓的有情，以及具有成佛種子的不定種姓有情②。而《唯識三十頌》的主旨，就是以三十首偈頌③說明「唯識教理」，所以《成唯識論》云：「今造此論，爲於二空有迷謬者生正解故，……令於唯識深妙理中，得如實解，故作斯論。」正是此義④。

甚麼是「唯識」呢？窺基記言：「唯遮境有，執有者喪其眞；識簡心空，滯空者乖其實。所以晦斯空有，長溺二邊；悟彼有空，高履中道。」⑤「唯識」（Vijnaptimatra）⑥一詞，有遮表兩種意義：「唯」是「只有」義，「唯識」是「宇宙間只有心識所表的存在」，那就遮撥（否定）離心識外，有獨立自主的客觀外境的存在，所以窺基說「唯遮境有」，意顯不同於外道及小乘有部的執有實境；同時也遮撥不善解空義者之「執心亦空無」，所以說「識簡心空」，意顯不同於大乘般若「一切法空」之說。

此從否定的遮詮而言，若從肯定的表詮而論，則宇宙萬象中，唯有心識是存在的。何以說「外境非有、內識非無」？窺基解釋說：「執外境是有」和「執內識是空」，便不能了解宇宙萬有的眞實情況；執境有者是增益執，執識無者是損減執，如此若非墮入一切有邊，便將墮入一切無邊，永遠無從獲得眞正的解脫。只有「唯識學理」，顯外境非有、內識非無；非有、非無，不落二邊，是「中道」教⑦。所以上文我們把《唯識三十頌》歸到「三時」中的「第三時中道教」去，而有別於「第一時的有教」和「第二時的空教」，正是此意。

何以說「一切唯識」？世親前時嘗撰《大乘百法明門論》言：

「一切法者，略有五種：一者心法，二者心所有法，三者色法，四者心不相應行法，五者無為法。一切最勝故，與此相應故，二所現影故，三分位差別故，四所顯示故。」⑧

首先，世親把宇宙萬有分成一百種事物，名爲「百法」；此「百法」又可以五類來總攝它，此即心法、心所有法、色法、心不相應行法及無爲法。如是五類百法攝一切法盡，更無其餘。跟着世親指出此五類法的相互關係：一者、心法是一切（有爲）法中最爲「殊勝」的，（因爲一切法不離心法）。二者、心所法是與心法相應而存在的（即不依心法，心所有法便不能起用）。三者、色法，那是心法和心所有法所顯的影像及所知境而已（故《解深密經》有「我說識所緣，唯識所現故」的說法。）四者、心不相應行法，那是依心法、心所有法及色法（三者）起用時的分位（特殊情況）而假立的。五者、無爲法，那是於心法、心所有法、色法、心不相應行法等四類法中，不着於相、無分別地而顯示的。

如是五類法中，後之四類都不離第一類心法而被認知的，所以說「心法最爲殊勝」。以此之故，護法系的「唯識今學」，依「一切法不離心法」（「心」亦即「識」），以「不離」故，說名「唯識」，而不單依《解深密經》所謂「我說識所緣，唯識所現故」⑨而立「唯識變現」的「唯識」義。

有關本論（即《唯識三十頌》）的內容與結構，窺基《述記》有言：「前二十四頌明唯識相，即是依他。第二十五頌明唯識性，即圓成實。後之五頌明唯識位，即十三住。」⑩一般佛典的分科，多把經論分成三分，所謂：一、序分，二、正宗分，三、流通分。但《唯識三十頌》是世親論師於晚年所造，沒有長行，所以也沒有序分及流通分⑪，而只有正宗分。於此正宗分，可依唯識的相狀、唯識的眞實體性、唯識的修行階位分成三大部份：

- 唯識三十頌
  - 前二十四頌——明唯識相
  - 次一頌——明唯識性
  - 後五頌——明唯識位

於唯識相、性、位中，又各可分成若干細目，今再表列如後：

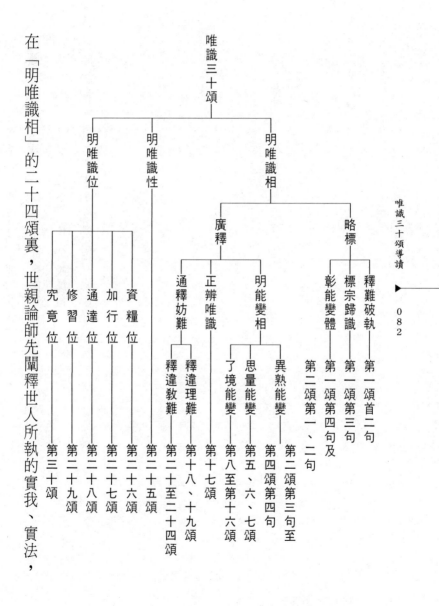

- 唯識三十頌
  - 明唯識相
    - 略標
      - 釋難破執——第一頌首二句
      - 標宗歸識——第一頌第三句
      - 彰能變體——第一頌第四句及第二頌第一、二句
    - 廣釋
      - 明能變相
        - 異熟能變——第二頌第三句至第四頌第四句
        - 思量能變——第五、六、七頌
        - 了境能變——第八至第十六頌
      - 正辨唯識——第十七頌
      - 通釋妨難
        - 釋違理難——第十八、十九頌
        - 釋違教難——第二十至二十四頌
  - 明唯識性——第二十五頌
  - 明唯識位
    - 資糧位——第二十六頌
    - 加行位——第二十七頌
    - 通達位——第二十八頌
    - 修習位——第二十九頌
    - 究竟位——第三十頌

在「明唯識相」的二十四頌裏，世親論師先闡釋世人所執的實我、實法，

其體都無，不過由異熟、思量、了別境的三類能變識之所變現。繼而把每一類能變識的名稱、性相、所緣、心所相應、所屬界繫、伏斷起滅等，給予詳盡分析；跟着歸結到境無心有，故立「一切唯識」的結論；最後透過違理難與違教難的解釋，以顯示心法生起的緣由，有情相續的緣由，並申明三自性與三無性的建立。於此，讀者可以明瞭：有情的生命體的眞相，所處世界的來源，有情的生理、心理、認知、和生死流轉的各種活動之情況，乃至眞理的評鑒等，如是實在統攝了唯識家對人生、宇宙及知識的看法。

在「明唯識性」的一首偈頌裏，世親論師闡述了眞如是宇宙萬有的最後實體，而八識三能變是實體所顯現的作用而已。至於在「明唯識位」的五首偈頌裏，世親論師說明了在唯識的理論系統中，行者從發心、修行到證果的整個歷程。若與境、行、果相配，則「唯識相」與「唯識性」在說明境，而「唯識位」在說明行、果，其詳當於本書第二篇釋正文中再作闡釋。

註釋

①見《大正藏》卷四三、頁二三〇。

②有關五種姓的說法，見於前章。

③「偈頌」，梵文作Gatha，是佛典撰作中的一種體裁，就是韻文，是相對於散文體裁的「長行」而立言的。「偈頌」的類別繁多，其中常見的有兩行合共十六音節（即兩句，每句八音節）的首盧迦（Sloka）體。

④見《大正藏》卷三一、頁一。

⑤窺基《成唯識論述記》卷一，見《大正藏》卷四三、頁二二九。

⑥「唯識」（Vijnaptimatra）：「Vijnapti」是從「心識」（Vijnona）一詞轉來，有「表別」義；「matra」是「唯」義；直譯則成「識唯」，不合漢文構詞的習慣，故玄奘翻爲「唯識」。吾友霍韜晦先生，在《安慧三十唯識釋原典譯註》一書中，依Vijnapti有表別義，把「唯識」改譯爲「唯表」。又呂澂先生在《印度佛學源流略講》第三章〈初期大乘佛學〉中，有這樣的闡釋：「Vijnapti一字，漢文常譯作『了』或『表』（如表業、無表業）。Vijnapti這個字是由『識』Vijnana變化而來，是識的過去分詞，不但是識義，且有『識所表現出來的』意義。」由此可知「唯識」這個詞語，實有「唯識所表」的含義。若單取

「唯表」，省去「識」義，則使人產生「從何所表？」的疑問，語意不大清晰，且不合構詞習慣。依漢語的構詞規律，「唯」字之後，多用名詞性的詞語，如「唯名」、「唯心」、「唯物」、「唯天可表」、「唯我獨尊」等。今作「唯表」，「表」爲「動詞」，不合漢語習慣。因此把Vijnaptimatra譯爲「唯表」，似尚有商榷餘地。

⑦說明唯識理論屬「中道教」的，最重要而可依據者是彌勒造頌、世親製長行作釋的《辨中邊論》；其中〈辨相品〉中有二偈頌云：「虛妄分別有，於此二都無；此中唯有空，於彼亦有此。故說一切法，非空非不空，有無及有故，是則契中道。」其詳可讀世親以三自性作解釋的長行文字，見《大正藏》卷三一、頁四六四。

⑧見《大正藏》卷三一、頁八五五。五類法的解釋，可參考本書第一章第二節中釋「說一切有部」有關「五事」的文字。

⑨見《解深密經·分別瑜伽品》、《大正藏》卷十六、頁六九八。

⑩見《大正藏》卷四三、頁二三七。

⑪窺基《述記》云：「此論本頌唯有正說。世親菩薩臨終時造，未爲長行廣釋便卒，故無初二分文也。」見《大正藏》卷四三、頁二三二。

第四節　本論的歷史地位、貢獻與影響

據窺基《成唯識論述記》所載①，佛滅度後九百年間，世親造《唯識三十頌》。那時世親已屆垂暮之年，所以未及撰著長行釋論便辭世了。跟着爲世親本頌作釋的前後有十大名家，他們是：親勝、火辨、難陀、德慧、安慧、淨月、護法、勝友、勝子、智月。他們註釋本頌的同時，也各別提出自己的研究心得，如難陀便建立「唯識見、相二分說」和「種子新熏說」，對世親的學說都有進一步的發揮，對唯識學理的發展作出了貢獻。十大論師的撰作長行，註釋本頌，也不是憑空杜撰，而是有經論作爲依據的。他們所依的，總括來說，有「六經十一論」。六經是指：

一、《解深密經》（有玄奘所譯的五卷八品本、亦有菩提流支的《深密解脫經》、眞諦的《佛說解節經》及求那跋陀羅的《相續解脫經》。）

二、《華嚴經》（漢譯有佛陀跋陀羅的六十卷本、實叉難陀的八十卷本及

般若的四十卷本。）

三、《如來出現功德莊嚴經》（此經中國未有傳譯。）

四、《大乘阿毘達磨經》（此經中國未有傳譯，但在無著《大乘阿毘達磨集論》及《攝大乘論》中都有引文。）

五、《楞伽經》（漢譯有求那跋陀羅的《楞伽阿跋多羅寶經》四卷、菩提流支的《入楞伽經》十卷及實叉難陀的《大乘入楞伽經》七卷。）

六、《厚嚴經》（未譯，或云即唐・地婆迦羅所譯的《大乘密嚴經》共三卷。）

如是六經，以《解深密經》最爲重要。至於「十一論」，則可分爲一本十支。「一本」者，是指《瑜伽師地論》，「十支」者，是指其餘的十本論，茲開列如下：

一、彌勒：《瑜伽師地論》（玄奘譯，百卷，異譯有眞諦的《決定藏論》。）

二、無著：《顯揚聖教論》（玄奘譯，二十卷，異譯有眞諦的《三無性論》。）

三、彌勒：《大乘莊嚴論》（世親造釋論，波羅頗密多羅譯，十三卷。）

四、陳那：《集量論》（本有唐代・義淨譯本，今佚。今人呂澂自藏文重譯《集量論釋略抄》、法尊譯《集量論略解》。）

五、無著：《攝大乘論》（釋論有世親本及無性本，皆玄奘譯。本論三卷，釋論各十卷。異譯有眞諦譯本論及世親的釋論、佛陀扇多譯本論、達磨笈多譯釋論。）

六、世親：《十地經論》（漢譯有菩提流支本十二卷。）

七、彌勒：《分別瑜伽論》（漢文未有譯文。）

八、陳那：《觀所緣緣論》（漢譯有玄奘本一卷。）

九、世親：《二十唯識論》（漢譯有玄奘本一卷。異譯有菩提流支的《大乘楞伽唯識論》及眞諦的《大乘唯識論》。）

十、彌勒：《辨中邊論》（釋論爲世親造。有玄奘本的漢譯三卷。異譯有眞諦的《中邊分別論》二卷。）

十一、無著：《阿毘達磨集論》（有漢譯玄奘本七卷。又本論由安慧糅釋，成《阿毘達磨雜集論》，玄奘譯本共十六卷。）②

此六經十一論是《成唯識論》的所依；《成唯識論》是糅合《唯識三十頌》十大釋論而成，是中國唯識宗所依以立宗的最基本依據。故此六經十一論，亦是《唯識三十頌》各別釋論之所依，也是中國唯識宗所依的主要經論。此外還有世親的《大乘成業論》、《六門教授習定論》、親光的《佛地經論》、商羯羅主的《因明入正理論》等，亦是研究唯識學不容或缺的著作及工具書類。又註釋《唯識三十頌》的十大論師，由於年代的差別，可以略分為三期：

第一期：此期有親勝（Bandhusri）及火辨（Citrabhana）二論師，皆與世親同時。窺基《述記》說《唯識三十頌》發表之初，親勝「先為略釋，妙得作者之意。後德（指其餘的九大論師③），因而釋焉」。火辨是居士身，道高僧侶，善文辭，深閑著述。

第二期：此期有德慧（Gunamati）、安慧（Sthiramati）、淨月（Sudhacandra）及難陀（Nanda，義譯「歡喜」）。德慧稍早，次為安慧和淨月，難陀稍晚。窺基《述記》說德慧是安慧之師，在印度很有聲譽，但未有詳述其事蹟。安慧依西藏所傳是世親四大弟子之一（其餘是陳那、解脫軍及德光）④，嘗造《俱舍論釋》以破衆賢的《舍論雹論》（即《順正理論》），窺基《述記》也有此記載，並言安慧造《阿毘達磨雜集論》，南印度人，妙解因明，善窮內論，於唯識立「自證分」的一分說。淨月則與安慧同時，嘗造《勝義七十論釋》（解釋世親的《勝義七十論》，世親本論，作用在破外道的《金七十論》）及《集論釋》（無著造《阿毘達磨集論》），前有師子覺釋，後有淨月釋）。難陀是勝軍居士（Jayasena）的老師，勝軍又是玄奘的老師，所以玄奘跟難陀便有血脈相承的關係。難陀著作很多，其中以《瑜伽釋》等爲著，在唯識學中，他提出了「種子新熏說」。

第三期：此期有護法（Dharmapala）、勝友（Visesamitra）、勝子（Jinaputra）和智月（Jnanacandra）。護法是南印度帝王之子（「帝王」疑是「帝臣」之誤植，以《大唐西域記》及《慈恩寺三藏法師傳》皆說護法是大臣之子），受學於陳那，嘗主持那爛陀寺，弟子有戒賢、最勝子、勝友、智月等。護法於二十九歲離開那爛陀寺，到菩提伽耶（Buddhagaya），修道禪觀，年三十二而卒於大菩提寺。護法學問淵博，義解曦明，窮究大小乘教，世親以後一人而已。主要著作有《成唯識寶生論》、《廣百論釋》、《唯識三十頌釋》等。於唯識學，立「證自證分」，創「唯識四分說」及「種子本始並有說」等。至於勝友、勝子（即最勝子）及智月三位論師，都是護法的門人，或釋瑜伽，或別註述，是「唯識今學」的中堅（安慧、難陀等的主張，稱爲「唯識古學」）。

唐・玄奘法師游學天竺（印度），於那爛陀寺師事戒賢（護法的弟子），又從學於勝軍（難陀的門人，或稱安慧的門人），唯識今、古學的學統，總繫於一身；且護法的《唯識三十頌釋》孤本傳於玄鑒居士，玄鑒傳與玄奘。及後玄奘齎十家的論釋，返回中土，顯慶四年（公元六五九年），準備把《唯識三十頌》的十家註釋全部譯出，並決定由神昉潤色，嘉尚執筆，普光檢文，窺基纂義。數日之後，窺基建議改用編纂辦法，以護法本爲基礎，糅合十家而成一部。玄奘接納他的建議，於是以理遣退神昉等三人，獨委責於窺基。結果師弟二人完成了糅譯的工作，出《成唯識論》十卷⑤，建立「唯識宗」於中國。

又窺基於翻譯的過程中，隨受而記錄所聞玄奘的口義，撰《成唯識論述記》，都二十卷。又自撰《唯識樞要》、《瑜伽論略纂》、《雜集論疏》、《百法論疏》、《因明大疏》、《大乘法苑義林章》等等著作，得「百部疏主」的美譽，更使世親唯識之學，得以光大而弘揚於中土。

我們從上面所記述的歷史事實，可以理解到世親論師所撰的《唯識三十頌》，其貢獻並不在於它對唯識理論有所突破、有所創新，而在於使「唯識之學」在佛學的發展上能奠定其歷史地位。

《唯識三十頌》的地位是承先啓後的。它一方面綜合《華嚴》、《楞伽》、《解深密經》等諸經的要義，及彌勒、無著和他本人所著的《瑜伽師地》、《顯揚》、《攝論》、《佛地》、《成業》、《廣五蘊》、《百法明門》等諸論的精粹，構成這本具綜合性的、完整性的、條理性的、歷史意義的言簡意賅的不朽名著，使得唯識之學，如網之有綱，如衣之有領，作出彌勒、無著、世親時代有關唯識學理上的一個大總結。

另一方面，由於世親自己沒有爲《唯識三十頌》撰著解釋的長行，於是爲後來的學者，留下了極大的研究空間，對唯識的理論，進行更深入、更精細的研究與探索，其中如安慧、如難陀、如陳那、如護法等論師，對唯識學作知識論的分析，建立一分、二分、三分及四分之說，在形而上學中建立「種子本有說」、「種子新熏說」、「種子本始並有說」等；即使在中國，玄奘法師也深受其影響而在知識論上建立了性境、獨影、帶質等「三境說」，窺基在修行實踐理論上，也建立了「五重唯識觀」的完整體系。

可見在透過對《唯識三十頌》的研究、探索、註釋工作的影響下，在印度、在中國、在西藏，都激發了唯識研究的熱潮，在學理上開出了燦爛的花朵，結出了豐碩的果實；在組織上，於印度那爛陀寺建立了瑜伽行派，在中國慈恩寺建立了唯識宗。至於中國南山律宗以種子學說來闡釋「戒體」問題，禪宗六祖以八識解釋心性問題，那亦未嘗不可以說是受了本頌的間接影響呢。

註釋

①見《大正藏》卷四三、頁二三一至二三二。

②其詳可參考黃懺華的《佛教各宗大意》第一輯第二種〈唯識宗大意〉第一篇〈緒論〉中的第三章〈此宗之典籍〉。

③又十一論中，以《瑜伽師地論》爲根本，可無諍言；十支的篇目，可有異說，如窺基《述記》，便有「唯識三十頌者，十支中之一支」的說法；所謂十支便指一、《百法明門論》，二、《五蘊論》，三、《顯揚聖教論》，四、《攝大乘論》，五、《阿毘達磨雜集論》，六、《辨中邊論》，七、《二十唯識論》，八、《三十唯識論》，九、《大乘莊嚴論》，十、《分別瑜伽論》。可參考業師羅時憲先生撰《成唯識論述記刪注》卷第一、頁四至五。

見業師羅時憲先生撰《成唯識論述記刪注》卷第一、頁五七。

④見《布頓佛教史》（即《佛教史大寶藏論》）頁一四〇至一四九。

⑤關於窺基（公元六三二年至六八二年）糅合十家的說法，贊寧《宋高僧傳》卷四有這樣的記述：「奘所譯《唯識論》，初與（神）昉、（嘉）尚、（普）光、（窺）基四人同受潤色、執筆、檢文、纂義。數朝之後，（窺）基求退焉。奘問之，對曰：『夕夢金容，晨趨白馬，雖得法門之糟粕，然失玄源之醇粹。某不願立功於參糅，若意成一本，受責則有所

歸。』奘遂許之，以理遣三賢，獨委於基。此乃量材授任也。時隨受撰錄所聞，講周疏畢。無何西明寺（圓）測法師，亦俊朗之器，於唯識論講場，得計於閽者，賂之以金，潛隱厥形，聽尋聯綴，亦疏通論旨，猶數座方畢，（圓）測於西明寺，鳴椎集僧，稱講此論。（窺）基聞之，慚居其後，不勝悵快。奘勉之曰：『測公雖造疏，（但）未達因明。』遂爲講陳那之《（因明正理門）論》。（窺）基大善三支，縱橫立破，述義命章，前無與比。」見《大正藏》卷五十、頁七二五至頁七二六。

第五節　本論的譯本與註釋

《唯識三十頌》是世親（公元四二〇年至五〇〇年）晚年的著作，唐・玄奘法師於貞觀二十二年（公元六四八年）在承福寺翻經院譯出漢文本。自此梵文的原本便告散失。

直至本世紀初，法國學者萊維（Sylvain Levi）發現了梵文本的安慧（Sthiramati）的《唯識三十頌釋論》，其中自然包括《唯識三十頌》的頌文，經過多年的整理校訂，終於一九二五年以天城體（Devanagari）的梵本刊行①，名爲《唯識論疏》（Vijnaptimatratasiddhi）。雖然萊維氏所校的梵文是否即玄奘所依以翻成漢文的本子，至今還沒有足夠的資料來下結論，但原典的出現，已爲今日研究唯識學者提供了難得的可靠資料以作依據。

萊維氏的梵本刊行不久，日本學者高楠順次郎和荻原雲來二人，分別完成了《和譯安慧造唯識三十頌釋論》②。一九五二年日人宇井伯壽再作和譯③。

又由於安慧釋論及後來的律天（亦名調伏天，Vinitadeva）的複註早已傳到西藏④，所以《唯識三十頌》早有藏文譯本，其中有勝友等譯《安慧三十論釋》及《律天三十論疏》。

《唯識三十頌》除了梵本及藏文、漢文及日本譯本外，也有法文本和英文本。法文本由De Le Vallee Poussin, Louis出《唯識論疏》（Vijnapti-matrasiddhi: La Siddhi de Huan-Tsang）⑤，自然包括法譯的頌文。至於英譯本，前有香港韋達先生的《成唯識論》（Cheng Wei-Shih Lun）的漢英對照本⑥，後有瑞士裔美國學者安納格（Stefan Anacker）撰《世親七論》（Seven Works of Vasubanahu），其中包括《唯識三十頌》，是依據法人萊維氏所校梵本譯出而成英譯本的⑦。

至於《唯識三十頌》的註釋，主要現存的仍很豐富，茲臚列如下：

一、《成唯識論》十卷：唐玄奘、窺基糅合安慧、難陀、護法等十大論師的註釋翻譯而成。

二、《成唯識論述記》二十卷：唐窺基記述玄奘的口義而成，是註釋《成唯識論》最權威的著作，自然對《唯識三十頌》也有所解釋。

三、《成唯識論掌中樞要》四卷：唐窺基所撰，記述自己的研究心得。

四、《成唯識了義燈》十三卷：唐・慧沼述，發揚乃師窺基的學說，詳破圓測（著《成唯識論疏》十卷）及道證（著《成唯識論要集》十三卷）之說。

五、《成唯識論演秘》十四卷：唐・智周撰，釋窺基的《述記》。

六、《成唯識論疏抄》十八卷：唐・靈泰所撰，亦是《述記》的疏解。

七、《成唯識論義蘊》五卷：唐道邑所撰，爲疏解《述記》的著作。

八、《成唯識論義演》二十六卷：唐・如理所撰，亦爲疏解《述記》的著作。

九、《唯識學記》八卷：唐・太賢撰，乃集窺基、圓測的要義而成。

十、《唯識別鈔》十卷：唐・窺基所撰，補充《述記》所未詳。

十一、《唯識料簡》二卷：唐・窺基所撰，亦補充《述記》所未詳⑧。

十二、《述記集成編》四十五卷：日人湛慧所輯。

十三、《同學鈔》四十八卷：日人良算籌集。

十四、《泉鈔》三十卷：日人善念撰。

十五、《本文鈔》四十五卷：日人藏俊集。

十六、《唯識講義》三卷：近人歐陽漸撰。

十七、《唯識三十頌講話》：日人井上玄眞著、白湖無言譯。

十八、《唯識方隅》：羅時憲著。

十九、《成唯識論述記刪注》：羅時憲撰。

二十、《安慧「三十唯識釋」原典譯註》：霍韜晦撰。

二十一、《成唯識論，Cheng Wei-Shin Lun》漢英對照本：韋達英譯。

註釋

①法人萊維（Sylvain Levi）的校訂本刊於Bibliotheque de L' E'cole des Hautes Etudes, sciences historiques et philologiques, Librairie Ancienne Honore Chempion, Paris, 1925, volume 241-245。

②狄原雲來和譯初發表於《大正大學學報第二輯》，後收入《荻原雲來文集》、頁六二八至

六七七，一九三八年東京大正大學版。

③宇井伯壽：《安慧、護法唯識三十頌釋論》，一九五二年，東京岩波書店出版。

④律天的註釋，藏本名爲Sum-cu-pahi hgrel bsad。日人野澤靜證有日譯收於《世親唯識之原典解明》，一九五三年，京都法藏館版。

至於藏文本的《安慧造唯識三十論疏》，有日人本婉雅氏版，名爲《藏梵漢和對校安慧造唯識三十論疏》。

⑤De La Vall'ee Poussin, Louis: Vijnaptimatrasiddhn: La Siddhi de Huan-Tsang, Paris, 1928。

⑥韋達先生的英譯《成唯識論》，一九七三年由「成唯識論出版委員會」出版。

⑦Stefan Anacker: Seven Works of Vasubanahu, 1984, Motilal Banarsidass印度德里版。

⑧以上皆唐代的著述。唐之後，唯識典籍散失。時至明代，唯識之學中興，其中較爲有名的著作也不少，如明昱撰《俗理》、通潤撰《集解》、王肯堂撰《證義》、廣承撰《音義》、大眞撰《合響》、大惠撰《自考》及智旭撰《觀心法要》等等；但由於《述記》流傳於日本，尙未請回（按：清光緒年間，楊仁山居士自日本將窺基《述記》取回中國，學人才有可靠的精要資料進行研究，唯識學理才得到眞正的中興），故在資料缺乏的情況下，明代的唯識著作，都欠深度，都乏精采，因此註釋書目，不能不把明代著作，予以割愛。

第二篇 釋正文

甲一、明唯識相

乙一、略標

丙一、釋難破執

【頌文】由假說我法，有種種相轉①。

（一）總說：如本書第一章〈引論〉中第三節〈本論的主旨、結構、內容概要〉所說，《唯識三十頌》的分科，全文可分三大部份：〈甲一、明唯識相〉，〈甲二、明唯識性〉，〈甲三、明唯識位〉。〈明唯識相〉中再分〈略標〉與〈廣說〉。今此〈略標〉中，分〈釋難破執〉、〈標宗歸識〉與〈彰能變體〉三節。

今是第一節〈釋難破執〉。世人多執着有客觀的生命主體（實我）和客觀被認知客體（實法）的存在，但論主世親則認爲那些所謂生命主體的「我」（Atman）和被認知客體的「法」（Dharma），都是世間或聖者所假說的、假施設的（Upacara），並沒有自己的體性，所以都不是眞實的。那些「假說的我」和「假說的法」可有種種不同的「相狀」呈現。

（二）釋假說我和假說法：《成唯識論》卷一說言：「若唯有識，云何世間（世間上的俗人和學者）及（佛典中的）聖教（典籍）說有我、法？（上設外人發難，下釋他們的質問。）論曰：世間、聖教說有我、法，但由假立，非實有性。我謂主宰，法謂軌持。」②

世間、聖教所謂「我」者，是「主宰」者的意思，也就是所謂靈魂，所謂「神我」（Purusa），也就是每一有情所具有的生命個別主體；世人無知，執它爲眞實存在，執它爲恆常存在，執它爲獨一的存在。聖者知它不是眞實，是以語言概念施設安立、假立假說爲「我」，所以名爲「假說我」。

世間、聖教所謂「法」者，是「軌持」的意思。窺基《述記》說：「軌謂軌範，可生物解；持謂任持，不捨自相。」意思是說，此「法」可爲衆人以作軌範（典型標誌，Norm③），使衆人產生理解，如眼睛能令衆人產生「眼睛」的理解。「物」是衆人義，所以說「軌謂軌範，可生物解」。又此「法」能保持自己的「自相」（特徵）（使衆人生解），所以說「持謂任持，不捨自相」。世人無知，執着「法」爲實有，執山、河、房舍、衣物等等一切法、一切被認知的客體事物，都是眞實的、獨立的存在。聖者知道它不是眞實，是以語言施設安立、假立假說爲「法」，所以名爲「假說法」。

至於「假說」中的「假」，窺基《述記》說有二種：一者是「無體隨情假」；二者是「有體施設假」。世人及外道④所執實有靈魂、神我的「我」與山、河、器物的「法」，此等所執的實我、實法，並沒有眞實的靈魂客體、眞實的器物客體與之對應，所以說它們是「無體」的；此等所執的實我、實法，雖然沒有對應的自體，但它們也有生起的方式，那就是它們隨着能執的心識之緣慮活動而加以概念法所產生的，它們既隨着人們的虛妄情執而來，所以說名「隨情」。今結合「無體」和「隨情」二義，說世人及外道所執的實我、實法，其實是「無體隨情假」的「假我」、「假法」。既名之爲「我」、名之爲「法」，則必有所言說；以言說來表達「無體隨情」的「假我」、「假法」，便成爲「無體隨情」的「假說我」、「假說法」了。

至於佛陀、菩薩諸聖者，爲了普度有情，爲起言論，斷染取淨，引生正見，也得要隨順世人的言辭，假爲立名，說爲我、法，則聖者所假立的我、法，是有所對應的自性的，如聖教⑤所說「如是我聞」的「我」，是指「五蘊和合」的假體。世人所執常、一、主宰的「我」雖無體，然聖教所指的「五蘊」之「我」是以「五蘊」的離言自性爲自體的。所以聖者所建立的「我」與「法」是有體性的，說名「有體」，但此「我」與「法」要藉名言假立的，說名「施設」。合而言之，聖者以言說表達其所要表達的「有體施設」的「假我」、「假法」，便成爲「有體施設」的「假說我」、「假說法」了。茲以表解統說如後：

- 二種假說
  - 無體隨情假說
    - 世間所說我
    - 世間所說法
  - 有體施設假說
    - 聖教所說我
    - 聖教所說法

（三）釋假說我的種種相：《成唯識論》說言：「（假說）我種種相，謂有情、命者等，預流、一來等。……『轉』謂隨緣施設有。」⑥不論世間或聖教，都會隨着不同情況，施設、安立⑦種種不同的「假說我」。如世間隨着種種分別妄執，假說施設種種「生命主體」的名稱，如稱之爲「我」，稱之爲「有情」、「命者」。就「生命主體」之有「主宰」性，所以世間便施設爲「我」；就「生命主體」之對「五蘊假我體」產生「愛着」，便施設爲「有情」⑧；就「生命主體」之有「色心相續」⑨，便施設爲「命者」。此外還有其他種種的名稱，如所謂：生者、壽者、數取趣、士夫、作者、受者、知者、見者、天、阿修羅、地獄、餓鬼、畜生、牛、馬、蟲、鳥等等，不一而足。

又諸聖教，爲了化度有情，就其修行證得境界的高下，以此爲緣，施布種種名詞，設立種種文字，如把證得小乘初、二、三、四果的有情，施設爲預流（Srota-apanna，舊譯爲「須陀洹」）、一來（Sakrd-agamin，舊譯爲「斯陀含」）、不還（Anagamin，舊譯爲「阿那含」）、無學（Arhat，舊譯爲「阿羅漢」）⑩。又把大乘修行、證果的十三類有情，分別就其層次的高低，分別施設爲「十三住聖」，即所謂：種性住、勝解行住、初地、二地、三地、四地、五地、六地、七地、八地、九地、十地及佛地⑪等十三類有情。如是所謂「有情」、「命者」乃至「佛陀」等有關「生命主體」的名稱，便是爲「假說我」所施設的種種相。

（四）釋假說法的種種相：《成唯識論》說言：「（假說）法種種相，謂實、德、業等，蘊、處、界等。」⑫世間、聖教除了施設我種種相之外，也會隨着不同情況，施設法種種相。如世間凡夫隨着種種分別妄執，施設山、河、大地，乃至瓶盆器物；外道學者，有勝論師（勝論，音譯爲吠世史迦，梵文作Vaisesika）把宇宙萬有施設爲六大範疇，即「六句義」，一者是實（Dravya）、二者是德（Guna），三者是業（Karma），四者是有（Samanya，也譯爲「大有」、「有性」、「同」等），五者同異（Visesa，也譯爲「異」），六者和合（Samavaya）⑬。「實」爲萬有的實質（Substance），它包括：地、水、火、風、空、時（時間）、方（空間）、我（按：若依本論把所施設者分爲「我」及「法」兩大範疇，則此「我」自然應歸類到上述所謂「假說我」的範疇裏去）、意（思維）等九大類別。「德」是指實質上所涵攝的屬性（Attributes），其中包括：色、味、香、觸、數、量、別性、合、離、彼性、此性、覺、樂、苦、欲、嗔、勤勇、重性、液性、潤、行（活動之性）、法（合理）、非法（不合理）、聲等二十四種⑭。「業」指萬象中所有的動作、運動和作用（Activities），它包括取、捨、屈、伸、行（指行活動的本身，不同於「德」句中的行，彼行指活動之性）。「有」（大有）指萬有的最大共通性，以萬有同此有故，亦由此「有」能使實德業一一不無。此「有」的原理爲一，不必細分。「同異」（異）指萬有之間的差異性；物與物間之所以有異，是此「同異」的原理使其相異。「和合」是指「實」與「德」（如水與液性）、能與所（如文與義）、全體及部份（如人體與四肢）的相屬關係；實、德、業、有、同異間的相屬不離者，皆由此「和合」原理使其如此。學者所計執的「法種種相」，除上述勝論的「六句」外，還有數論（Samkhya）所計的「二十五諦」⑮，今恐繁從略。

至於聖教，亦以化度有情，使其斷染得淨，引生正見爲緣，而施設法種種相，如論文所說的蘊、處、界等。「蘊」（Skandha）是積聚（Cumulate,

Aggregate) 義。「五蘊」(Pancaskandha)，由「色」(Rupa)、「受」(Vedana)、「想」(Sanjna)、「行」(Samskara)、識 (Vijnana) 等五組積聚體和合而成一個生命體。色蘊是指地、水、火、風等物質所構成的五根軀體。受蘊是指生命假體的各種苦、樂、捨（不苦不樂）的主觀感受。想蘊是指生命假體接觸客境時的各種取像作用。行蘊是指生命假體發施動作時的各種意念作用。識蘊是指生命假體認知客觀世界與反觀內心世界的各種了別作用，其中再分眼、耳、鼻、舌、身、意等六識。如是「色蘊」屬於物質性的「色法」，其餘「想」等四蘊則屬於精神性的「心法」。

聖教所施設的「法」，除了以「五蘊」來分析有情的生命假體外，還以「十二處」(Dvadasa-ayatana) 來分析有情的認知活動。「處」(Ayatana) 是生義，即由六根對向六境而生起六識。「六根」是指：眼根、耳根、鼻根、舌根、身根、意根；「六境」是指色境、聲境、香境、味境、觸境、法境。若把「六根」、「六境」、「六識」合起來便成「十八界」(Astadasa-dhatu)。「界」(Dhatu) 是因義，謂十八界爲諸法（一切事物）之因，那就是以眼根對色境而生眼識，以耳根對聲境而生耳識，以鼻根對香境而生鼻識，以舌根對味境而生舌識，以身根對觸境而生身識，以意根對法境而生意識，如是能知的六種根、所知的六種境、了別活動的六種識，便統攝了宇宙（諸法）之全部，由此故說「十八界」是諸法之因。

聖教所施設的法種種相，還有「十二因緣」（Dvadasanga pratityasamutpada）中的無明、行、識、名色、六入、觸、受、愛、取、有、生、老死等十二類法，及「四聖諦」（Catvariarya-satyani）中的苦、集、滅、道等四種法，如是等等不勝枚舉。

上文所舉的山、河、瓶、盆、實、德、業、有、同異、和合、色、受、想、行、識、苦、集、滅、道等等，正是世間及聖教所施設「假說法」中的種種相。

（五）破實我執：唯識學者繼承大乘般若思想，只能接受「假說我」、「假說法」的存在，而絕對不能接受「實我」、「實法」的存在。這是唯識家的思想有異於小乘有部的「人空法有」主張，而堅持大乘「我法二空」的精神。

所以《成唯識論》有詳破小乘與外道的章節，其文甚繁，這裏只能選錄其中較爲簡明而扼要的若干論證，以見唯識家對「我法二空」的觀點。下面先述「破實我執」的梗概。

《成唯識論》說言：「諸所執我略有三種：一者、執我體常、周偏、量同虛空，隨處造業，受苦樂故。二者、執我其體雖常，而量不定，隨身大小有卷舒故。三者、執我體常，至細如一極微，潛轉身中，作事業故。」⑯《成唯識論》把外道的「我執」分爲三種形態：第一種形態以數論（Samkhya）爲代表，執有實我，其體常住，周遍存在於（天、人、阿修羅、地獄、餓鬼、畜生）諸趣之中，而其質量與虛空相同，偏於十方的空間。但此所執實我，能於所在之處，造各種業，有各種苦樂感受。第二種形態以耆那派（Jainism）爲代表，執我體雖是常住，但質量不定，依隨肉身軀體的大小而有卷舒變化。第三種形態是以獸主外道（Pasupata）爲代表，執我體常住，至細如一極微（Paramanu）⑰，但它卻潛藏於軀體之中作出種種不同的活動。如是世間一切我執，都不出上述的三種形態；若能把這三種形態，一一加以遮破，則一切實我的執着都不能成立。

先破第一種我執。《成唯識論》說言：「初且非理。所以者何？執我常、徧、量同虛空，應不隨身受苦、樂等。又常、徧故，應無動轉，如何隨身能造諸業？……」⑱這方面的質難，可以開成兩個比量（推理）以破斥外執：

其一、宗：你所執的我，應不能隨身有苦、樂等感受。

因：許所執的我是常故，是徧故。

喻：若許是常，若許是徧，則不能隨身受苦、樂等，如你所認可的虛空。

其二、宗：你所執的我，應不能隨身造諸業⑲。

因：許所執的我是常故，是徧故，無動轉故。

喻：若許是常、是徧、無動轉者，則不能隨身造諸業，如你所認可的虛空。

如是若執有常、徧、量同虛空的實我，則此實我便不能隨身有苦、樂的感受，不能隨身造諸種業。所以這種形態的我執是自相矛盾的，不能成立的，於理是不可得的。

中破第二種我執。《成唯識論》說言：「中亦非理，所以者何？我體常住，不應隨身而有舒卷。既有舒卷，如橐籥風。應非常住。又我隨身應可分析。如何執我體一耶？故彼所言，如童豎戲。」⑳這方面的破斥，也可開成四個比量：

其一、宗：你所執的我，應不能隨身大小而有舒卷變化。
因：許所執的我是常住故。
喻：若許常住，則不能有隨身大小而舒卷變化，如你所認可的虛空。

其二、宗：你所執的我，應非常住。
因：許所執的我，有舒卷變化故。
喻：若許有舒卷變化，則非常住，如橐籥風。

其三、宗：你所執的我，應可以分析。
因：許是隨身舒卷故。
喻：若許隨身舒卷，則可以分析，如隨身的影。

其四、宗：你所執的我，非是實一。

因：（依上比量推證）爲可分析故。

喻：若可分析，則非實一，如瓶盆等。

如是由四比量，證成若執有常住我體，則此我體必不能隨身大小而有舒卷變化；若有舒卷變化，則非常住，及應可分析；若可分析，則彼執我體，必非實一。由此證見持此形態的我執（即我體是常，其量不定，隨身大小舒卷），是自相矛盾的，那末所執的一個常住、獨一的我體，便有如孩童的推沙游戲，不能成立。

後破第三種我執。《成唯識論》說言：「後亦非理。所以者何？我量至小如一極微，如何能令大身偏動？若謂雖小而速巡身如旋火輪，似偏動者，則所執我非一、非常；諸有往來非常、一故。」[21]這方面的難破，可開成若干比量：

其一、宗：你所執的我，於一剎那應不能令大身軀周偏活動。

因：許是極小故。

喻：若是極小，則不能於一剎那令大身軀周偏活動，如你所認許的極微。

設彼轉救說：「我體雖不能一刹那頃即徧動身，但可次第轉動，如旋火輪一般，迅速往來，於理無違。」此種救執，也不應理，可再分二量加以難破：

其二、宗：你所執的我，應非常住。

因：許有往來故。

喻：若有往來，則非常住，如火輪等。

其三、宗：你所執的我，應非實一。

因：許有往來故。

喻：若有往來，則非實一，如火輪等。

如是若執有至小如極微的我體，則此我體便不能潛轉身中，令身軀活動作業，若謂此我體在身中往來轉動，如火輪般，則此我體，定不是常，定不是一。那麼，常、一的實我便無從成立，都應破捨。此外《成唯識論》還就「即蘊我」、「離蘊我」、「非即蘊、非離蘊我」加以遮破，今恐繁從略[22]。

（六）破實法執：《成唯識論》所破實法的計執，極爲全面。而所破的對象，於外道有數論師、勝論師、聲論師、摩醯首羅論師（Mahesvara，即大自在天論師）、吠陀（Veda）計者、時計者、方計者、本際計者、自然計者、虛空計者、我能生計者、無慚計者，乃至順世外道（Lokayata）等，合計九十五種；於小乘中，有說一切有部、經量部、正量部、化地部、一說部、說出世部、雞胤部等，如是上座與大衆等部執，都是遮破的對象。其間內容過繁，不宜一一論述，因此在下文中，於外道諸論，唯取破順世外道的那部份來加以介紹；於小乘中，則從內容來分，唯取破色法、破不相應行法、破無爲法等三個主要部份，則諸部執有關聯的，一併於此予以難破。

順世外道有如一般世間俗人，認爲有離心識而獨立存在的身、心諸法；而此等的身、心諸法是依永恆的地、水、火、風極微（原子）爲體而合成的，所以容是無常，但爲實有。有情死後，身、心諸法還歸地、水、火、風等四大極微。如是身、心諸法（粗色）皆從現在衆緣而生，非由前世來，亦不往後世去。身、心諸法的質量，與組成它們的極微之質量相等。如《成唯識論》所載：「有外道（順世外道）執地、水、火、風極微實、常，能生粗色（色身諸法）

，所生粗色不越（能生極微）因量，雖是無常，而體實有。」[23]

要破順世外道的實法計執，可分兩面着手：一者、先破能生的四大父母極微；二者、再破所生的粗色（身、心諸法）。今《成唯識論》先破四大父母極微：「所執極微若有方分（佔有空間），如蟻行等，體應非實；若無方分，如心、心所，應不共聚生粗色[24]；既能生果，如彼所生，如何可說極微常住？」從論文可見破順世外道的四大父母極微，可從三方面進行：第一設地、水、火、風四大父母極微是佔有空間的（有方分），則可以推出它們體非實有，量云：

宗：你所執的地、水、火、風等四大父母極微，體應非實。

因：有方分故（佔有空間）。

喻：若有方分，則體非實，如蟻行（蟻所組成的行列）等。

現象界一切事物，若不是佔有空間（有方分），便是不佔空間（無方分），佔不佔空間（有方分及無方分）統攝一切情況，統攝事物存在的形態，二者必居其一，更無其餘。於上面論證，設四大極微若佔空間（有方分），則推出極微非實有。今於第二步驟設地、水、火、風四大父母極微不佔空間（無方分），可再考察其是否自圓其說。考察的結果是：

宗：你所執的地、水、火、風等四大父母極微，應不共聚生粗果色。

因：無方分故（不佔空間）。

喻：若無方分，則不能共聚生粗果色，如心、心所。

如是透過比量論證，四大極微若不佔空間（無方分），則不能聚集而生起現象界的一切物質性的東西（粗果色，如山河大地、屋宇器物等），此與順世外道所執「四大極微能生粗色」的主張相違；又前已證得四大極微若佔空間（有方分），則不是實有，此又與順世外道所執「四大極微，體是實有」的主張相違。那麼，四大極微或佔空間（有方分），或不佔空間（無方分），二者必居其一，更無其餘。如此推知所執極微，或是非實，或不能聚生粗果色，二者必居其一，使順世外道的極微理論沒法自圓其說。再者，彼執極微常住，亦不應理，這是推證的第三步驟，量云：

宗：你所執的地、水、火、風等四大父母極微應非常住。

因：許能生果故。

喻：若能生果，見非常住，如所生的子微（子微是由父母極微所組合而成的，而子微亦能組合而成現象界的事物粗色，是無常法，即子微亦是所生，亦是能生，故可爲喻。）

透過上述的三個比量，我們證得順世外道所執「有極微實法，常住而能生粗色」這主張是不能成立的，何則？已證見彼四大極微體非常住，體或非實，或不能共聚而生粗果色故。

上文已破能生的極微，今當辨破所生的粗色。辨破粗色中，先就所執「所生之果不越因量」爲依據，論證極微生果，不名粗色；後破「所生之果體是實有」執，如《成唯識論》云：「又所生果不越因量，應如極微，不名粗色。則此果色應非眼等色根所取，便違自執。……（粗色）既多分成，應非實有，則汝所執前後相違。」㉕先就「所生之果不越因量」破，可分成二比量：

其一、宗：你執四大極微所生的果色（極微所組成的一切物象），應不名粗色。

因：許與能生四大極微等量故（即所生果色與能生極微，其量相等，亦即所謂「不越因量」）。

喻：若與能生四大極微等量，則不名爲粗色，如所執四大極微的本身。㉖

其二、宗：你所執的果色，應非眼等諸根所取境。

因：許與能生四大極微等量故。

喻：若與能生四大極微等量，則非眼等諸根所取境，如所執四大極微的本身。

意謂一切物象粗色，若與能生四大極微等量（不越因量），則如四大極微的本身（四大極微，順世外道不名之爲「粗色」，亦不認爲是眼根、耳根等五根的所取境，極微細故），不應說名「粗色」，亦不得爲「眼等五根之所取境」，如是與順世外道的主張相違。又粗色既由衆生極微所組合而成（即「多分所成」），故亦不應執爲實有，如比量言：

宗：你所執的粗色應非實有。

因：許由多分所成故。

喻：若由多分所成，則非實有，如軍、林等㉗。

如是順世外道所執實法，無論是能生的四大極微，或是所生的一切物象，其體都非實有，故彼法執，俱是妄情計度所致，不能成立㉘。

上面辨破順世外道所持法執，以例破一切其餘外道諸派的執着。下文將就佛家小乘所執的色法、不相應行法、無爲法進行質難。

如《成唯識論》云：「餘乘所執離識實有色等諸法，如何非有？（答言：）彼所執色（法）、不相應行（法）及諸無爲（法），理非有故。且所執色（法）總有二種：一者、有對，極微所成；二者、無對，非極微所成。彼有對色定非實有，能成極微非實有故。謂諸極微若有質礙，應如瓶等，是假非實。若無質礙，應如非色，如何可集成瓶、衣等。……餘無對色是此類故，亦非實有。或無對故，如心、心所，定非實色。……」㉙

爲破所執實有色法（Rupadharma），先把色法（有物質性的事物）分爲有對礙的及無對礙的兩大組別。有對礙的色法（有對色），彼執爲極微所成；無對礙的色法（無對色），彼執爲非極微所成。於此先總明有對礙的色法（

有對色）定非實有；因能成彼有對法的極微，依前所破外道之中，已證明不是實有，今此有對色既許是由極微所成，故當應知亦不是實有；但此是總非，未成正量，所以下文再分別從有質礙、無質礙兩個角度重破諸極微，如量所說：

第一、設有質礙破：

宗：諸極微應是假非實。

因：許有質礙故。

喻：若有質礙，則是假非實，如瓶盆等。

第二、設無質礙破：

宗：你的極微不能集成瓶、衣等物。

因：許無質礙故。

喻：若無質礙，則不能集成瓶、衣等物，譬如心、心所等非色等法（不是物質性的東西）。

如是諸極微若非有質礙，便是無質礙，二者必當其一。若是有質礙，則極微是假非實（按：小乘多執極微是有質礙的）；若是無質礙，則極微不能集成瓶、衣等物。如此證成諸極微或是非實，或不能集成瓶、衣等物，則彼所執便有相違。如是能成極微若非實有，則所成實有的有對色法便不成立。所執實有極微若不能集成瓶、衣等一切世間器物，而瓶、衣等一切世間器物又確許其存在，則所執實有極微也失去作用，不能成立；再進而可知能成實有的極微既不成立，則依彼所成實有的有對色法也自然不有。

以上難破有對色法，下當難破無對色法；所謂無對色法是指「法處所攝色」，它包括：**一、極略色**（以假想慧分析五根、五境令至極微），**二、極迥色**（以假想慧分析迴闊的虛空，令至極細的空間），**三、受所引色**（受戒時所引發的無表色），**四、遍計所起色**（意識起徧計所執時所顯現的五根、五境等影像），**五、定所生自在色**（由定力所變現的色聲等境像）。如是五種無對色法，小乘人執爲實有，今以二量難破如下：

其一、宗：你所執的實有無對色，定非實有。

因：許是色法所攝故，色種類故。

喻：若是色法所攝，色種類者，則定非實有，如有對色。

其二、宗：你所執的實有無對色，定非實色。

因：許是無對礙故。

喻：若是無對礙，則定非實色。如心、心所等。

上面總破一切色法，若執實有，則無論是有對色或無對色，俱不能成立㉚。下文辨破「不相應行法」，如《成唯識論》云：「不相應行（法）亦非實有。所以者何？得、非得等非如色、心及諸心所體、相可得。非異色、心及諸心所作用可得。由此故知定非實有，但依色等分位假立。」㉛

所謂「不相應行法」（viprayuktasamskara）是指依色法、心法等分位假立的關係概念，如「說一切有部」所立的「不相應行法」有十四種，即：得、非得、同分、無想、無想定、滅盡定、命根、生、住、異、滅、文身、名身、句身。如是等「不相應行法」，彼執爲實有，今分體、用兩方面加以辨破：

其一、從體性破：

宗：你所執「得」、「非得」等不相應行法，定非實有。

因：非如色法、心法及心所有法等現量、比量有體性可得故。

喻：若非現量、比量有體性可得，則非實有，如畢竟無。

其二、從作用破：

宗：你所執「得」、「非得」等不相應行法，定非實有。

因：非異色法、心法、心所有法等現量、比量有作用可得故。

喻：若非現量、比量有作用可得，則非實有，如畢竟無。

如是「不相應行法」無論現量、比量都不能證知其有實際的體性和作用，故不是實有，唯依色法、心法假立而已。

《成唯識論》於辨破實有的「色法」和「不相應行法」之後，更進而遮破「無爲法」，如彼論云：「諸無爲法離色（法）、心（法）等決定實有，理不可得。且定有法略有三種：一、現所知法，如色（法）、心（法）等。二、現受用法，如瓶、衣等。如是二法世共知有，不待因成。三、有作用法，如耳（根）、眼（根）等，由彼彼用，證知是有。無爲（法）非世共知定有，又無作用如眼（根）、耳（根）等，設許有用，應是無常。故不可執無爲定有。然諸無爲（法），所知性故，或色（法）心（法）等所顯性故，如色（法）、心（

法）等，不應執爲離色（法）、心（法）等實無爲性。」㉜

所謂「無爲法」（Asamskrta dharma）是指不由衆緣和合而生的事物，如「說一切有部」所執爲實有的擇滅無爲、非擇滅無爲及虛空無爲㉝。此三無爲法，彼有部執爲離色法、心法而眞實存在㉞，所以論文首先指出彼執有離色、心等法而眞實存在的無爲法，於理是不能成立的，因爲世間認許定有之法不外三種：

一、現量所知法，如色、聲、香、味、觸等色法和各種心、心所法。

二、世間現見而可受用法，如瓶、衣等非現量所得的假施設諸法。

（上述「現所知法」和「現受用法」是世間共許其有，不需再以比量來加證成。）

三、有作用法，如眼根、耳根等五色根等。（此法不是世人現量所共知，而需要透過即用顯體的比量，證知其有——由根對境，有顯識的作用，有用必有體，故知諸根的存在。）

今彼執的「無爲法」，既不如色、心等「現所知法」和瓶、衣等「現受用法」是世間共許定有之法，也不如眼、耳等五根「有作用法」，可以即用以顯體，比量證知其存在，所以總說「諸無爲法離色、心等決定實有，理不可得」。假若小乘設救「無爲法」亦有作用，這也不能建立「無爲法」是常住永恆的實法，如量破云：

宗：你所執的無爲法應非無爲，而是無常法。
因：許有作用故。
喻：若有作用，則非無爲，是無常法，如眼、耳等根。

跟着《成唯識論》更以比量總破「無爲法」，可分二量如下：

其一、宗：你所執諸無爲法，不應離色、心等法有實無爲體性。
因：許是所知性故（能爲認知對境）。
喻：若是所知，則不應離色、心等法有實無爲體性，如色法、心法等。

其二、宗：你所執諸無爲法，不應離色、心等法有實無爲體性。
因：許是色、心等法所顯性故。

喻：若是色、心等法所顯性者，則不應離色、心等法有實無爲體性，如色、心等法。

上來於破實法執中，分別遮破了「色法」、「不相應行法」及「無爲法」。然而於「說一切有部」的「五事」當中，卻沒有難破「心法」（Citta-dharma）及「心所法」（Caitta-dharma）。推其原因，唯識學派（又名「瑜伽行派」）遮破外道小乘的「或執外境如識非無」（如說一切有部），亦破空宗的「或執內識如境非有」（如大乘空宗的清辯思想），把一切法都總攝到「心法」去（「心所法」是隸屬於心法而與之相應），故不予遮破。不過唯識學派也不執「心法」及「心所法」爲實有，所謂「若執爲實，如同法執」㉟，所以不必另文遮破。

【註釋】

㈠本書中的頌文，依《藏要》本，取其詳校梵、藏版本故。《藏要》本頌，所校梵本依法人萊維氏（Sylvain Levi）一九二五年巴黎版的Vijnaptimatratasiddhi頁十三至四十五；所校藏本則依Sum-cu-pahi tshig lehur byas-pa曲尼版丹珠經解部，ci字函一頁至三頁上。

又《藏要》校注云：梵藏本此上句說爲「我法之假說」，無此「由」字；下句亦無「相」字。霍韜晦於《安慧「三十唯識釋」原典譯註》（下簡《霍譯安慧釋》）譯爲「我法施設相，雖有種種現。」

②見《大正藏》卷三一、頁一。

③韋達把「軌範」譯爲「Norm」，見韋撰《成唯識論——漢英對照》、頁八。

④「外道」是指佛教以外的其他印度哲學或宗教派別，如婆羅門、順世外道、勝論、數論等。

⑤「聖教」是指佛陀、菩薩諸聖者的言教，此等言教，後寫成文字（初時的聖教是口傳的）便成「佛典」。

⑥同註②。

⑦「假說」、「假設」、「施設」、「安立」等都是同義詞；那就是透過意識，把心識中的意像建構而成種種名言概念，這樣的建構活動，說名「假說」，說名「施設」，說名「安立」等。

⑧「有情」（Sattva）一詞，舊譯爲「衆生」。「有情」有多義，一者、「情」是「體性」義，指「五蘊」、「十二處」等的「法體」；諸賢聖如實了知「生命主體」（我體）只有

此「五蘊」等的「體性」，更無其餘所謂眞實的靈魂、神我，所以叫「生命主體」爲「有情」。二者、「情」是「愛」義，於「五蘊假我體」能生愛着，故名「有情」。三者、「情」是「生」義，謂「生命主體」或胎生，或卵生，或濕生，或化生，由有「生」故，名爲「有情」（上依聖教釋「有情」義，下面則就世俗來作解釋。）四者、「情」是「識」義，「生命主體」具有「心識」活動，故名「有情」，如是依此義則「有情」只包括動物而不能包括植物，植物雖有生命，卻沒有「情識」故。

⑨生命主體由五蘊和合而成。五蘊中的「色蘊」是物質性的「色法」，故名爲「色」，餘「受」、「想」、「行」、「識」四蘊是精神方面的「心法」，故名爲「心」。如是「五蘊」由「色」、「心」二法所成，前期生命完結，引生後一期的生命，如是「生命」相續不斷，故說名「色心相續」。

⑩見道的初果名爲「預流」，意謂參預於聖者之流（類），已證「四聖諦」之理，已斷除欲界見所斷一切煩惱，得無漏清淨智故。若已斷除欲界九品修所斷煩惱中的前六品，名爲「一來」，以只需要一度生於天界，再來人間，便可入般涅槃（Parinirvana）故。若已斷除欲界九品修所斷煩惱中的後三品，名爲「不還」，以不必再返欲界受生故。若已斷除一切

欲界（已於前階段斷）、色界、無色界的煩惱者，名爲「無學」（阿羅漢），已超出三界，無法可學，得證般涅槃故。若就大乘，則分別以初地、第八地、第十地及佛地爲「四果」。

⑪「種性住」有情，謂有大菩提成佛種子功能而尚未發心趣向菩薩乘的有情。「勝解行住」是指由發心以至證悟眞如（謂之「見道」）之前的有情。「初地」至「十地」，指見道後至成佛前的有情，依其修行證果的高下，分爲十個階段。「佛地」是指已證諸佛境界的有情。

⑫見註②。

⑬勝論學派是印度古代六家哲學之一，傳說由嘔露迦（Uluka）立「六句義」（公元前二世紀開始結集）所創。其後到了公元第六世紀，有慧月（Maticandra）論師於六句義之上，再加四句，便成「十句義」。他所擴展而成的十句是：實、德、業、有、同異、和合、有能（使實德業能生自果的原理）、無能（使實德業除生自果處，不生餘果的原理）、俱分（使一法望餘法有同有異的原理）及無說（甚麼事物都不存在）。可參考黃懺華的《印度哲學史綱》（頁六七至八四）及羅時憲先生的《成唯識論述記刪注》第二冊、頁七四至九

五。

⑭不是每一種實都全具此二十四德，如「地」句（指堅硬性的實質），可具有色、香、味、觸四種德，又如「我」實，可具覺、樂、苦、欲、瞋、勤勇、行、法、非法等九種德。

⑮「數論」亦是印度古代六家哲學之一。它立神我（Purusa）與自性（P˙akrti）二元論，再由自性轉變爲大（Mahat）、我慢（Ahamkara）、五唯（Tanmatra，即色、聲、香、味、觸）、五知根（Buddhindriya，即耳、皮、眼、舌、鼻）、五作根（Kormendriya，即舌、手、足、男女、大遺）、心根（Mana）及五大（Maha bhuta，即空、風、火、水、地）。可參考黃懺華的《印度哲學史綱》（頁四六至六一）及羅時憲先生的《成唯識論述記刪注》第二冊、頁三六至七三。

⑯文見《大正藏》卷三一、頁一。按《藏要》校注言：此下廣破我執，安慧釋均無文，勘《廣百論釋》（護法所造）卷二、卷三，文義略同，則此段應是護法之說。

⑰極微，近似科學家所言原子（Atoms），謂物質被分析至極小不可再分的單位，如是鄰於虛空，所以舊譯爲「鄰虛」。

⑱見註⑯。能破多端，今取其較重要的兩種論證，餘者從略。

⑲「業」（Karma）指善、不善、無記（中性、非善非不善）的行爲。佛家常把業分爲三類，即身業、口業及意業。

⑳見註⑯。

㉑見註⑯。

㉒可參考《成唯識論》卷一及羅時憲先生的《成唯識論述記刪注》卷第一、頁一九五至二二三。其難破可略舉如下：

一、破「即蘊我」：宗：你所執即蘊的我應非常住。

因：許即是五蘊故。

喩：若即五蘊，則非常住，如五蘊體性的本身。

二、破「離蘊我」：宗：你所執離蘊的我，應無作、無受。

因：許蘊不攝故（離蘊，故蘊所不攝）。

喩：若蘊不攝，則無作、無受，如虛空等。

三、破「非即蘊非離蘊我」（具非我）：

宗：你所執的非即蘊非離蘊的我，應非實我。

因：許依蘊立非即蘊、非離蘊故。

喻：若依蘊立非即蘊、非離蘊者，則非實我，如瓶盆等。

㉓見《大正藏》卷三一、頁三。

㉔《廣百論釋》卷二云：「四大種和合爲我及身、心等內、外諸法。」可見心和心所有法，順世外道認爲是由極微所造。

㉕見註㉓。

㉖依此亦可反難極微應是粗色：

宗：所執極微，應是粗色。

因：與粗色等量故。

喻：若與粗色等量，則是粗色，如粗果色。

㉗「軍、林」是指軍隊及樹林。軍隊是由衆多的士兵所組成，離士兵並無軍隊，故軍隊體非實有；樹林是由衆多的樹木所組成，離樹木並無樹林，故樹林體非實有。

㉘破順世外道中，除破能生四大及所生粗色外，《成唯識論》並有「合破能生四大及子微」一節，較爲次要，故今從略。

㉙見《大正藏》卷三一、頁四。

㉚《成唯識論》及窺基《述記》本有「雙破有對、無對二色」一大段，如是別破表色、無表色等，今恐繁從略。

㉛見《大正藏》卷三一、頁五。

於中有別破諸部派所執衆同分、命根、二無心定、生、住、異、滅、名、句、文等，今恐繁唯取總破，餘破可參考羅時憲先生《成唯識論述記刪注》卷第三，頁六八至二一四。

㉜見《大正藏》卷三一、頁六。

於中有別破諸部所執，今恐繁從略。

㉝所謂「擇滅無爲」，是指由智慧的簡擇能力，把無明煩惱斷除，證得本來恆存的眞理，此種眞理名爲「擇滅無爲」。又若於現象界，某些事物出現的衆緣（條件）不具備時，則此事物畢竟不生，不生當然亦不滅，此便不可名爲「有爲法」，此不生不滅之法，非由簡擇智慧所能決定，所以名爲「非擇滅無爲」。第三、「虛空無爲」，則以無障礙爲性，因爲虛空無有邊際，眞空寂滅，離一切障，它不障他法，亦不爲他法所障，非緣生而獨自存在，故名「虛空無爲」。

㉞大乘的眞如亦是無爲法，但與一切色法、心法不即不離，不異不一，所以不同於有部的三種無爲，不入遮破之列。

㉟《成唯識論》云：「若執唯識眞實有者，如執外境，亦是法執。」見《大正藏》卷三一、頁六。

丙二、標宗歸識

【頌文】彼依識所變①。

（一）**總說**：前文已申明世俗、小乘所執實我、實法，其體非有，依理言之，都不能成立。這裏唯隨世間種種分別橫計等緣，假施設爲我、爲法，亦隨諸聖教安立證得等緣，假施設爲我、爲法。此假施設的我相和法相，亦於前文一一加以解說。今設有外人質問：「如是諸（假說我、假說法）相，若由假說，依何得成？」，爲答此問，《唯識三十頌》有言：「彼依識所變。」②

此問「彼」字，指「彼相」，即「彼世間、聖教所說我（種種）相、法（種種）相」。所謂「依識所變」，《述記》云：「（彼假說我、假說法之種種相）依內識之所轉變，謂種子識變爲現行識，現行識變爲種子及見（分）、相分，故名爲變；依此（種子識）所變而假施設爲我、法相。」③那就是說：第八阿賴耶識（Alaya）中所含藏的種子功能（Bija），由潛藏狀態轉變爲顯現狀態，即現行爲眼識、耳識、鼻識、舌識、身識、意識、末那識（Manas）

及阿賴耶識的自證分；而此現行八識的「自證分」，一方面可以再熏習爲更強的新熏種子，一方面又轉變爲「見分」和「相分」。依此「見分」及「相分」，世間、聖教便假施設爲種種我相及種種法相。

(二) 別釋識變：《成唯識論》對「識變」的含意和情況有清晰的說明；說言：「彼（假我、假法諸）相，皆依識所轉變而假施設。『識』謂了別；此中『識』言亦攝心所，定相應故。『變』謂識體轉似二分，相（分）、見（分）俱依自證（分）起故。依斯（見、相）二分施設我法，彼（我、法）二（者）離此（見分、相分）無所依故。或復內識轉似外境。我法分別熏習力故，諸識生時，變似我、法。此我、法相雖在內識，而由分別，似外境現。諸有情類無始時來，緣此（相分、見分）執爲實我、實法。如患、夢者，患、夢力故，心似種種外境相現，緣此（患、夢之境）執爲實有外境。……外境隨情而施設故，非有如識；內識必依因緣（種子）生故，非無如境。由此便遮增、減二執。境依內識而假立故，唯世俗有；識是假境所依事故，亦勝義有。」④

頌文說一切假我、假法諸相，都是「依識所變」而來，非實有自性，唯假施設有。此間所謂「識」，是「了別」的意思，它包括眼識、耳識、鼻識、舌識、身識、意識、末那識及阿賴耶識等心王，也包括受、想、行等五十一心所；概括地說，八識都有了境作用（有境現前，能明照之曰「了」；取其分際體相曰「別」）。而心所有法，如受、想等，要與心王相應始能生起的，也有了別作用，所以也是「識」之所攝。所謂「變」是指諸心王、心所的「自證分」識體顯現為「見分」及「相分」⑤。所有「自證分」、「見分」及「相分」都是由第八阿賴耶識中的「種子」功能所現行而有。「自證分」必與能知的「見分」同一種子所現行；然能知的「見分」與所知的「相分」，則或是同種，或是別種。

如眼根接觸樹葉的「青境」（本質境）而生眼識，此眼識自體的「自證分」由阿賴耶識中的種子所生，以此為緣，一方面顯現為能知的「見分」，一方面為強烈增上緣，牽引阿賴耶識中的似彼「青境」的種子（只是似「青境」，而不是「青境」的自身），現行而成所知的「相分」影像（如是「相分」與「見分」是別種所生）；由此「見分」了知「相分」的影像，因而產生眼識的認知「青境」（本質境）的作用。

此「相分」是「見分」的親所取境，成爲眼識的「親所緣緣」⑥，而樹葉所顯的「青境」（本質境）本身，則是第八阿賴耶識中的色法種子所變，是阿賴耶識的「相分」（本質境），非眼識的直接取境，只是眼識的間接認知對象，所以只成爲眼識的「疏所緣緣」而已。

上文是「見分」與「相分」別種所生時的「識變」情況，即識體（自證分）轉似（見、相）二分的情況。至於「見分」與「相分」同種時，則由識體（自證分）直接轉似「見分」及「相分」而生，如一蝸牛變似二角，如是識體（自證分）與能知的「見分」及所知的「相分」（影像）是由同一種子所生；「見分」、「相分」離識體的「自證分」更無獨立體性，只是識體（自證分）的作用而已。如夢中意識所見樹葉的「青境」（影像），純粹是阿賴耶識中所攝藏意識種子所現行，此意識種子現行爲識體的「自證分」，由此「自證分」再開成能知的「見分」及所知的「相分」（影像）；而由「見分」以「相分」爲「親所緣緣」而直接認知它（別無「疏所緣緣」），於是產生夢中見「青境」

的認知活動。這是「見分」與「相分」同種時的「識變」（即「識體轉似二分」）的情況。

前述的一切假施設我的種種相，及假施設法的種種相，都是依識體（自證分）所轉似的「見分」、「相分」而有；此「見分」、「相分」是緣生法，非是全無，又不如眞如實體的實有體性，所以名爲「似有」。至於所施設的我、法種種相，離識的「見分」、「相分」更無體性，以假依實，故說名假我、假法，說名假施設我、假施設法，說名假說我、假說法。如是假我、假法離識的「見分」、「相分」便無所依，所以說名「唯識」，不離於識故，識所變現故。⑦

如是於八個識所變現的「見分」及「相分」之上，第七末那識執第八阿賴耶識的「見分」爲實我，第六意識執阿賴耶識「相分」中的根身爲實我，又執諸識的「見分」、「相分」爲實法。至於第八阿賴耶識及眼等前五識，或說有執，或說無執⑧，未成定論，然窺基則以護法所主的無執爲正義；如是依護法等說，八識生時，變現「見分」、「相分」，第七識執爲實我（執取阿賴耶識

「見分」爲「實我」，「我執」亦「法執」一分），第六識執爲實我、實法，並數數熏習（激發名「熏」，數數名「習」），成爲更強的妄執勢用，無始時來，依此熏習的分別勢用，於八識生起「見分」、「相分」時，便不期然變似內在的實我和外在的實法。

或有問言：此我、法諸相所依的「見分」、「相分」，本是內識（自證分）之所變現，爲何在感覺上，此我、法諸相卻似外境顯現？唯識家認爲：這是由於各種有情，於無始時來，因本具盲目衝動的無明愚癡勢用的影響，攀緣諸識所變現的「見分」、「相分」而執爲實我、實法。猶如一位患了黃疸病的人，由於眼根受了損傷，所以對向青境，也見爲黃色。又如睡夢中人，由夢者的顛倒攀緣力量，把睡眠時意識所起的內在影像（相分）執着爲客觀外在的眞事眞物。今諸凡夫執諸識所變的「見分」、「相分」爲客觀外在之境的實我、實法，理亦無違。以此《成唯識論》援引《厚嚴經》一首偈頌，以說明凡夫妄情計執識變的「見分」、「相分」爲實我、實法的客觀外境：

「如愚所分別，外境實皆無；

習氣擾濁心，故似彼而轉。」

同時再引《厚嚴經》另一偈頌，以說明聖者爲度諸有情，遣彼我、法二執，故依識變的「見分」、「相分」，假施設我、法的名稱：

「為對遣愚夫，所執實我法，
故於識所變，假說我法名。」⑨

【註釋】

① 「所變」一詞，「所」字是增譯，按《藏要》校勘梵藏本子，此句中的「所變」及下句的「能變」都用Prinama一詞，是「轉變」義，並無「能」、「所」之字。所以陳・眞諦《轉識論》譯爲「識轉有二種，一轉爲衆生，二轉爲法。一切所緣不出此二。此二實無，但是識轉作二相貌也」。可見眞諦把「所變」只譯爲「轉」。又「識所變」一詞組，梵文作Vijnanaparinama，眞諦譯爲「識轉」，《霍譯安慧釋》譯爲「識轉化」（見原書頁二十）。

② 《成唯識論》云：「如是諸相，若由假說，依何得成？（答云：）彼相皆依識所轉變而假施設。」見《大正藏》卷三一、頁一。

③見《大正藏》卷四三、頁二四〇。

④見《大正藏》卷三一、頁一。

⑤陳那把心識開成三分，即：自證分、見分、相分。「自證分」是識體，由此「自識分」再開成能了別的「見分」及所了別的「相分」。

⑥「所緣」是認知的對象義。認知對象有直接、間接之分。直接的認知對象名爲「親所緣」；間接的認知對象名爲「疏所緣」，有「所緣」然後有認知產生，所以「所緣」也成爲認知活動產生的助緣（增上緣），故直接的認知對象也叫「親所緣緣」；間接的認知對象也叫「疏所緣緣」。

⑦依窺基《述記》，此「識變」可有三種詮釋：一者，依安慧解，「識變」謂識體轉似（見、相）二分，二分無體，是徧計所執；除佛以外，諸識自體，即自證分，由不證實，有法執故，似（見、相）二分起。二分體無，如依手中，變似於兎，幻生二耳。於是唯「自證分」爲依他有，「見、相二分」是徧計所執。二者、依護法解，「識體轉似二分」，此識體的「自證分」及所變現的「見分」、「相分」，具是依他有，非是徧計，「見、相二分」是「自證分」所起的作用，即用顯體，不能說無（又護法於「自證分」之上更立「證自

證分」，便成四分說）。三者、依難陀、親勝等說，識變唯是「內識轉似外境」，「內識」即是識的「見分」，「似外境」即是識的「相分」。離「見分」、「相分」不再建立「自證分」（更未如護法於陳那三分之外，更立「證自證分」）。於是識體的內部結構，依《述記》所述，有四派不同主張：

一分說：安慧主張「自證分」才是識的自體。

二分說：難陀主張識體唯是「見分」及「相分」。

三分說：陳那主張識體「自證分」開成「見分」及「相分」，合成三分。

四分說：護法在陳那三分說的基礎之上，更立「證自證分」；此「證自證分」足以證知「自證分」的了知無誤，而「自證分」則向前證知「見分」的活動，向後又反證「證自證分」的活動。如是四分，彼此關連而趨於完善。現以簡圖表達如下：

其詳可參考《大正藏》卷四三、頁二四一至二四二。

⑧依窺基《述記》所載，難陀、護法等認為無始時來第六、七識計執實我、實法，而第八及前五識則並無計執。但安慧則主張所有八個識都有執着。見《大正藏》卷四三、頁二四二。

⑨見《大正藏》卷三一、頁七。

丙三、彰能變體

【頌文】此能變唯三①，謂：異熟、思量，及了別境識②。

（一）**總說**：上文說一切假說我、假說法的種種相，都不過依識所變而得安立；今更闡釋此「識變」（能變）究有多少品類。故頌文說言：（唯）有三類，其一是「異熟能變」，其二是「思量能變」，其三是「了境能變」。此正彰顯能變體的類別。

（二）**釋異熟能變**：「識變」可分成三類。第一類名為「異熟」（Vipaka）（能變）。《成唯識論》云：「識所變相雖無量種，而能變類別唯三。一謂異熟，即第八識，多異熟性故。」③可見「異熟能變」即第八阿賴耶識，賴耶本來是攝藏一切種子的，亦名「種子識」，亦名「藏識」，何以於此叫它做「異熟」呢？因為它具有多重的異熟含義：一者、變異而熟，謂有情造不同的善、惡業，熏習成業習氣（種子），如是積累一期生的業習氣（種子）以至於成熟；當此生完結時，此積累而成熟的業習氣（種子）作增上緣為因，牽引來生的新生命爲果，此果報便是新的阿賴耶識（新的賴耶所變現的根身和器界，跟過去的賴耶所變現的不同），故新賴耶名「異熟果」，由業習氣（種子）變異而成，具變異而熟的含義。二者、異時而熟，謂造善、惡業爲因在先，酬引新異熟爲果在後，因果不同時，故從果以望因，有異時而熟的含義。三者、異類而熟，先前造業，是善性或惡性，後所酬得的新異熟果，唯是無記性（非善、非惡的中性），從果望因，性類不同，故具異類而熟的含義。如是阿賴耶識既具有變異而熟、異時而熟及異類而熟等多重異熟含義，故亦名爲「異熟識」或「異熟能變」。

（三）釋思量能變：三能變中的第二類是思量能變。《成唯識論》云：「二謂思量，即第七識，恆審思量故。」④「思量」（Cinta）即是第七末那識；（思謂思慮，量謂量度）此末那識，恆常地、深明地思量計度第八阿賴耶識的「見分」，妄執爲自內我。此種特性爲「異熟」、「了別境」等二種能變所無。今把恆審思量的有無開成四句（「恆」謂相續不斷，「審」謂深明審慮）：

恆而不審——第八阿賴耶，此異熟識的活動雖恆常不斷，但卻缺乏深明審處作用。

恆審思量——第七末那識，無始時來，恆常審慮、思量賴耶見分爲實我。

審而非恆——第六意識，此識雖能審慮，但卻有間斷，缺乏恆常不斷的特性。

非恆非審——眼等前五識，彼等心識的活動既非恆常，亦沒有深明審慮作用。

由此可見「恆審思量」唯第七末那可以當之，故名末那識爲「思量能變」⑤。

（四）**釋了境能變**：第三能變名爲「了別境」（即「境之了別」義），亦名「了境能變」，是指眼識、耳識、鼻識、舌識、身識及意識（概言之名爲「前六識」）；如《成唯識論》云：「三謂了境，即前六識；了境相粗故。」「了別」（Vijnapti）是指心識對境，具有詮辨知悉的作用。「了別」有粗細之分。「微細的了別」通於一切識，如前文所言「識謂了別」即是此意；而「粗顯的了別」則是前六識所獨具。所以唯識家把前六識合名「了別境」，亦言「

了境能變」⑥。

（五）別解能變義：又據《成唯識論》及窺基《述記》所載，「識變」的「變」，有「轉變」及「變現」兩義。「轉變」是指第八阿賴耶識所攝持的種子起現行，故種子有「轉變」義，名「因能變」；「變現」是指識體「自證分」變現爲「見分」及「相分」，故八識「自證分」的識體有「變現」義，名「果能變」。

依此含義，「識變」便有「因能變（Hetuparinama）」及「果能變（Phalaparinama）」，如《成唯識論》云：「能變有二種：一因能變，謂第八識中（之）等流、異熟二因習氣。等流習氣，由（前）七識中善、惡、無記（種子現行的活動）熏令生長；異熟習氣，由（前）六識中有漏善、惡（種子現行的活動）熏令生長。二果能變，謂前（等流、異熟）二種習氣力故，有八識生，現種種相。等流習氣爲因緣故，八識體相差別而生，名等流果，果似因故。異熟習氣爲增上緣，感第八識，酬引業力恆相續故；感前六識，酬滿業者，從異熟起，名異熟生，不名異熟，有間斷故。即前異熟及異熟生，名異熟果，果異因故。此中且說我愛執藏，持雜染種，能變果識；名爲異熟，非謂一切。」⑦如是依「轉變」及「變現」二義，把「能變」的分類表列如下：

能變
- （依「轉變」義）因能變
  - 等流習氣（前七識所熏種子）
  - 異熟習氣（前六識善、惡業所熏種子）
- （依「變現」義）果能變——八識自證分

下文將把「能變」依其作用分類，加以闡述：

一、因能變：「因」是「種子」義；「因能變」便是第八阿賴耶識中所攝持的一切種子。此等種子無始時來都曾現行，現行又再熏習而成習氣種子（新熏種子）⑧，所以都名爲「習氣」（Vasana）。（習氣是新熏種子的異名，以彼是現行熏習的氣分，遇緣又可現行爲諸法故。）

如是「因能變」有「轉變」作用：一者轉變爲八識同類現行；二者、轉生後時八識自類種子；三者、引生異熟果報。以種子爲因，能生如是三果，故把攝持於第八阿賴耶識中的種子稱爲「因能變」。又此「因能變」，亦可依其或親、或疏生起「所變」，再有「等流習氣」（Nisyandavasena）及「異熟習氣」（Vipakavasana）的區別。

種子習氣中能親生所變自果的，說名「等流習氣」，所生自果有二：一是種子不在現行狀態，可以前種生後種，剎那相續；一是種子起現行，現行再熏自類種子，如是種子、現行、熏種三法因果同時。兩種情狀，表列如下：

（前念）（後念）

等流習氣┬……種子(1)→種子(2)……→
　　　　│（前念）　　　　　（後念）
　　　　└……〔種子(1)→現行→種子〕→種子(2)……→

「等流習氣」的「等」字是相似義，「流」字是流類（類別）義。「習氣」是熏習所得的「新熏種子」義。謂攝持於第八阿賴耶識中的第七末那識種子及眼等前六識種子，或前念種子爲因，親生後念種子爲果，或種子爲因，親生現行爲果，現行再爲因，復生種子爲果。前念爲因的種子若是善性，則所生爲果的同時之現行及所熏新種，或所生後念自類種子，皆是善性；若因爲惡性，則果亦惡性；因爲無記性，則果亦無記性——如是因與果性類相同，同性質（

善、惡或無記）種子是彼同性質果法的生因，果與因爲同類，所以稱此類種子爲「等流習氣」。

又由於第八阿賴耶識不能熏習，非能熏體，故「等流習氣」，若非依有覆無記的第七末那識熏習所成，便是依有善、惡、無記三性的眼等前六識熏習所成⑨。此外「等流習氣」，也名爲「名言種子」⑩。等流習氣爲親因緣，現行爲八識的（自證分）差別體相，名爲「等流果」。

至於「因能變」中的「異熟習氣」是指那些爲增上緣、酬引「異熟果」的「思心所」活動之新熏種子功能，亦名爲「業種子」。「異熟習氣」只限於與第六意識相應的「思心所」種子，以「思心所」發動身業、語業及意業，產生善、惡的活動，熏習「思」種子於第八阿賴耶識中。

此類種子有兩種功用：其一是能親生思心所的現行，此仍名爲「等流習氣」或「名言種子」；其二是激發第八阿賴耶識無覆無記性的「等流習氣」（即「名言種子」），生起新的一期生恆相續的阿賴耶識，即「異熟習氣」作增上緣，以酬引業力，感生賴耶「眞異熟」果；同時又激發眼等前六識的無記性的

「等流習氣」（即無記性的「名言種子」），生起新的一期生中間斷而起的眼等前六識，即「異熟習氣」作增上緣，以酬滿業力，感生前六識爲「異熟生」（依從「眞異熟」而生故。）「眞異熟」及「異熟生」合成「異熟果」。

無記種子作用微弱羸劣，須藉「異熟習氣」的激動作增上緣，然後能現行。「異熟習氣」有善性或惡性，但所酬引的「異熟果」卻是無記性，合乎異類而熟、異時而熟及變異而熟的含義，所以名善「異熟習氣」。此「異熟習氣」之體即是「等流習氣」，不過就其作增上緣的特殊作用，別立「異熟習氣」的名稱。

「異熟習氣」酬果後的作用便消失，故名「有受盡相」，但同體的「等流習氣」生現行時，可再熏種，又再現行，其作用無有窮盡，故名「無受盡相」。現把「等流習氣」與「異熟習氣」的作用差別表列如下：

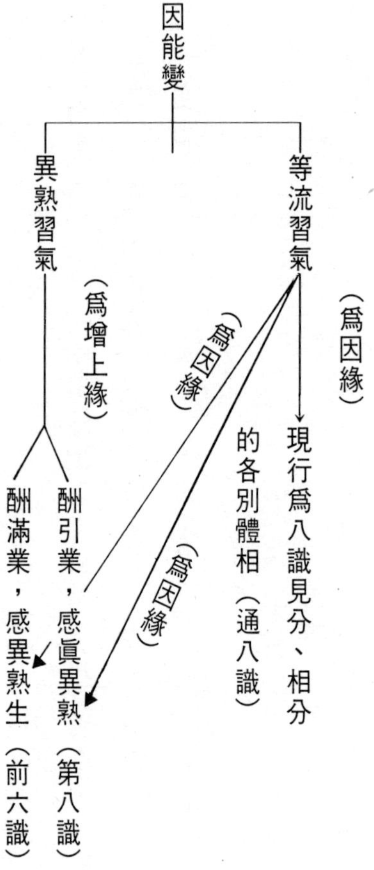

二、果能變：那就是由「因能變」中的「等流習氣」及「異熟習氣」所引生現行的八個心識的「自證分」（亦名「自體分」）。八識非一，所以「果能變」的體相也有種種差別。「等流習氣」爲因緣，「異熟習氣」爲增上緣（除第七末那識，以彼識「自證分」不必由「異熟習氣」酬引而得，非異熟果報，彼只由「等流習氣」爲因緣所生故），而轉變爲八識的「自證分」；彼二種習氣是因，此「自證分」是果，「自證分」又能變現爲「見分」、「相分」，如是「八識自證分」既具果義，亦具能變義，故說名「果能變」。今以表解顯示如下：

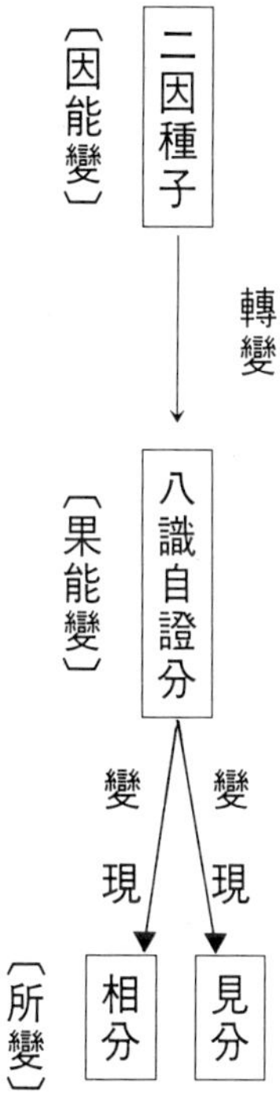

如是「等流習氣」及「異熟習氣」的「二因種子」（因能變）轉變爲「八識自證分」（果能變）又變現爲八識的「見分」及「相分」，依此「見分」、「相分」假施設爲我，爲法。那末，宇宙一切現象即如是建立。而前文所述「異熟能變」、「思量能變」及「了境能變」（簡名「三能變識」），皆由「因能變」中的「二因種子」所生，所以非「因能變」攝；而彼「三能變識」，由「自證分」（果）能再變現爲各別的「見分」、「相分」，具「變現」義，應是「果能變」攝。

【註釋】

①《藏要》校勘梵、藏二本，「唯」字作「又」。《霍譯安慧釋》把這句譯爲「此轉化有三」。又「能變」的「能」字，也是增譯。

②《藏要》校勘梵、藏本，謂「了別境識」一詞，爲增字譯法，本無「識」字，而作「境之了別」（Vijnaptirvisayasya）。

③見《大正藏》卷三一、頁七。

④同見註③。

⑤同見註③。

⑥唯識家把心識分爲三組，所謂：集起名心，思量名意，了境名識。今以簡表以區別如下：

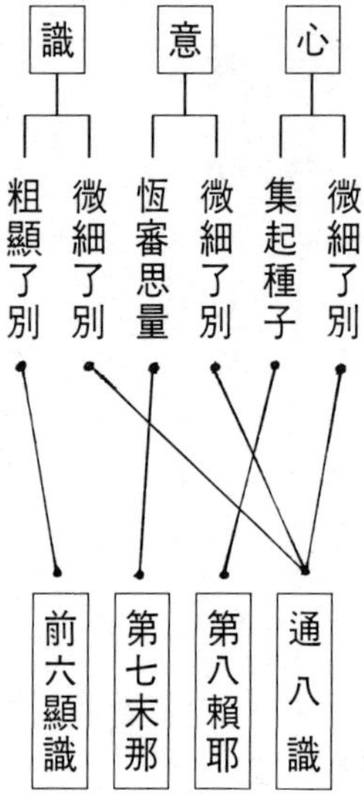

⑦同見註③。

⑧種子有新熏、本有之別。一般有漏（與煩惱結合的）種子都曾現行，現行又再熏習成新的種子，故名「新熏種子」。至於能證眞如本體的功能及聖者一切果德的功能，都是清淨的（不與煩惱結合的），是無漏種子，在凡夫位都未嘗現行，只寄存於第八阿賴耶識中，逐漸熏長，未曾熏生，故名「本有種子」。

⑨八識的生起，都依「等流習氣」（種子），但第八阿賴耶識卻不能熏習，那末阿賴耶識如何能生起現行？由於第七末那識執阿賴耶識的「見分」爲實我，故賴耶「見分」（「自證分」亦與「見分」同種）得仗末那「見分」之力，熏生賴耶「見分」種子，爲後時賴耶「見分」（「自證分」相同）生起之因；至於賴耶「相分」中的變現根身、器界的本質境（如眼識所緣的「青境」本質境，不是眼識的「相分」，是疏所緣故），由前五識「見分」之所挾帶，亦與「見分」同時熏生各自新種子，爲後時根身、器界生起的親因。其詳請參考羅時憲先生的《唯識方隅．諸行篇》頁五七，載於《法相學會集刊》第一輯。

⑩「等流習氣」亦名「名言種子」。「名言」有二種：一是「表義名言」，一是「顯境名言」。「名言」一詞，是指名（梵文由字母構成的「詞彙」）、句（由「詞彙」構成的「語

句」）、文（能構成「詞彙」的「字母」——即表達元音或輔音的「音素」），此等名、句、文是依聲上音韻的屈曲變化詮表諸法。故「表義名言」即是能詮表種種境相的名、句、文，第六意識緣此「表義名言」而熏成的「見分」及「相分」種子（「見分」與「相分」，隨其所應，或同種，或別種），此等種子說名「表義名言種子」，意謂以「表義名言」爲增上緣而熏生的種子，此唯是第六意識的心，心所見分、相分種子的一部份。

至於「顯境名言」者謂能了境的前七識之心、心所「見分」；此等「見分」雖非名言，然能顯了所緣之境，好像名言之能詮顯諸法一般，依譬喻立名，叫前七識的「見分」爲「顯境名言」；由「顯境名言」（前七識的「見分」）了自境時，不必依能詮的名言，一方面熏生自「見分」種子，一方面又熏生「相分」種子（此指「見、相別種」，若是「見、相同種」，則「相分」與「見分」同熏一種），如是所熏的種子名爲「顯境名言種子」。

合「表義名言種子」及「顯境名言種子」，總名「名言種子」。今表列如下：

名言種子
- 表義名言種子——第六識緣名、句、文所熏生的「見分」、「相分」種子。
- 顯境名言種子——前七識了境時所熏生的「見分」、「相分」種子。

乙二、廣釋

丙一、明能變相

丁一、明異熟能變

【頌文】初阿賴耶識①、異熟、一切種。
不可知執受②、處、了③。常與觸、
作意、受、想、思相應④。唯捨受。
是無覆無記。觸等亦如是。
恆轉如暴流。阿羅漢位捨。

（一）總說：《唯識三十頌》可分成甲一、甲二、甲三共三部。甲一、〈明唯識相〉，共有二十四頌。〈明唯識相〉中分二：一是〈略標〉，上文已釋，合佔一頌半；二是〈廣釋〉，共佔二十二頌半。此〈廣釋〉中再分〈明能變相〉、〈正辨唯識〉及〈通釋妨難〉三段。而〈明能變相〉別開成三：即〈明異熟能變〉、〈明思量能變〉及〈明了境能變〉等三章。本章正是〈明異熟能變〉，有二頌半。

窺基《述記》把〈明異熟能變〉一章，分成八段十義，如下表所析：

八段	頌文	十義
1.三相門	初阿賴耶識、	1.自相門
	異熟、	2.果相門
	一切種。	3.因相門
2.所緣行相門	不可知執受、處、	4.所緣門
	（不可知）了。	5.行相門
3.心所相應門	常與觸、作意、受、相、思相應。	6.相應門
4.五受相應門	（相應）唯捨受。	7.五受門
5.三性分別門	是無覆無記。	8.三性門
6.心所例同門	觸等亦如是。	
7.因果譬喻門	恆轉如暴流。	9.因果門
8.伏斷位次門	阿羅漢位捨。	10.伏斷門

下文把上表的6「心所例同門」歸到5「三性門」一起來處理，所以將以「三相」、「所緣」、「心所」、「五受」、「三性」、「因果」及「伏斷」等七段予以闡釋。

（二）**釋賴耶三相**：前依「果能變」，把「能變識」分爲三類：今頌言「初阿賴耶識、異熟、一切種」這兩句，就是闡釋初能變識的「自相」、「果相」和「因相」（此中的「相」是「義相」，指承擔的特殊意義，非「體相」）。《成唯識論》解釋初能變識的「自相」云：「初能變識，大小乘教，名阿賴耶。此識具有能藏、所藏、執藏義故。謂（此識）與雜染（有漏法）互爲緣故，有情執爲自內我故，此即顯示初能變識所有自相，攝持因果爲自相故。此識自相分位雖多，藏識過重，是故偏說。」⑤「阿賴耶（識）」（Alaya）就是初能變識的「自相」，「自相」即是自體義。

「阿賴耶」是梵語，有「藏」的意義，所以梵、藏本都作爲「藏識」（Alayakhyamvijnanam），它具有「能藏」、「所藏」及「我愛執藏」三種意義⑥。所謂「能藏」者，是指「阿賴耶識」能攝持前七識的雜染有漏法的種子功能；識能藏種，說名「能藏」，此是從識以望種立名。又前七識諸雜染有漏法現行時，能熏習種子於阿賴耶識中，故從種以望識，識便是「所藏」，阿賴耶識既爲前七識雜染諸法所熏所依，故說名「所藏」。又此阿賴耶識（的「見分」）爲雜染有漏的第七末那識所執藏以爲自內我，所以亦有「我愛執藏」的意義。「我愛執藏」是「愛着執取爲我之處」；「藏」字於此宜作「處」解。

於初能變（第八）識，以「阿賴耶」藏識爲「自相」，以「種子」爲「因相」，以「異熟」爲「果相」。「自相」是總相，能攝（按：是包含義）「因相」及「果相」；「因相」及「果相」是別相，需要依持「自相」而存在——離「別」無「總」，離「總」無「別」，「總」爲別所依持，別爲總所包含，今試圖解如下：

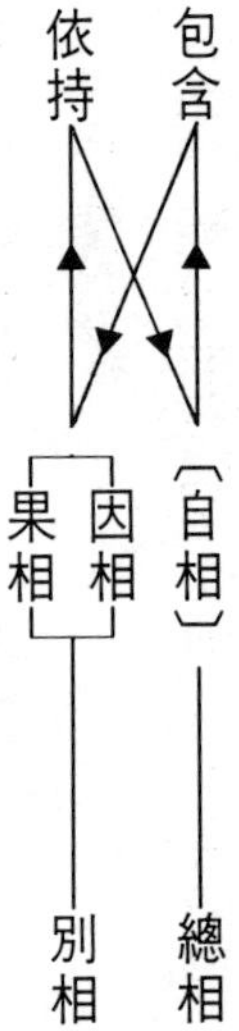

所以《成唯識論》說「（阿賴耶・藏識）攝持因（種子）、果（異熟）爲

自相」。又窺基《述記》認爲初能變的第八識，由凡夫至聖果，可有三種不同的存在形態，名之爲三位。

一者、我愛執藏位：在此位的第八識名爲「阿賴耶識」，它被第七末那識執爲自內我。當有情修行至菩薩第八地及小乘人證得無學果時，由於不再執它爲我，所以他們的第八識不再名爲「阿賴耶識」。

二者、善惡業果位：在此位的第八識名爲「異熟識」，爲前六識善、惡業所招引而成「眞異熟果」故。有情到了佛果階位，第八識是純善無漏，不是善、惡業之所招引者，所以不名爲「異熟識」。

三者、相續執持位⑦：在此位的第八識名爲「阿陀那識」，它攝持個別有情生命的一切色、心、染、淨種子功能以及五根身，使之相續而不失壞地存在下去。此位的「阿陀那識」，從無始以至於成佛後，其攝持作用無有改變，所以一切有情的第八識，都可名爲「阿陀那識」。

此第八識的三種分位，以「阿賴耶識」（即「我愛執藏位」）被執爲實我，過失最爲嚴重⑧，所以單取「阿賴耶識」以名初能變識的「自相」。

至於第八識（初能變）的「果相」名爲「異熟（識）」（Vipaka）。《成唯識論》云：「此（初能變識）是能引諸界趣生善、不善業異熟果故，說名異熟。離此，命根、衆同分等恆時相續勝異熟果不可得故。此即顯示初能變識所有果相。此識果相雖多位多種，異熟寬、不共，故偏說之。」⑨

第八識以「異熟識」爲「果相」，因爲此識是能引生三界（欲界、色界、無色界）、六趣（天、人、阿修羅、地獄、餓鬼、畜生）、四生（卵生、胎生、濕生、化生）的善業及惡業所感得的「異熟」果報；若離本識，便沒有所謂「命根」（壽命）、「衆同分」（於一期生中，成爲某一類別的「衆生」）等恆時（無間）、相續（非常）的（殊）勝果（報）可得。本識的果相可有多位，如前所謂「我愛執藏位」、「善惡業果位」及「相續執持位」等三分位；於此三位中，「異熟識」通於「我愛執藏位」及「善惡業果位」，比較寬容，所以用「異熟識」來命名本識的「果位」。

又本識通「等流果」、「士用果」、「增上果」及「異熟果」，不通「離繫果」。所以說「此識果相（有）多種」⑩。於所通四果中，「等流果」、「

士用果」、「增上果」亦可通餘法，是第八識與其他事物所共有，唯「異熟果」義，則不共於他法，是本識所獨有，所以本識的「果相」獨以「異熟」來命名。

至於第八識（初能變）的「因相」名爲「一切種（子識）」（Sarvabija-ka）。《成唯識論》云：「此（初能變識）能執持諸法種子，令不失故，名一切種。離此，餘法能偏執諸法種子不可得故。此即顯示初能變識所有因相。此識因相雖有多種，持種不共是故偏說。」⑪現行的第八識能攝持一切諸法（包括本識及他識）的種子功能，而不散失，以此爲因，能生起一切諸法爲果，即本識所攝種子是諸法生起之因，離此本識，便沒有能夠周偏攝持諸法種子的存在體，所以便把本識的「因相」名爲「一切種（子識）」。

本識也有多種「因相」，如「相應因」、「俱有因」、「同類因」、「能作因」、「持種因」等⑫。於本識所通的衆因之中，「相應因」、「俱有因」、「同類因」、「能作因」等亦通他法，唯「持種因」則不共通他法，是本識所獨有，所以獨以「一切種（子識）」來命名本識的「因相」。

上文經已闡釋初能變識的「自相」（名「阿賴耶識」）、「果相」（名「異熟識」）、「因相」（名「一切種子識」）；今因「種子」是諸法生起的親因，內容較爲複雜，而對唯識理論體系的建立又極爲重要，所以下文將分別以「種子的體性」、「種子的由來」、「種子的類別」及「種子的熏習」等四大段，作進一步的剖釋。

一、**種子的體性**——《成唯識論》把「種子」界定爲「本識中親生自果功能差別」⑬。那就是說：種子是攝藏在阿賴耶識中的、能親生一切染、淨、善、不善、無記色、心諸法自果的功能差別。此等種子與第八阿賴耶識是非一、非異的，因爲阿賴耶識是識自體（「自證分」或「自體分」），而種子是「相分」，由「自證分」之體，起「見分」與「相分」之用；體與用非一、非異，種子與賴耶亦然。又種子是因，能生起賴耶的「自證分」（包括「見分」）現行爲果；因與果非一、非異，則種子與賴耶亦非一、非異。

種子既能生起一切色、心諸法，就「世俗諦」言，是實法而非假法，有體有用故，非如瓶、盆是假施設故。種子可有「有漏種子」和「無漏種子」之別。有漏種子是雜染法，與賴耶異熟識體性類相同，爲賴耶相分，爲賴耶所攝藏；但無漏種子是清淨純善之法，不與賴耶異熟識體同一性類，非賴耶相分，只寄存於賴耶識中。如是無漏種子未能現行、未能熏習時，寄存賴耶之中，前念、後念同類等流而剎那生滅；在熏習位（即見道前，由聞思修熏令增長），則無漏種在賴耶中，日益強盛，待諸緣具足，始能現行，至究竟位，銷毀一切有漏種子，生起無漏菴摩羅識（Amalavijnana），取代賴耶及異熟識，攝持一切無漏種子。

又種子具備何種特性，始能作諸法的親生功能？《攝大乘論頌》云：「剎那滅俱有，恆隨轉應知，決定待衆緣，唯能引自果。」⑭《成唯識論》依彼建立「種子六義」⑮：

一者、剎那滅：賴耶識中所持的種子，是剎那纔生即滅，因爲它們都是有爲法，有變化，有功用，能生諸法，不像無爲法（如虛空、如眞如等）常住不變，沒有功用，不能生起諸法。此遮常法，無生滅者不得爲種子功能。

二者、果俱有：種子與所生的自類現行果法，是同時和合存在（如光與明同時存在），現行再生種子也是同時和合存在，所謂種生現，現熏種，「三法展轉，因果同時，如炷生焰，焰生燋炷」（熏種後，種再生種，才是因果異時）。圖解如下⑯：

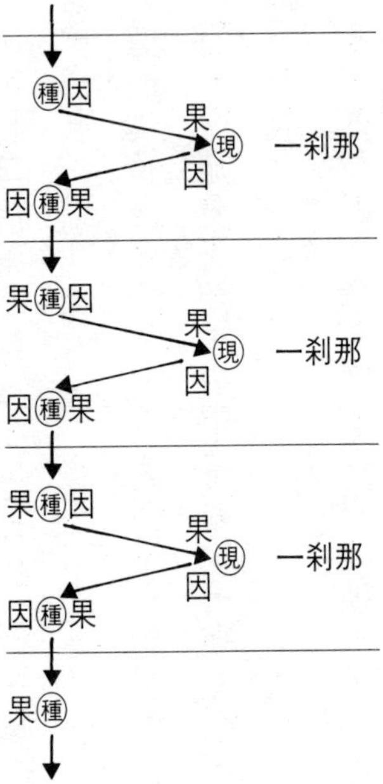

此是種子生現行、現行生種子的情況。正顯示種子與現行諸法，只是一體上的隱與顯的分別狀態。種子在隱的功能狀態，是本質，是內蘊勢用；現行則在功能的顯現狀態，是本質上的作用，二者不是截然的兩種自體。若種子不在現行的顯現狀態，唯被攝持於賴耶識中，亦以剎那生滅、種生種的隱藏狀態存在；那時，前種與後種，是兩個不同自體，所以種生種是異時的，如圖所示：

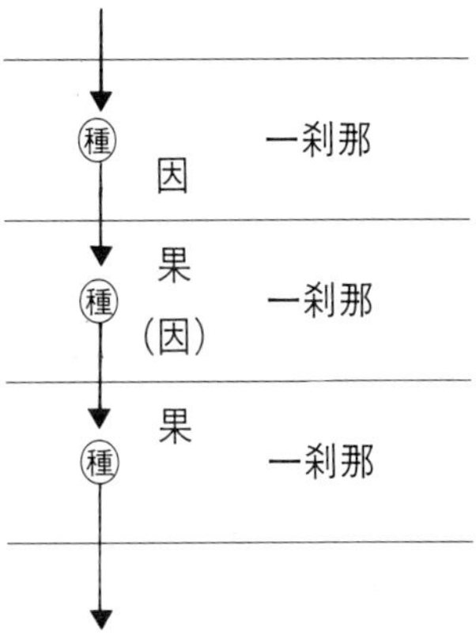

種子與現行俱時而有，此遮經量部執因果定不同時，及外道執大自在天於衆生身外能生一切有情，同時並顯示與現行異體異時存在者，不得爲種子。種子與現行不是異體，並同時有，所以種子可作現行的親生功能。至於主張種子生種子定是異時，目的在遮止於一剎那有無窮的一切法出現的謬誤，因爲種生種同時，種子之體便無窮；而種子又與現行同時，則一剎那頃，便有一切法生起，此不應理。

三者、恆隨轉：此指種子在賴耶攝持的情況下，是前後剎那，前種滅，後自類相似種子生，一類相續存在下去，直至究竟位成佛前一剎那，被強烈無漏智銷毀對治而止。此簡別前七識及色法，因爲第七末那識有轉易（於十地中，生空智及法空智起時，末那便不執賴耶爲實我），前六識及色法（如色蘊）有間斷，不符合「恆隨轉」義，不得作爲種子。

四者、性決定：指種子決定能生同性（有漏、無漏、善、惡、無記）現行，現行亦決定能熏同性種子，如是有漏種唯生有漏現行，無漏種唯生無漏現行，於有漏中，善種唯生善現行，惡種唯生惡現行，無記種唯生無記現行；至於現行的熏種，也是依有漏、無漏、善、惡、無記的性類各別決定。此遮撥有部所執善法等能與惡、無記法等爲同類因，有親生的因緣作用；即能生異性現行的，不得爲種子，唯性類各別，各自生起同性類現行的，才得爲種子功能。

五者、待衆緣：有爲法不會孤起，必待衆緣。種子也是有爲法，所以種子的現行，也必待增上緣和合。此遮外道執大梵天等能不待緣生一切法，及小乘有部執緣體恆有；彼所執不待緣能生一切果者及恆有生果之體，既不符合「待衆緣」的條件，所以不能成爲種子功能。

六者、引自果：種子各別生自類現行，不相雜亂。如眼識種子唯生眼識現行，不生餘識；眼識爲見相別種，則眼識見分種（包括自證分）唯生見分現行，不生相分；相分種唯生相分，不生見分。其餘各識及相應心所，亦由各別種子生起各別現行，色種唯生色法現行，心種唯生心法現行。如是千萬諸法，唯由各別千萬自種所生，千差萬別，各各獨立，而非混然一體。此遮外道執一因生一切果及小乘執色心互爲因緣；故彼所執的生一切果的大自在天及互爲因緣的色心諸法，不符引自果義，不得作爲種子功能。

不能具備上述的「六義」者，都沒有做現行果法親因緣的種子之資格。比如穀麥的種子，識所變現，唯可作芽之增上緣，非親生因緣，亦不具種子功能的資格；眞能完全具備上述「六義」的，只有潛伏在各別有情的第八識中之能生各種現象功能的種子而已。

二、**種子的由來**——種子從何而來？唯識諸師各有不同說法，總結起來，可成三派：

一者是「唯本有說」、二者是「唯新熏說」、三者是「本始並有說」。本來在彌勒《瑜伽師地論》中，已指出能證無上菩提的種子功能可有二種：一是

「本性住種姓」、二是「習所成種姓」（按：種姓是「種子」義）。本性住種姓是從無始展轉傳來，本然存在，這是「本有說」之所本；習所成種姓是慣習善根所得，這是「新熏說」所本；兼採本性住種姓及習所成種姓，這是「本始並有說」所本。茲把三說簡述如下：

一、唯本有說：護月等主張一切有漏、無漏種子，皆本性有，不從熏習所生，而經論說種子有薰習者，不過是指由熏習力，固有種子勢用得到增長，並不是成就新種。這是說種子本然存在，非別有因，使之存在。

二、唯新熏說：難陀主張一切有漏、無漏種子，皆由無始時來，現行熏習所生。能熏的前七識現行，固由種子所生，但生現行時即能熏發一種勢用，投入所熏的阿賴耶識之中而潛藏之，此餘勢用名爲習氣，此即新熏種子（亦名「始起種」），此新熏種子後時復能爲因，親生各別自類現行。如是能熏、所熏俱無始時存在，所以說種子唯由熏生。

三、本始並有說：護法依《瑜伽師地論》有二種姓說（「本性住種姓」是本有種；「習所成種姓」是新熏種，亦名始有種），折衷「唯本有說」及「唯新熏說」，認爲種子的由來，有的是本有的（本有種），有的是新熏的（新熏種，亦名始有種）。因爲若唯本有，則前七識不應與阿賴耶爲因緣性（即前七識的現行便不能熏種於賴耶，賴耶也不具「所藏」意義），今既主張賴耶有所藏義，接受前七識的熏習，即必然有新熏種子，如是則種子不應唯是本有。又若種子唯是始起新熏，則凡夫雖經修行實踐，他的第一次體證眞如的無漏智慧終不能生起，因爲缺乏親生自果的無漏種子作爲因緣故，試成比量如下：

宗：汝初無漏法應不得生。

因：無因緣故。

喻：若無因緣，法不得生，如兎角等。

今既認爲有情（有無漏種姓者）初無漏法，衆緣和合時定可得生，則種子必非唯是新熏始起，定有本有種子功能，以爲始創性的現行（按：第一次的現行，理應包括有漏法及無漏法）。如是若無本有種，則無始創性的現行，若無新熏種，則無等流習氣，二皆不應道理，故知種子應有本有及新熏（始起）二類。無始時來，第八識中，法爾具有本有種子，能生一切有漏、無漏諸法；又無始時來，前七識一切見、相現行後，再熏習其氣分於賴耶中，成爲習氣新熏（始起）種子，待緣成爲後時生起現行的功能。所以護法「本始並有說」才是合理。

或有疑問：初生無漏法，既是本有種，何以又得通名「習氣」（「習氣」有「新熏種子」的意義）。答言：有漏善種現行時，除了（作因緣）能熏生新的有漏善種於賴耶中（熏生新種，名爲「習氣」），同時也作增上緣能熏長潛伏在賴耶中還未曾現行的無漏善種（此無漏善種，未嘗現行，是本有種，非新熏種），令其長養增盛，待衆緣具足和合，然後初次現行；從熏長義[17]，本有種子亦得名爲「習氣」；一切種子，通名習氣，於理無違。

三、**種子的類別**——種子可依不同原則，有種種的分類，如依凡聖的差異，有「有漏種子」和「無漏種子」的區別：

種子
- 有漏種子
- 無漏種子

世間凡夫位一切活動，必與各種煩惱結合（因第七末那恆執第八識爲自內我故），所以所熏成種亦帶雜染性，說名「有漏種子」⑱。若由修行實踐，於見道位，無執的、不受煩惱雜染影響的正智現行，此清淨的正智，乃至聲聞、緣覺、如來三聖道所有的一切色、心活動，都由純善清淨種子之所變現，故此等種子，名爲「無漏種子」。

又有漏種子，依其所起的作用來分類，有「名言種子」及「業種子」二種，即上文釋「因能變」中所說的「等流習氣」及「異熟習氣」⑲。「名言種子」，又再分成「表義名言種子」（第六意識緣名、句、文時所熏生，有詮表意義的見分與相分種子），以及「顯境名言種子」（即前七識了境時所熏生的「見分」及「相分」種子）。於名言種子中，第六、第七識見分執我、我所所熏生的種子，別名爲「我執習氣」；此「我執習氣」，是先天的叫「俱生我執習氣」，是後天的叫「分別我執習氣」。又「業種子」別名「有支習氣」，是能酬引三有之因故⑳。如是有漏種子的再分類，可以表解如下：

- 有漏種子
  - 名言種子
    - 表義名言習氣
    - 顯境名言習氣
    - 我執習氣
  - 業種子——（亦名）有支習氣

又唯識家就有情所具種子功能的差異，把一切有情分成五類，即所謂「五種種姓」：

其一、聲聞種姓：此類衆生，有漏勢力強盛，只能斷除賴耶所藏的煩惱障種子，畢竟不能斷除所知障種子㉑。此類有情不能由自己悟道，須聞諸佛說法，依教修行，終證無學果。就證得無漏果邊言。此屬下根。

其二、獨覺種姓：此類有情，資質較利，不須聽聞佛法，亦能斷煩惱障種子，亦能悟道，證無學果，餘同聲聞種姓。此屬中根。

其三、佛種姓：此類有情，無漏勢力最爲強盛，能畢竟對治一切有漏種子（包括煩惱障種及所知障種），令永不生起；直趣佛果，此必上根。

其四、不定種姓：此類有情，於上述三種姓中，所具不只一種種姓，如：

（一）具備聲聞、獨覺二種種姓；或（二）具聲聞及佛二種種姓；或（三）具獨覺及佛二種種姓；或（四）具聲聞、獨覺及佛三種種姓。後三類有情，其無漏種子隨緣發現，許先證二乘小果，然後迴心向大，得成佛道。

其五、無種姓：亦名一闡提，此類有情，有漏勢力最爲強大，其煩惱障及所知障畢究不能對治；不能證無學果，亦不能證佛果，只能修行有漏善法，於人天中享受樂果。

四、種子的熏習——如前所述，種子亦名「習氣」；「習氣」是熏習所成種子，可知熏習是一切種子共通的作用。熏是激發義，習是數數義。即是說，當前七識聚的心、心所起現行時，其勢用強盛者，則於生起同時，能數數激發第八阿賴耶識，植其氣分於賴耶自證分中，而發生新種子，並使本有同類善種受興發的增長，如此歷程，名爲熏習。

然則諸法之中，何法具能熏條件？何法具所熏條件？《成唯識論》把其所熏資格的四項條件名爲「所熏四義」㉒，茲簡述如下：

一者、堅住性：只有那些始終一類、相續不斷、能夠攝持種子功能的存在體，才有所熏的可能。因此在八識之中，前七識的相分、見分都有變易，非一類相續，都不是所熏；第八阿賴耶識的相分，如種子、根身、器世界（色法），亦有變易，亦非所熏；只有第八賴耶的自證分（亦名自體分），無始以來，至究竟位，在對治前，前後相續，恆轉如流，才具堅住性，是所熏體。

二者、無記性：所熏之體，應是（無覆）無記性，因爲善法、惡法，其性強烈，如沈麝、蒜韮等，不能受熏，如極聰明、極頑劣者，亦不受熏。於八識中，第七是有覆無記，前六或善、或惡、或無記，皆含染汚性，不能受熏；成佛後的第八識是純善法，亦不能受熏。所以唯成佛前的第八識，屬無覆無記，性類平等，無所違逆，能容習氣，是所熏體。

三者、可熏性：所熏之體，其性應是虛疏不實的，方能有所容受。此簡別與第八識相應的徧行心所（即：觸、作意、受、想、思）及眞如實體。心所行相局於一邊，如「作意」但能警心，「思」但能造作，局於此，則礙於彼，體非虛疏，故不受熏；眞如體性，恆常不變，唯是實法，亦不受熏。唯第八識自證分（亦名自體分），體性虛疏不實，能容習氣，是所熏體。

四者、與能熏共和合性：所熏之體，必須與能熏體同時、同處、不即、不離。此遮前後剎那的賴耶自識及他身的阿賴耶識。因爲前後剎那的自阿賴耶，與現剎那前七識能熏體的存在不同時，無有關係，能熏所熏缺和合性，故不能受熏；他身的賴耶與自身的前七識能熏體不同處，無有關係，能熏所熏亦不和合，故亦不能受熏。只有自身的現在剎那的第八識，與同時的前七識能熏體，同時、同處、非一（識體不同）、非離（前七識皆第八識所攝持的種子所變），和合相應，能爲所熏體。

一切法中，唯有第八識的自證分（亦名自體分）具備堅住性、無記性、可熏性及與能熏共和合性等四種條件，符合所熏的資格，是眞正的所熏體。至於能熏體亦應具備四種條件，名爲「能熏四義」：

一者、有生滅：有生滅變化的諸法，才能有作用；有作用才能熏生新種，才能熏長舊種，令其勢用增盛。故能熏者必是生滅法。此遮無爲法，因爲無爲法（如虛空，如眞如）前後不變，無熏生、熏長作用，故非能熏之法。

二者、有勝用：能生之法，除了有生滅外，亦必須是有（殊）勝（作）用的，能引習氣，才是能熏；所謂「勝用」是指（一）能緣勝用、（二）強盛勝用。「能緣勝用」，即心、心所的見分之有取境作用；此遮色法，因色法是由第八識中的本質種子所現行的，及由前五識相分種子所現行的，並沒有能緣取境勝用，所以非能熏體。「強盛勝用」，此指善性、惡性及有覆無記性；此遮第八識及前六識的極微劣的無記性心、心所法，因彼心、心所法，勢力羸劣，不具「強盛勝用」，所以非能熏體。

三者、有增減：有生滅、有勝用外，還要有增減變化，攝植習氣，方是能熏。此遮佛果，因爲佛果的四智心品（謂大圓鏡智相應心品、平等性智相應心品、妙觀察智相應心品、成所作智相應心品；此四智心品，即成佛時的八識）是圓滿純善之法，無增無減，故非能熏；若是能熏，佛果便有勝有劣，非是圓滿了。

四者、與所熏和合而轉：除上述三條件外，能熏必須與所熏爲同時、同處、不即、不離，和合相應，才是能熏。此遮他身及刹那前後的能熏體，與所熏非同時、同處，無和合義，故非能熏。

如是能具備「有生滅」、「有勝用」、「有增減」、「與所熏和合而轉」這四個條件的，唯有在未成佛前同身、同刹那的前七轉識，及彼相應心所法是能熏體，彼自證分（亦名自體分、兼涵見分）能熏自種，相分及所仗的本質，則藉見分的能熏力，亦熏成種子，一併被攝藏於所熏的第八阿賴耶識的自證分中。

此能熏體，即前七轉識的心、心所，要現行時才能產生能熏作用。心、心所法現行須藉四緣：**一者是因緣**，謂親生心、心所法的種子功能㉓。**二者等無間緣**，謂前念的心、心所是後念心、心所的開導依，此開導作用名爲等無間緣。**三者所緣緣**，謂心、心所見分所緣之處，即其對境；此亦有二：其一是親所緣緣，指見分所親緣的相分，其二是疏所緣緣，指與見分相離、然能爲本質、引生親所慮託之相分的本質境，此即他身有情識及自身別識所變而可仗託爲本質者㉔。**四者增上緣**，強盛殊勝的輔助作用。使一法得以生起者，爲該法的順益增上緣；使一法不能生起者，是該法的違損增上緣。如是心、心所法的每一「見分」，必須四緣（因緣、等無間緣、所緣緣、增上緣）具足始能生起；每一「相分」必須具備因緣及增上緣，始得生起。

現行前七識的心、心所，有熏習作用。熏習有二種：一是熏生，二是熏長。而熏生之中，又可分爲見分熏及相分熏。今表列如下：

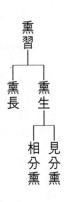

- 熏習
  - 熏生
    - 見分熏
    - 相分熏
  - 熏長

所謂「熏生」，是指前七識聚的心、心所的自證分（亦名自體分，涵包見分、證自證分，是同種故）現行爲能熏，以第八識自證分（亦名自體分）爲所熏，生成新種子，藏賴耶中。所謂「見分熏」者，是指此自證分（即自體分）的種子現行時，有能緣作用的，名爲「見分」（見分與自證分同種），能熏其習氣於第八識中，成爲前七識心、心所自證分（即自體分）的新種子，以爲後時各自證分（即自體分）生起的因緣。因自證分、見分及證自證分爲同一種子，則自證分等可得攝入見分，而說見分是能熏，亦得說諸現行見分熏生各自見分種子，稱爲「見分熏」。

至於相分及本質，皆不能自熏種子於第八阿賴耶識中，以無能緣的殊勝作用故（於「能熏四義」中，不具「有勝用」義），但當見分熏種時，得仗託它的能熏力，使其所帶的相分及本質，亦隨之而熏生新種於賴耶中，此名爲「相分熏」。情況有三：一者、相分與見分同種而無仗本質者（如獨散意識緣兎角時），相分既無自種，唯自見分所攝，則唯熏生見分種，不別生相分種。二者、相分與見分同種而有所仗本質者（如末那緣賴耶見分，執爲實我），當見分熏生新種時，相分同攝於見分中，不別熏生相分種，但所仗的本質，則依仗見分能熏之力，得熏生本質種子。三者、相分與見分別種而有所仗的本質者（如眼識緣青境時），當見分熏生自新種時，相分與本質得仗見分的能熏力，亦各熏其種子於賴耶中，以爲後時相分及本質現行的因緣㉕。

上述見分熏見分種時，現行見分作因緣新熏見分種子爲果；而現行的相分及本質亦爲因緣，而新熏的相分種及本質種爲果。但當見分及相分熏生新種的同時，亦由此熏習力作增上緣，與發第八阿賴耶識中那些性類相同的本有種子（如強烈有漏善種的熏習，亦可興發阿賴中本有而未嘗現行的無漏善種，性類相同故），令其勢用增長，此名「熏長」。但性類相違的種子，不但未能增長其勢力，反而使之受到損害，如當無漏種子熏生時，餘無漏種子亦受其興發而增長（此名「熏長」），但有漏種子的勢用反因而減弱。

(三) 釋賴耶的所緣及行相：《唯識三十頌》所謂「不可知執受、處、了」這句話，《述記》說是用以解釋阿賴耶識的所緣境（Alambana）和能緣行相（Akara）的[26]。那就是說：阿賴耶有三種不可知：一者是所緣的「執受」（Upadi）（種子和有根身）不可知，二者是所緣的「處」（Sthana）（器世間）不可知，三者是能緣行相的「了」（Vijnapti）（了別作用）不可知。何以不可知呢？《成唯識論》說言：「不可知者，謂此（賴耶）行相極微細故，難可了知，或此所緣，內執受境，亦微細故，外器世間，量難測故，名不可知。」[27]但前註③所述，《安慧釋論》只說有兩種不可知，即一者「執受表別不可知」、二者「處表別不可知」。不過「執受」與「處」同是「所緣境」，「表別」作用意近於「了」（別），同指「能緣行相」；把「所緣境」結合「能緣行相」，以見賴耶的整個活動極微細不可了知。這當然不錯，然而為了解上的方便，先分析賴耶的「能緣活動」，再分析其「所緣境」，最後會歸於「能緣其所緣境的行相之不可了知」，可能這是較具條理的闡釋次第，故今從之。

《成唯識論》云：「此（阿賴耶）識行相、所緣云何？謂『不可知執受、處、了』。『了』謂了別，即是行相，識以了別爲行相故。『處』謂處所，即器世間，是諸有情所依處故。『執受』有二：謂諸種子及有根身。諸種子者，謂諸相、名、分別習氣。有根身者，謂諸色根及根依處。此二皆是識所執受，攝爲自體，同安危故。『執受』及『處』，俱是所緣，阿賴耶識因緣力故，自體生時，內變（現）爲種及有根身，外變（現）爲器（世間）。即以所變（現）爲自所緣，行相（見分）仗之而得起故。」㉘

「了」是「了別」（認知）的意思，謂對自所緣境，有認知分別作用。一切識都有「了別」作用，阿賴耶既是識，當然也有了別作用，不過極其微細，難於了知罷了，所以《述記》說它恆而不審。這種恆而不審的了別作用，就是賴耶的見分。見分生時必有對境，那就是相分；賴耶的相分有三，即種子、有根身及器世間。賴耶見分緣自所變現㉙的種子、有根身及器世間，而有微細不審的了別，這便是賴耶的行相了。

一切心、心所的起用，就其內在結構而言，可分爲若干部份，但唯識家對此卻有不同主張，大概可有四種說法：

一者、一分說：《述記》認爲那是安慧所主張的[30]。把心識分成能知的「見分」及所知的「相分」，只是無始來妄執熏習的結果。其實每一心識（包括心所）皆渾然一體，故實無「見分」、「相分」，唯有一「自體分」，那便是一分說。「自體分」爲依他起性，而「見分」、「相分」爲偏計所執性。

二者、二分說：這是心識內在結構的最原始說法，如《解深密經・分別瑜伽品》云：「此中無有少法能見少法。然即此心如是生時，即有如是影像顯現。」又云：「我說識所緣，唯識所現故。」後無著造《攝大乘論》，便正式建立相分、見分的二分說。註釋《唯識三十頌》的十大論師中，有親勝、德慧、難陀、淨月四家便採二分說。那就是說：心識生起時，必有能緣「見分」與彼帶起的所緣「相分」一並出現，否則心識即無法產生了別作用[31]。如是於三自性中，見、相二分俱是依他起自性所攝。

三者、三分說：這是陳那所主張，火辨亦有同一主張，即將原有見、相二分中的「見分」擴而爲二：一是向外能緣「相分」的作用，名爲「見分」（狹義之名）；二者是向內自證的作用，名爲「自證分」。「相分」如所量的布，「見分」如能量的尺，「自證分」如所量得的數目（解數之智，量果），即親自證知「見分緣相分之結果」，圖解如下：

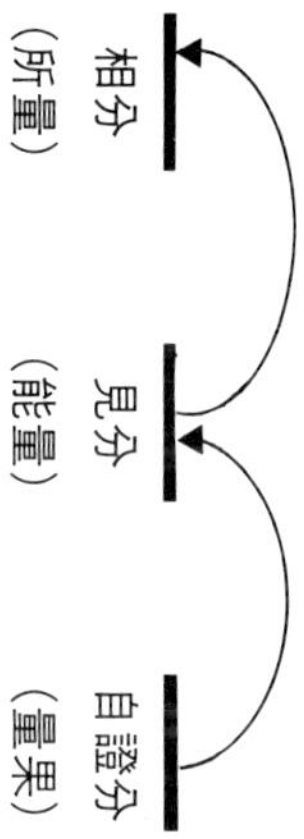

爲何於「見分」、「相分」之外，別立「自證分」？其一、不立「自證分」，「見分」、「相分」便無所依的體，以「自證分」爲識的自體故。其二、不立自證分，便無量果，以「自證分」爲量果故。其三、不立「自證分」，便對所曾生起的心識活動無所記憶，有賴「自證分」作量果以爲記憶的依據故。

四者、四分說：此是護法所立。護法把陳那的三分說加以擴充，於相分、見分、自證分之外，別立第四分，名爲「證自證分」。以「證自證分」證知「自證分」故。如是「相分」猶如所量的布，「見分」猶如能量的尺，「自證分」猶如能知所量長短的智慧，「證自證分」猶如能證明量度結果正確無誤的人，而能量智慧又可向內反證能證之人有無誤證，所以不必再立第五分。今圖解如下：

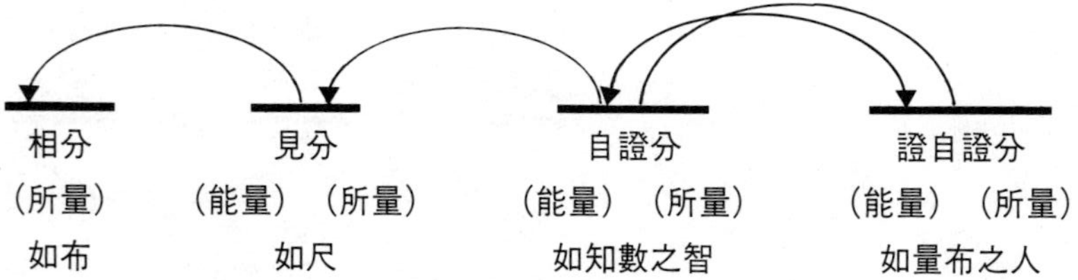

何以於三分之外，須別立第四「證自證分」？一者，「相分」須藉「見分」以證知它，「見分」須藉「自證分」以證知它，故「自證分」也須藉「證自證分」以證知它，而「自證分」也可向內反過來證知「證自證分」，不必再立第五，也無無窮過。二者、能量必有所量，所以能量的「自證分」，須藉「證自證分」的建立，然後才可成爲所量（以「證自證分」爲能量故）；「證自證分」又可反過來作爲「自證分」的所量，不必再立第五分。這樣心識起用時的內部結構便得圓滿㉜。

上述的四種說法，以心識的四分說法最爲圓滿，故護法四分說可作正義。今第八阿賴耶識既是心識，它亦應具足「相分」、「見分」、「自證分」及「證自證分」等四分。本節所論述的賴耶「能緣行相」，即是第二「見分」；「了不可知」即指「賴耶見分行相極爲微細，故不可知」。

阿賴耶識的所緣「相分」，《唯識三十頌》說爲「執受」和「處」。「執受」有二：一是種子，二是有根身。「種子」是指諸識熏在賴耶中的一切相、名、分別習氣（種子）㉝，此唯指有漏的善、不善、無記種子，不包括無漏種子；因爲無漏善種唯是純善，不與無覆無記的賴耶相應，與賴耶沒有體用關係，只可寄存於賴耶中，但不得作爲賴耶的相分（無漏種雖非賴耶所緣，但寄存於此識而不相離，不離於識，不違唯識義）。

「有根身」包括眼根、耳根、鼻根、舌根、身根等「五色根」及此五根所依的「根依處」（即色身或扶根塵），此由攝持於賴耶中的種子爲因緣所生，由有情自己的業種子（異熟習氣）作增上緣所酬引而來的（先現行成地、水、火、風四大種，再由四大種構成諸根及扶根塵或色身）。

如是賴耶自證分（即自體分）現行，以所攝持的有漏種子及有根身爲其所緣相分，爲彼見分所執受（執持彼等，攝爲自體，能起覺受，共安危等，名爲「執受」）。所以「執受」別開爲種子及有根身。

除此以外，賴耶並以「處」爲所緣相分。「處」便是有情所處的器世間，即由有情自識的種子爲因緣，由自他共業種子（異熟習氣）爲增上緣，而酬引變現的地、水、火、風四大種㉞子元素，再由四大種子元素構成山河、田宅等似外在於識身的物質世界。

- 賴耶的相分
  - 執受（似內在）
    - 自所攝持的種子
    - 自所變現的根身
  - 處（似外在）
    - 共所變現的器界

如是賴耶相分之中，根身和器界都屬異熟果報，由自業或共業所酬引。自業所引爲自相種（自業種子爲增上緣）所自變，共業所引爲共相種（共業種子爲增上緣）所共變，而受用亦有「自受用」與「共受用」的分別。那末，自變、共變、自受、共受，可以組成四句：

變受四句			
共中共	山河、大地等		器界
共中不共	田宅、衣履等		器界
不共中共	扶根塵		根身
不共中不共	五色根		根身

「共中共」，是指由衆多有情共同業力所共變、而共同受用的東西，如山河、如大地等。「共中不共」，是指由共業所變、而不是共同受用的東西，如田宅、如衣履，雖是共變，但有各別的所有權，有所有權者才能受用。上述所說的山河、大地、田宅、衣履，雖說是共變，但也只不過由一一有情的同類相似能感引異熟的「業種子」作爲增上緣，在同一相似的空間上，由他們的「名言種子」各變各的器世界，不過由共業增上的互相資助之下，所變的器世界（山河、大地等）互相涉入，互相雜住，互不相礙，如千燈一室，衆燈共明，互

相交遍，看似是一。

又「不共中共」，是指由自業所變、而又可以共同受用的東西，如各別有情的扶根塵（色身）便是：此扶根塵，雖自業所變，自所受用，但與彼有緣的有情亦可託彼扶根塵的助緣（增上緣），自己賴耶所藏的名言種子變起眼等識的本質相分，眼等識的自種變起眼等識的相分、見分而攀緣之，因而有情亦可以認知別人的扶根塵（色身），圖解如下：

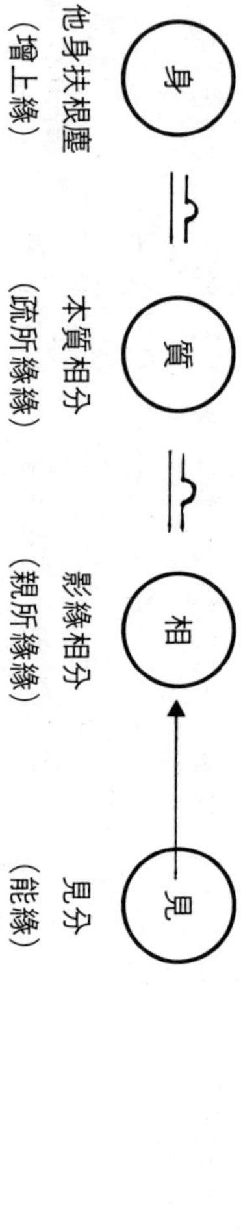

由此義故，此土的有漏凡夫，亦能認知佛陀無漏純善的清淨色身（彼色身是無漏，而凡夫託質變相的本質相分、影像相分及能緣見分，皆是有漏，於理無違）。

「不共中不共」，是指由自業所變、自身所受用的東西，如五色根；此五色根，是有情自己意識的所緣境，不與其他有情共通變現及共通受用。

在有漏位欲界及色界[35]的有情，他們的第八阿賴耶識，親緣有漏「種子」、「根身」、「器界」爲相分，不變起影像相分，不緣無體法、心、心所法、無爲法等。在無色界的有情，他們的第八阿賴耶識，唯親緣有漏種子爲相分，不緣物質性的根身及器世界。至於在無漏位的諸佛，他們的第八識（菴摩羅識）亦兼緣於無體法、心、心所法及無爲法等的影像，因爲佛智是徧緣一切法的。

第八阿賴耶的見分作用，深細難知；相分的內執受境（種子及根身），微細難知；相分的外器世間，其量難測。因此《唯識三十頌》說言：「不可知執受、處、了。」即指賴耶的「能緣見分，緣所緣相分的執受及處時，其間的活動情狀是難於知曉的」。

（四）釋賴耶的相應心所：一切心識的生起，必有心所（Caitta）與之相應，阿賴耶識亦不例外，所以《唯識三十頌》說言：「（阿賴耶）常與觸、作意、受、想、思相應。」而《成唯識論》闡述說：「阿賴耶識，無始時來，乃

至未轉（依位，即未成佛位）㊱，於一切位，恆與此（觸、作意、受、想、思）五心所相應。以（此五心所）是徧行心所㊲攝故。」㊳

唯識家認爲每個識並不是單一體，而是由一個心王與若干個心所合成一聚的心識活動。第八識聚中以阿賴耶識爲心王，而相應的觸、作意、受、想、思等五爲心所。「心王」是一組織聚的主體，它唯取所緣境的總相；心王上所有的各別作用，俱名「心所有法」，簡稱「心所」；心所於所緣境，除取總相外，兼取別相（如眼識聚緣「青境」時，「青」是總相，眼識心王及諸相應心所俱緣之；「青」上的「可樂」或「不可樂」境，便是別相，是相應的「受心所」所緣）。心所是各有自體的，與心王有別，但必須符合下列的條件：

一、恆依心王而起：心王不起，心所必不生。

二、與心王相應：相應有四義，其一是「同時間」，一聚相應心、心所，必同剎那起，無有前後；其二是「同所依」，一聚相應心、心所，必有相同的所依根及等無間依（即等無間緣）；其三是「所緣相似」（但非同一），一聚相應的心、心所之所緣境，定必相似，如心王、心所緣「青」時，彼此各別變現其「青色」的相分而緣之，此等各別所變的相分無甚差異，但決非相同；其四是「自體各一」，一聚相應的心王、心所，其體各一（指「自證分」，即「自體分」），同一時間，一個心王只能與一個心所相應。觸等五心所，亦依此四義，與賴耶心王相應。

三、繫屬於心王：一心識聚中，以心王為主，其數是一，心所唯隨屬於心王而起用，是心王的伴屬，其數有多；有伴無主，即成散漫，故以一個心王統屬衆多的心所。

如是從屬於第八阿賴耶心王的五個相應的心所，亦必須符合上述的三個條件的。此五心所是指觸、作意、受、相、思，其體用簡述如下：

一、觸（Sparsa）：《成唯識論》云：「觸謂三和分別變異，令心、心所觸境為性，受、想、思等所依為業。」㊴觸心所是與根、境、識三和合一起生起的，以俱有故，說「觸」是依根、境、識三和合所引生的，但也可說以「觸」心所為緣，引生根、境、識三者和合一起為果㊵。這就是「觸」與「根、境、識三和合」相互關係。「分別變異」是指「觸」與餘心所的關係：「分別」

是領似義，謂「觸」似根、境、識而生起；「變異」是轉變義。謂「觸」於「根、境、識未和合」時，並沒有順生餘心所，使其有觸於境的功能；到了「根、境、識和合」時，便有順生餘心所、使其有觸於境的功能。那就是說：當「觸」似「根、境、識和合」生起時，便有隨生餘心所使觸於境的功能。

甚麼是「觸」的直接作用呢？《成唯識論》解釋說：「和合一切心及心所，令用觸境，是觸自性。」設沒有觸心所，則心王與心所各各離散，不能同緣一境；今「觸」心所，能順生一切心、心所，令相和合，同時接觸一境，那就是「觸」的自性（按：「自性」可解作直接作用，以作用爲體性故）。甚麼是「觸」的間接作用呢？《成唯識論》解釋說：「既似順起心所功能，故以受（想、思等）所依爲業。」（按：「業」可解作間接作用）以「觸」爲依，作增上緣，使受、想、思等其餘心所得以生起。㊶

二、作意（Manasikara）：《成唯識論》云：「作意謂能警心爲性，於所緣境，引心爲業。謂此警覺應起心種，引令趣境，故名作意。雖此（作意）亦能引起心所，心是主故，但說引心。」㊷由此可見「作意」的自性（直接作用）是警覺那些同時同聚而應起的心王、心所種子，使其同起現行。「作意」的業用（間接作用）是作增上緣，引領現行的心、心所趣向所緣自境。所以《述記》說「作意」有兩種功用：一者是「令心未起（者），正起」，二者是「令心起已，趣境」。

三、受（Vedana）：《成唯識論》云：「受謂領納順、違、俱非境相爲性，起愛爲業，能起合、離、非二欲故。」㊸「受」就是於所緣之境能起苦、樂、捨三種感受，即五蘊中的「受蘊」。「受」的自性（直接作用），是對可愛境相（可愛的所緣境之相狀名爲「順益境相」），生起樂受；對不可愛相境（違損境相），生起苦受；對非可愛非不可愛境相（非順非違境相），生起不苦不樂的捨受。

至於「受」心所的業用（間接作用）是：以「受」爲增上緣，引令「愛」（貪愛，即煩惱心所中的「貪」心所）生起：當樂受生時，能引貪愛生起，於所緣境貪着不離（未得，則起希合之欲，已得，則起不離之欲）；當苦受生時，亦引貪起，欲其離去（未得，則起不合之欲，已得，則起乖離之欲）；當捨受生時，則引非愛非不愛、非欲合、非欲離的貪着。「受」能起「愛」，即「十二緣起」的「以『受』爲緣而有『愛』」義。

四、想（Samjna）：《成唯識論》云：「想謂於境取像爲性，施設種種名言爲業，謂要安立境分齊相，方能隨起種種名言。」㊹「想」心所即五蘊中「想蘊」，它的自性（直接作用）是於所緣境上，取其像貌，安立種種分齊界限。它的業用（間接作用）是指第六意識在取得所緣境的像貌，安立界限，以此爲增上緣，隨後建立種種的名言概念：如取各別具體的「青」境的像貌自相之後，安立施建一抽像的「青」之名言概念㊺。

五、思（Cetana）：《成唯識論》云：「思謂令心造作爲性，於善品等役心爲業。」㊻「思」心所即五蘊中的「行蘊」，它的自性（直接作用）是令心、心所產生種種善、惡、無記的造作活動。「思」的業用（間接作用）是以此爲增上緣，於所緣的種種善、惡、無記境上，驅使心、心所完成種種善、惡、無記的行爲。

如是上述的觸、作意、受、想、思等五心品，一切八識心王起用的時候，必定與彼同起相應，所以名爲「偏行心品」，周偏起行故。今第八阿賴耶識，唯與此五種心所相應，而不與其餘的心所相應。若成佛後，則第八識亦兼與其餘的別境及善心所相應。

（五）釋與賴耶相應的覺受：《唯識三十頌》說「（與賴耶）相應唯捨受。」於苦、樂、捨三受之中，何以第八阿賴耶識唯與捨受（Upeksa）相應，而不與苦、樂等受相應？《成唯識論》有這樣的解釋：「此識行相極不明了，不能分別違順境相，微細一類相續而轉，是故唯與捨受相應。」㊼其間闡述賴耶唯與捨受相應有五種緣由：其一是賴耶的行相極不明了，故唯捨受，因爲苦受、樂受必明了故。其二是賴耶不能分別順益境及違損境，能分別順益境才有樂受，能分別違損境才有苦受，今不能分別，故唯有捨受。其三是賴耶行相極爲微細，故唯有捨受，若是苦、樂二受，行相必須粗顯故。其四是賴耶行相是平靜一類的，故唯捨受，若是苦、樂二受，必有起伏跳動故。其五是賴耶行相是相續不斷的，所以唯是捨受，若是苦、樂二受，必有間斷故。

此外，又由於賴耶是眞異熟果，由過去善、惡因所酬引，不更待現在緣而已得的無記果報，故唯捨受，若是苦、樂二受，只是異熟生（前六識），要待現在緣才得起故。又賴耶恆常被第七末那識執為自內我，故唯捨受；若與苦、樂二受相應，便有轉變，則非常一，第七末那便不會執彼為我了。依上述七種理由，可以推證於三受之中，賴耶唯與捨受相應㊽。

（六）釋賴耶的德性：《唯識三十頌》云：「（此賴耶）是無覆無記，（與本識相應的）觸等（五心所法）亦（復）如是。」一切法的德性有三，即「善性」、「惡性」及「無記性」㊾。而「無記性」又再分為「有覆無記性」及「無覆無記性」兩種㊿。於是一切法的德性，也可開為善、惡、有覆無記及無覆無記等四大類別。惡與無記皆唯有漏，而善則有有漏、無漏二類，今表列如下：

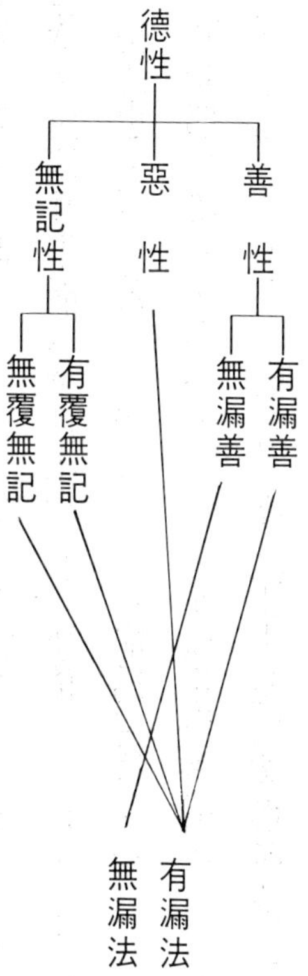

此阿賴耶識唯是「無覆無記」（Anavrtavyakrta）∴何謂「無覆無記」？所謂「覆」者，是指染法障礙聖道，又能蔽心，令不清淨。今賴耶不是染法，不障聖道，亦不蔽心，故是「無覆」。所謂「記」者，是指有善、惡，有可愛、非愛果，及殊勝自體可予記別的意思∴今賴耶既非善法，亦非惡法，故名「無記」。合「無覆」、「無記」兩種德性，說「阿賴耶識」是「無覆無記」性攝。

何以唯是無覆無記非餘？《成唯識論》云：「此識唯是無覆無記，異熟性故∴異熟若是善、染汚（有覆、惡性）者，流轉（生死輪迴），還滅（涅槃解脫），應不得成。又此識是善染依故∴若（此識是）善染者（則能依與所依）

互相違故，應不與（善、染）二（法）俱作所依。又此識是所熏故；若（此識是）善、染者，如極香臭，應不受熏；（若）無熏習故，染、淨因果俱不成立。故此唯是無覆無記。」⑤1

第八阿賴耶識所以是「無覆無記」，而非是他性，共有三種理據：

一者：此識是異熟果體。異熟若是純善，則恆相續地唯生善法，不生惡法，生死流轉，便不可能；異熟若是純惡，則恆相續地唯生惡法，不生善法，還滅涅槃，便不可能。今賴耶是流轉還滅的所依體，所以唯是無覆無記法。

二者：此識是善法及染法（惡法和有覆無記法）**的所依**。因為前七轉識，或為善，或為惡，或為無記；而前六識的生起，必以現行第八識作根本依，而第七末那識生起時，除以第八識的見分為所緣緣外，還以現行第八識為根，為俱有依。諸法都不能以德性相違者作所依，所以善法不能以不善的染法為所依，不善法也不能以善法為所依。若賴耶為善法，則一切染法便不能以賴耶為所依；若賴耶為染法，則一切善法不能以賴耶為所依。只有賴耶為不善、不染的「無覆無記」法，則一切善、染識法才能以彼為所依止，因為無覆無記法，純是中性，不與善法或染法相違故。

三者：此識是所熏體。依上文所述「所熏四義」中，作所熏體必須是無記性的，因爲善性法及染性（有覆無記性及惡性）法，如極香、極臭的東西，是不能受熏的。今賴耶既能接受前七轉識的善法、惡法、有覆無記性法之所熏習，所以必然是無覆無記的，否則熏習便不可能。假使熏習不成，便無一切染淨種子；若無種子，便不能生起諸識一切染淨的色、心果法，所以論說：「無熏習故，染淨因果俱不成立。」

依上述三種理據，可以肯定阿賴耶識必是無覆無記性。不特賴耶本識心王是無覆無記性，而與本識心王相應的觸、作意、受、想、思等五種偏行心所法，也例同賴耶，是無覆無記性，因爲諸相應法必同性類故。

（七）釋賴耶的因果譬喻：第八阿賴耶識，前後因果相續，非常非斷，所以《唯識三十頌》以「恆轉如暴流」來譬喻它。甚麼是「恆轉」呢？《成唯識論》闡釋說：「『恆』謂此識無始時來，一類相續，常無間斷，是（三）界[52]、（五）趣[53]、（四）生[54]施設本故，性堅持種，令不失故。『轉』謂此識無始時來，念念生滅，前後變異，因滅果生，非常（非）一故，可爲（七）轉識熏成種故。」[55]「恆轉」是描述第八阿賴耶識的因果變化情況，而可作爲建立宇宙及生命的根本。

「恆」有二義：一是一類，二是相續。由於賴耶的活動無始時來，是恆常一類的，所以各別有情可以賴耶爲依止，以胎生、卵生、濕生、化生各別受生方式，或在欲界，或在色界，或在無色界，或以人，或以天，或以地獄，或以餓鬼，或以畜生的生命形態而得以生存。由於賴耶的活動相續不斷，所以各別有情所具的一切色、心種子功能，能被攝持於賴耶之中而不失壞，待衆緣和合時，可以現行起用，作爲有情生命中的一切物質活動及精神活動的原動力。

又「轉」是因果生滅義；因爲賴耶唯一類相續，但不是寂然不起變化的，相反地，賴耶於無始時來，念念生滅，前後變易，因滅果生，非一非常，所以能受前七轉識諸法之所熏習，作爲生命一切色、心活動的生起親因。

如是「恆」則非斷[55]，「轉」則非常，阿賴耶識的因果相續活動是非常、非斷的，所以說名「恆轉」。由「恆轉」之故，阿賴耶識能夠受熏，能夠持種，能夠接受果報，而成有漏凡夫流轉生死的生命主體。

這種「恆轉」情況，可以怎樣譬喻它才爲切當呢？《成唯識論》說：「恆言遮斷，轉表非常，猶如暴流，因果法爾。如暴流水，非斷非常，相續長時，有所漂溺；此識亦爾，從無始來，生滅相續，非常非斷，令不出離。」⑯世親論師以「暴流」來譬喻阿賴耶識，無始時來，刹那生滅，直到究竟解脫，果生非斷，因滅非常，非斷非常，是緣起理。何以暴流可以爲喻？因爲暴流急水，不捨晝夜，前水引後水，後水續前水，前後變異，中無間斷，與賴耶恆轉的情況相似。且如暴流之能漂溺有情生命，而阿賴耶識也能任持煩惱諸業，漂溺有情於生死海中，使不能出離生死，解脫自在，故得爲喻。

（八）**釋賴耶的伏斷位次**：阿賴耶識雖然是有情生命與宇宙的依止，但它卻恆轉如暴流，無始時來漂溺有情於生死苦海之中，所以須要透過修行實踐，才可以出離生死，自在解脫，因此只要不是「無種姓」有情，他的阿賴耶識便有伏斷的可能。賴耶的伏斷位次如何？《唯識三十頌》言：「阿羅漢位捨」。修行者到達阿羅漢位，斷除一切煩惱障，第七末那識不再與我癡、我見、我慢、我愛等煩惱相應，不再執取第八阿賴耶識爲自內我，如是此識的煩惱粗重㊼永遠捨離，有漏賴耶自體的「我愛執藏位」不復存在，因此轉化而成淸淨無漏的第八識㊽。

如何是「阿羅漢位」（The stage of arhatship）？《成唯識論》作釋云：「謂諸聖者，斷煩惱障，究竟盡時，名阿羅漢（Arhat）。……此中所說阿羅漢者，通攝三乘無學果位，皆已永害煩惱故，應受世間妙供養故，永不復受分段生（死）故。云何知然？《決擇分》說：諸阿羅漢、獨覺、如來皆不成就阿賴耶識故。」㊾

若有情能夠永遠斷除一切我執的煩惱種子功能，使第七識不再起我癡、我見、我慢、我愛，不再執第八阿賴耶識爲自內我，第八識中的「我愛執藏」位不復存在，第八識不再名爲「阿賴耶」（按：「阿賴耶」的得名，由第七識執彼爲我而來；今第七識既無我執煩惱，既不執第八識爲自內我，「阿賴耶」之名稱也不能成立，說爲伏斷，非無第八識體，只無「阿賴耶」之名，而改稱爲「無垢識」而已）。如是有情，名「阿羅漢」（Arhat）。

阿羅漢具有三種含義：其一是「應斷」義，永斷一切三界煩惱故，亦名殺賊；其二是「應供」義，應受世間妙供養故；其三是「應不受」義，永不復受一期生果報的「分段生死」故，亦名無生。由阿羅漢具上三義，不必學道修行然後解脫生死，所以亦名「無學果」。

得「阿羅漢」或「無學果」的，通三乘有情：一者、小乘聲聞學人所修得的最極果位，名阿羅漢；二者、小乘緣覺學人，修得「辟支佛」的最極果位，亦名阿羅漢；三者、大乘第八地以上菩薩，煩惱永不現行故，無漏任運相續故，第七識不再執第八識為自內我故，亦得名阿羅漢。如是上述的三乘聖者，各自的第八識，都不為第七識所執取，不再有「我愛執藏」義，所以不再名為「阿賴耶」，說名已捨阿賴耶識，不復為恆轉的賴耶，以漂溺其生命於生死苦海之中故[60]。

【註釋】

①據《藏要》校梵、藏本，此句作「此中名藏識」。

②據《藏要》所校，本句的句首有「彼」字。又下文中的「捨受」句、「無覆」句、「恆轉

」句及「阿羅漢」句，均有「彼」字以牒上文藏識。又「不可知」等言連下面的「處了」，分爲二句。自「常與觸」至「相應」又爲二句，合成第三頌。

③《霍譯安慧釋》，把「了」字釋爲「表明」，把《成唯識論》的「三種不可知」（即「執受不可知」、「處不可知」及「了不可知」）分析爲「二種不可知」（即「執受表別」及「處表別」的不可知）。不過S. Anacker的梵文英譯，仍作三種不可知，同於《成唯識論》。

④《霍譯安慧釋》，把「相應」譯爲「俱起」，梵文作Anvitam，即「常與觸、作意、受、想、思俱起」。

⑤見《大正藏》卷三一、頁七。

⑥依《藏要》註釋及《霍譯安慧釋》，「藏」字可通於能藏、所藏義，但無「執藏」義。《述記》以「執藏」爲正解，可能是後出義。

⑦此間「執持」一詞，於理應是「攝持」義，以「阿陀那識」攝持種子與有根身故。

⑧可見「阿賴耶識」不是好東西，有情的修行目標，要把有漏的「阿賴耶識」銷毀，而成就一清淨純善的第八識，名爲「菴摩羅識」（Amalavijnana），這便是「轉依」義，後詳。

⑨同見註⑤。

⑩種子生現行，現行生種子，或自同類所引生的諸法，名「等流果」，因果同類故；第八識亦由種子所生，故具「等流果」義。作者（喻如士夫）以作具（喻如以農具爲作用）而所成辦的果法（喻如農產品），名「士用果」，由作者（士夫）、作具（作用）而得果故；第八識由前六識善、惡所感，本識自種所現（有「士用」義），故具「士用果」義。由增上法（一切助緣）所生或所顯的果法，名爲「增上果」，如眼識需藉眼根爲增上然後得生，故眼識是眼根的「增上果」；第八識亦需依第七識爲根，以種子、根身、器界爲境，作意爲助緣等，而後得生，故具「增上果」。本識具「異熟果」可知。由無漏智慧斷障（煩惱障，或及所知障）所證得的無爲法，名「離繫果」（煩惱名繫，離繫有斷除煩惱義）。本識在凡夫位還未斷除煩惱障，亦未斷所知障，故未具「離繫果」義。由此可知第八識於凡夫位，在五果之中，具有「異熟果」、「等流果」、「士用果」及「增上果」義，但不具有「離繫果」義。

⑪同見註⑤。

⑫部派中的說一切有部，把衆緣開爲六因：一者、相應因，謂各種認知都需藉心和心所合作

才能實現，它們同時生起，同一根（所依），同一所緣，同一行相（分別活動），相應而存在，彼此相望，名「相應因」；今第八識亦同時與觸、作意、受、想、思這五個心所相應，故有「相應因」義。二者、俱有因，謂同時而起的種種法，互相依存，對於生果有着同一作用，如心與心所，隨心而轉的身業、語業或不相應行，並起的地、水、火、風四大種等，彼此相望，名「俱有因」；今第八識之與種子，第八識與餘識，均有互相依存，同生作用故，具「俱有因」義。三者、同類因，過去的善性法，對現在或未來同一界繫的善性法，現在的善性法，乃至凡前生的善、不善等法，望後生的善、不善等同類法，性類相同故，可作「同類因」；今前念的第八識對後念的第八識，有「同類因」義，前後性類相同故。四者、徧行因，指一些煩惱法，帶有普遍生起後果染法的因性，（此是從不善法的「同類因」中區別出來），名「徧行因」；今第八識是無覆無記性攝，不生不善法，故無「徧行因」義。五者、異熟因，指前時的善、不善法感招後時的無記果法，名爲「異熟因」；今第八識不是善、不善法，不能異時、異類、變異地感招異熟果，所以不具「異熟因」義。六者、能作因，凡有助緣作用的，或消極地不障果法生起的，除法體外，都是「能作因」，於四種緣中，除「因緣」外，其餘的「等無間緣」、「所緣緣」、「增上緣」都是「能作因」所攝；今第八識現行，對諸法有依持作用，所以具「能作因」義。如是於此六因中，第八識具「相應因」、「俱有因」、「同類因」及「能作因」義，而不具有「遍行因」及「異熟因」義。此外第八識具有持種的特殊作用，即具獨特的「持種因」義；此「持種因」，於六因之中，是「能作因」攝，「能作因」寬，「持種因」狹故。

⑬見《大正藏》卷三一、頁八。

⑭見《大正藏》卷三一、頁一三五。

⑮見《大正藏》卷三一、頁九。

⑯圖解參考羅時憲先生的《唯識方隅・諸行篇》、《法相學會集刊》第一輯、頁五三、五四。

⑰如是所謂「熏習」實有二義，一者是熏生義，指種子（新熏種）現行後，還能熏生新種子（習氣）於阿賴耶識中；一者是熏長義，謂有漏善種現行，除再熏有漏善種於阿賴耶識外，還能影響潛伏在賴耶中的無漏本有善種（本有種），使之長養增盛，繼續以種生種形態潛藏於賴耶中，待緣具時，才得現行。

⑱有漏種子是第八阿賴耶識的相分，由賴耶見分所攝持，以賴耶自證分爲體。賴耶屬無記性（非善、非不善性），故種子在其潛隱功能而未起現行時，亦應從屬於賴耶自證分，亦「

無記性」攝。但種子現行（由隱而顯）時，現行或是善性，或是惡性，或無記性，則種子亦同其所生自類現行的性類，或是善性，或是惡性，或無記性，性決定而無所變易。

⑲「名言種子」即「等流習氣」，「業種子」即「異熟習氣」；習氣是種子的異名，種子經熏習所生所長，名爲習氣。其詳已見前文，故今不贅。

⑳「有」是三有，即「欲有」（欲界）、「色有」（色界）、「無色有」（無色界）等三種生命存在的境界；「支」是因義。「業種子」（「異熟習氣」）是能酬引來生或生欲有、或生色有、或生無色有之因，即「業種子」是「三有之因」，所以名爲「有支習氣」。

㉑煩惱障：指以我執爲上首的一組心理活動，能障有情，使不能證大涅槃果；所知障：指以法執爲上首的一組心理活動，能障有情，使不能證得大菩提果。

㉒同見註⑮。

㉓除種子是現行的因緣外，現行熏種子時，現行也是新熏種的因緣。此外，種子以潛能狀態被攝持在賴耶中，自類等流生滅，前種生後種，前種也是後種的因緣。如是因緣的全部涵義可以表列如下：

- 因緣
  - 種子望其所生同時的現行
  - 種子望其所生後一剎那的種子
  - 現行望其所熏生同時的新種子

㉔「所緣」亦名之爲「所緣緣」，因爲「所緣」除爲「見分」的緣慮對境外（對境是「所緣」義），同時亦有令「見分」生起的作用，依此義「所緣」亦有增上作用（增上作用名爲「緣」，「緣」是助緣義）。合「對境」及「增上」兩種作用，所知境便有「所緣緣」的名稱。又所緣緣的各種形態，可以表列如下：

- 所緣緣
  - 親所緣緣
    - (1)相分對見分
    - (2)見分對自證分
    - (3)自證分對證自證分
    - (4)證自證分對自證分
    - (5)眞如對根本智
  - 疏所緣緣
    - (1)他身所變
    - (2)自身別識所變

㉕其詳可參考羅時憲先生《唯識方隅・諸行篇》、刊《法相學會集刊》第一輯。

㉖「所緣境」即是識的「相分」。「能緣行相」即是心識能夠攀緣了別所緣相分的作用，那就是「見分」；「行相」是「行境之相狀」義。

㉗見《大正藏》卷三一、頁十一。

㉘見《大正藏》卷三一、頁十。

㉙如上所述，識變有兩種，一是因能變，謂種子「轉變」爲諸識的現行（自證分）；一是果能變，謂諸識自證分「變現」爲見分、相分。此中賴耶相分的種子、有根身及器世間（山、河、大地、房舍等），是果能變之所「變現」，而非因能變之所「轉變」，以彼三類相分，各有自體，非賴耶自證分自種所轉變故，由自證分變現見分而加以緣慮了別而已。

㉚據《霍譯安慧釋》，安慧釋文未見使用見分、相分、自證分等名詞，把安慧列爲一分說者，可能是後人總結後加的結論，非安慧有明確一分的主張。

㉛若無自識所變「相分」，心識即無緣慮作用，如量云：

宗：汝緣青時的心識，實不能緣青境。

因：汝許不帶有緣青的所緣相（意指相分）故。

喻：如餘不緣青時的心識。

㉜「見分」與「自證分」可互爲能量、所量，何必別立「證自證分」？以「自證分」唯是現量，而「見分」（之緣相分）有時是非量（如第七末那緣第八見分，便執爲自內我，此爲非量），故須藉「證自證分」以證「自證分」爲現量，「自證分」反證「證自證分」亦是現量，則無謬誤。

㉝《楞伽經》把一切法分爲相（所詮的事相）、名（能詮的名言）、分別（妄計的識心活動）、正智（體證眞如的無漏智慧）、眞如（宇宙實體）。今言「相、名、分別習氣」，顯然是指能現行爲事相本質種子、名言種子及能起分別的諸識自體分的一切有漏種子，而不包括無漏的種子功能。

㉞「業」有共業、自業之分。共業是有情所造共通類同相似的諸業行爲，所熏成種便是共業種子，即共相種，彼能酬引共同果報；自業是各別有情所造各別而非共通的諸業行爲，所熏成種便是自業種子，即自相種，彼能酬引各別自果。

㉟佛家把凡夫有漏位的生命形態分爲三類：一者是欲界，即有情欲的有情；二者是色界，指沒有情欲而生在物質世界的有情；三者是無色界，指既無情欲，亦無物質活動，而只有精神活動的有情。

三界（三有）
- 欲界（欲有）
- 色界（色有）
- 無色界（無色有）

㊱唯識家把有情的修行歷程，分作五個階段，即：一、資糧位，二、加行位，三、見道位，四、修道位，五、究竟位。此中「未轉」即未達究竟位「轉依」（轉八識而成四智，後詳）之前的存在情況。

㊲「心所」分爲六種：一、偏行心所（一切心識現行，必與偏行心所相應，所謂「偏行」，是與諸心識周偏行起，相應起用義），二、別境心所，三、善心所，四、煩惱心所，五、隨煩惱心所，六、不定心所。後詳。

㊳同見註㉗。

㊴同見註㉗。

㊵由此之故，經量部唯以根、境、識三者和合（若不和合，識的認知作用即不能產生）名爲觸，無有自己的體性，名「三和成觸」；但唯識家則肯定「能」有自己的體性的，如《成唯識論》言：「然觸自性，是實非假。」同見註㉗。

㊶《成唯識論》引《起盡經》以證明受、想等心，依觸爲助緣而得生起，如彼經云：「受、想、行蘊，一切皆以觸爲緣故。」所以《述記》說言：「受、（想、行等）依根、境、識、觸四法和合生。」見《大正藏》卷四三、頁二二九。

㊷同見註㉗。

㊸同見註㉗。

㊹同見註㉗。

㊺第八阿賴耶識聚，唯取自相境的像貌，但不會施設名言概念。此間所指的業用，唯就意識聚的活動而言。

㊻同見註㉗。

㊼見《大正藏》卷三一、頁十一至十二。

㊽受有三種，即苦受、樂受、捨受。但亦可分爲五種，即苦、憂、樂、喜、捨。於五受中，賴耶亦唯與捨受相應，不與苦受、憂受、樂受、喜受相應——苦與樂是與前五識相應的身受；憂與喜，則是與第六意識相應的心受；而捨受則與一切識相應。

㊾「無記」是非善、非惡，不可記別的中性。

㊿所謂「有覆無記」者，是指那些會覆障聖道無漏智、蔭蔽眞如心及八識心，使之不得清淨的無記法，如第七末那識便是。「無覆無記」者，是指那些不但無感果之用，而且不會障礙聖道、也不會蔭蔽於心的無記法，如第八阿賴耶識，雖般若正智現行時，仍然如常活動。

51見同註㊼。

52三界即欲界、色界、無色界，見註㉟。

53五趣是指有情流轉生死的五種生存形態，即人、天、地獄、餓鬼、畜生。再加上阿修羅即成六道輪迴的六道。

54四生是胎生、卵生、濕生、化生。

55賴耶所謂「非斷」是相對於前六識常有間斷來說。若修行至阿羅漢位，賴耶亦要伏斷，而清淨的第八菴摩羅識將取而代之。

56同見註㊼。

57煩惱種子亦名「粗重」。

58小乘聲聞種姓有情，得阿羅漢果，而入無餘依涅槃的，便不再有第八識，無論是清淨的或是雜染的。

⑲見《大正藏》卷三一、頁十三。

⑳頌文所說「阿羅漢位捨」，此中「捨」言，唯指「捨阿賴耶識之名」，不捨第八識的識體，因其持種的功能恆不變故。至於第八識的「異熟識體」（從其感受果報得名），則大乘第十地菩薩於究竟位金剛心將得大菩提時方得捨棄，至於聲聞、緣覺，則入無餘依涅槃時才得捨棄。又大乘諸佛的「無垢識體」無有捨時，利樂有情，無盡時故。

丁二、明思量能變

【頌文】次第二能變①，是識名末那②。
依彼轉緣彼。思量爲性相③。
四煩惱常俱④，謂我癡、我見，
並⑤我慢、我愛，及餘觸等俱⑥。
有覆無記攝。隨所生所繫⑦。
阿羅漢、滅定⑧，出世道無有。

（一）總說：這是廣釋〈明能變相〉中的第二大段。因爲「能變」之體有三，即「異熟能變」、「思量能變」及「了境能變」。我們於上文已詳釋第一「異熟能變」，今當續釋第二「思量能變」。此中共有三頌（即《唯識三十頌》中的第五、六、七頌），窺基《述記》分之爲八段十義，如下表所析：

八段	頌文	十義
1.舉體出名門	次第二能變， 是識名末那。	1.標聚門
2.所依門	依彼轉。	2.所依門
3.所緣門	緣彼。	3.所緣門
4.體性行相門⑨	思量爲性	4.體性門
	（思量爲）相。	5.行相門⑨
5.心所相應門	四煩惱常俱： 謂我癡、我見， 並我慢、我愛。	6.染俱門
	及餘觸等俱。	7.相應門
6.三性分別門	有覆無記攝。	8.三性門
7.界繫分別門	隨所生所繫。	9.界繫門
8.起滅分位門	阿羅漢、滅定， 出世道無有。	10.隱顯門

下文將依「釋名」、「所依」、「所緣」、「體性」、「相應」、「德性」、「界繫」及「伏斷」等八段分別予以闡釋。

（二）釋末那的名義：《唯識三十頌》言「次第二能變，是識名末那」。《成唯識論》釋云：「次初異熟能變後，應辯思量能變識相。是識聖教別名末那，恆審思量，勝餘識故。」⑩上章已詳釋初能變異熟識，本章則繼續分辨第二能變「末那識」的特性。

第二能變體即第七識，此識名為「末那」（Manas）。末那是梵文音譯，義譯為「意」，「意」是「思量」義。一切識皆得名為「心」、名為「意」、名為「識」，但第八阿賴耶識（就其果位亦名「異熟識」）以「集起」義特勝（此中「心」是「集起」義），所以第八識獨以「心」名。「識」是「了別」義，前六識「了別」義特勝，故以「識」名。「意」是「思量」義，第七識「思量」義特勝，故獨以「意」名；而「末那」既是「意」的音譯，所以第七識也名為「末那識」，或簡稱為「末那」。

諸識都有思量作用，何以言第七識的「思量」義特勝？由於第七末那識具備「恆、審思量」義。**一、恆思量義**：末那念念相續，恆常思量（執取）第八賴耶見分爲自內我體。**二、審思量義**：末那緣賴耶，起計度分別（「審」是審慮計度義），堅着我相。至於第八識，雖恆思量，而非是審，無計度故；第六識，雖審思量，而非是恆，有間斷故；若前五識，雖能思量，非恆非審，有間斷而無計度故。獨第七末那識，具備「恆思量」及「審思量」兩義，得名爲「意」，音譯爲「末那」⑪。

（三）釋末那的所依：一切心、心所法生起時，必有它的所依；末那是第七識，自然亦有其所依。末那的所依爲何？《唯識三十頌》說「依彼（第八阿賴耶識）（而流）轉。《成唯識論》作釋云：「『依彼轉』者，顯此（末那的）所依。『彼』謂即前初能變識（即「賴耶」，亦即「藏識」），聖（教）說此識依藏識故。有義此『意』（末那識）以彼（賴耶）識種而爲所依，非彼現（行）識；此（種子賴耶）無間斷，不假現（行）識爲俱有依，方得生故。有義此『意』（末那識）以彼（賴耶）識種及彼（賴耶）現（行）識俱爲所依，（因爲彼末那識）雖無間斷，而有轉易，名轉識故⑫，必假現（行）識爲俱有依，方得生故。『轉』謂流轉[13]，顯示此（末那）識恆依彼（賴耶）識取所緣故。」[14]

由此可見末那識的生起，必須以第八賴耶爲所依根，因爲賴耶無始時來至轉依前，恆轉相續，無有間斷（前六識則有間斷），而末那亦無間斷，所以在八識中，末那唯以賴耶爲依。但末那的依賴耶，究竟是依現行賴耶，抑或是種子賴耶，則頗有諍論。

據《述記》所載，難陀主張依種子賴耶，因賴耶的種子是無間相續的，可爲無間末那的所依；但護法則認爲末那以阿賴耶的現行識兼其種子爲所依（按：賴耶以種子爲其相分之一，故舉其現行，即包括其種子），因爲末那識是有變易的（按：見道時，由染轉淨，見道後出定，俱生我執未除，亦會由淨轉染）；彼識既有變易，必須依彼具殊勝力的現行賴耶才能生起（種子賴耶，勢力不如現行的殊勝故）。且現行的賴耶，因滅果生，前後相續，恆轉如暴流，當亦無有間斷，可作無間的末那之所依。於理護法爲勝，當以護法之說爲正義。

又一切心識（包括心所法）的生起，必須有三種所依。「依」是仗托義。

一、因緣依：亦名種子依。諸識必須依自識的種子才能現行；現行名果，能生現行的種子名因，因是親生自果的因緣。故一切識依自種子生，自識種子便成爲因緣依。若不依自因緣，一切法皆不得生。

二、俱有依：亦名增上緣依，亦是每一心識的所依「根」。如眼識所依的「眼根」，便是眼識的俱有依，耳識所依的「耳根」，便是耳識的俱有依，如是乃至意識依「末那」爲根，「末那」是意識的俱有依；賴耶亦依「末那」爲根，「末那」也是賴耶的俱有依。如上文所述，「末那」依「賴耶」爲根，「賴耶」便成爲「末那」的「俱有依」。此所依根與識俱時而有（存在），故名「俱有依」。此所依根於識有扶助力，令能生起，故名「增上緣依」。

具何種條件才能成「所依」？有三條件：一是決定義，謂能依生時，所依要決定起用（此簡前六識，彼等不能成爲末那的所依，非決定現行故）。二是有境義，謂所依須有所緣境（此簡種子）。三是爲主義，謂所依須有自在用（此簡心所）。四取自所緣義，謂成所依的，它的能依必要有所取境（故賴耶不作種子的所依，因爲作能依的種子不取境故）。今賴耶四義俱足，能作末那的所依。

三、開導依：亦名等無間依。每一類心識，在一剎那中，不得二體並起，所以必須有待前念識滅，讓其現行位置給後念心識，則後念心識才得生起。如是前念識能引導後念識，令彼生起，則前念識是後念識的「開導依」。又前念與後念之間，平等交接，無有間隔，故亦名「等無間依」。

如是末那亦應有其所依，即是「因緣依」、「俱有依」及「開導依」。今表列如下⑮：

末那的所依
- 因緣依——末那的自識種子
- 俱有依——現行阿賴耶識
- 開導依——前念的現行末那識

（四）釋末那的所緣：一切識皆有所緣境，末那爲第七識，其所緣境相爲何？《唯識三十頌》言「緣彼（阿賴耶識）」。《瑜伽》、《顯揚》等，都說末那緣藏識（即第八「阿賴耶識」），此皆極成，無所諍論。然而賴耶心聚，有心王、心所，有見分、相分，有現行、種子，則末那所緣究是那一分？所說卻不一致，概言之可有四說：

一、難陀等說末那緣第八賴耶的心王，執彼爲我；緣其心所，執爲我所，以諸心所不離識故。

二、火辨等說末那緣第八賴耶的見分，執彼爲我；緣其相分，執爲我所，以相分、見分俱以識爲體故。

三、安慧等說末那緣現行的第八賴耶，執彼爲我；緣賴耶的種子，執爲我所，以種子是識的功能，非實有物（種子現行皆名爲識），不違聖教故⑯。

四、護法主張末那只緣賴耶的現行見分，執彼爲自內我。以賴耶無始時來，一類相續，似常一故；恆與一切諸法爲所依，有主宰義故；見分變境，作用顯著，似於我故。

諸說之中，《成唯識論》抉擇護法之說爲正義。所以者何？我相是一，心所有多，故末那不應緣賴耶的相應心所爲我，彼心所是多故。賴耶的相分有三，即種子、有根身、器世間，是多非一，故末那不應緣賴耶相分爲我。又賴耶自識的種子（非指相分種子），恆常現行，與現行同一識體，不應別執爲我所；且末那具我執見（薩迦耶見），任運一類相續而生，不容分別執爲我，執爲我所，因此難陀、火辨、安慧等說，皆非了義。

又何以末那不緣賴耶的「自證分」及「證自證分」？以彼二分唯是「見分」的內在作用，與「見分」同種所生，而作用微細難知，故末那不緣「自證分」及「證自證分」，唯緣第八阿賴耶識的現行「見分」⑰。

（五）釋末那的體性：依玄奘所譯《唯識三十頌》，末那識以「思量爲性相」。「性」是指末那的「自性」，即識體（識的自體），《述記》謂指末那的「自證分」；「相」是「行相」，即指識心「行境之相」（識心的活動情況，能知攀緣所知的情況），《述記》謂指末那的「見分」。那就是說「末那」以「思量（執取第八賴耶見分爲實我）爲自性」，亦「復用彼（思量）爲行相」。由於末那的體性（自性）難知，所以用行相（思量第八賴耶爲自內我）來彰顯末那的自性；因此末那既以「思想」爲「自性」，亦復以「思想」爲「行相」。

不過，若依眞諦所譯的《轉識論》，本頌的語句是「（末那）以執着爲體」，《藏要》本校勘梵、藏二本，亦言「（末那）以思量爲自體（Atmakam）」，而並沒有「行相」之義。「（末那以）思量爲性相」中的「相」字（是「行相」義），可能是玄奘增譯，或是後期護法等釋論的新義；然而，用窺基所謂「（末那）體性難知，以行相顯，其實思量但是行相」來解釋「何以思量是末那的體性，亦是末那的行相」的疑惑，於理而言，亦是可以接納的。

如是「思量」一詞，既可以闡釋爲第七末那識的「名稱」，亦可以陳述末那的「行相」，同時兼而可以顯示末那的「體性」。又在未轉依有漏位，末那恆審思量，執第八阿賴耶識的見分爲自內我；初見道後，於無漏位，末那亦恆審思量「無我之相」。故「思量爲性相」的涵義，是通有漏位及無漏位的。

（六）釋末那的相應心所：第七末那識與那些心所相應？《唯識三十頌》言：「（末那恆與）四煩惱常俱（相應）。謂我癡、我見，並我慢、我愛，及餘觸等俱。」那就是說，從無始來，乃至未轉依位，有情的末那識恆常地、無間斷地，與四種根本煩惱相應，即我癡（Atmamoha）、我見（Atmadrsti）、我慢（Atmamana）、我愛（Atmasneha）；由於末那恆與此四種根本煩惱相應，所以當末那緣第八阿賴耶識見分時，便執彼見分爲自內實我。

除此四種根本煩惱外，末那亦與觸、作意、受、想、思等五種偏行心所相應，因爲一切心識現行，必須與此五心所相應，諸家共許末那必與（四煩惱、五偏行等）九種心所相應。但依護法正義，此末那亦與「別境心所」中的「慧」心所相應，此慧恆常相續，唯緣賴耶見分，妄執爲我，故名我見，又名「薩迦耶見」。

此外末那是染污性，染法必與偏染隨煩惱相應（大隨煩惱），所以末那也與「隨煩惱心所」中的八種心所相應，此指惛沉、掉舉、不信、懈怠、放逸、失念、散亂、不正知⑱。由於與末那相應的不只四種煩惱心所，所以說言「及餘觸等俱」。今把與末那相應的十八種心所，分類表列如下：

與末那相應的十八心所
- 四根本煩惱——我癡、我見、我慢、我愛
- 五偏行心所——觸、作意、受、想、思
- 一別境心所——慧
- 八隨煩惱——惛沉、掉舉、不信、懈怠、放逸、失念、散亂、不正知

如是與末那相應的第一組心所（四根本煩惱）是怎樣的？《成唯識論》說：「我癡者，謂無明，愚於我相，迷無我理，故名我癡。我見者，謂我執，於非我法，妄計為我，故名我見。我慢者，謂倨傲，恃所執我，令心高舉，故名我慢。我愛者，謂我貪，於所執我，深生耽着，故名我愛。」⑲依《成唯識論》所說，根本煩惱有六，即貪、瞋、癡（無明）、慢、疑、惡見，而與末那相應的四種煩惱，即是其中的一部份，今表列如下：

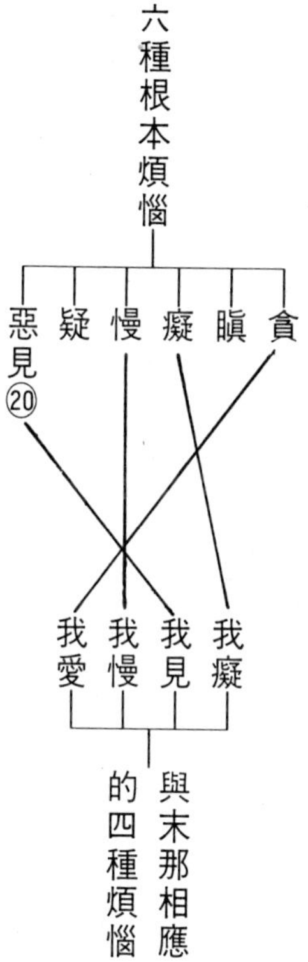

由此可見，「我癡」是「癡」（亦名「無明」）的一分。依《成唯識論》所分析，「癡」心所「於諸事迷闇為性（按：性是體性，指直接作用），能障無癡，一切雜染所依為業（按：業是業用，指間接作用）。」㉑，與末那相應的「癡」，於「無我之理」有所迷闇，愚昧地錯認賴耶見分爲「有我之相」，所以名爲「我癡」。「諸煩惱生，必由癡故」，此末那相應的四煩惱中，把「我癡」放在第一位。

與末那相應的第二種煩惱爲「我見」，那是「惡見」的一分。依《成唯識論》分析，「惡見」「於諸諦理，顛倒推度，染慧爲性，能障善見，招苦爲業」。「惡見」既是以「染慧爲性」，故「惡見」離「慧」與「癡」心所，別無自體，是分位假立。「惡見」的直接作用是對諸諦理，作出顛倒錯誤的推度。它的差別作用共有五種：一是「薩迦耶見」（Satkayadrsti）（亦名「壞身見」、「薩」有移轉義、可敗壞義，「迦耶」是和合積聚義，引申爲身義），即於五蘊的假我積聚體，執爲我及我所。今與末那相應的「我見」，即是「薩迦耶見」，但卻於非我法的賴耶見分之上，妄執爲實有的自內我。二是「邊執見」（Antagrahadrsti），即於前所執的我法之上，再執爲常住不變（此爲「常見」），或執死後斷滅（此爲「斷」見）。三是「邪見」（Mithyadrsti），謂謗因果、作用、實事等（按：「因果」者，指善行引樂果，惡行引苦果。「作用」者，如指由此世往他世的作用。「實事」者，指世間有阿羅漢等事實）。四是「見取見」（Drstiparamarsa），謂於餘諸見之中，隨執一種見及其所依五蘊爲最殊勝，能得涅槃者；「取」是堅執之義。五是「戒禁取見」（Silavratataparamarsa），謂於隨順諸見所制定的戒禁及其所依的五蘊最爲殊勝，能得涅槃者。如是「我見」便是「惡見」中的第一種。

與末那相應的第三種煩惱爲「我慢」，是「慢」（Mana）心所的一分。依《成唯識論》分析，「慢」以「恃己於他高舉爲性；能障不慢，生苦爲業」。「慢」也有多種分類，若依七類分別，則有：一、「慢」（狹義的慢），謂他人比自己較劣的，計執自己殊勝；與自己相等的，計執自己也與他相等。二、「過慢」，謂與自己相等的，計執自己殊勝；比自己優勝的，計執與自己相等。三、「慢過慢」，謂比自己優勝的，反而計執自己比他殊勝。四、「我慢」，謂於五蘊所成的身心，而起我見，因之而自恃，傲慢高舉。今與末那相應的「我慢」心所，便是此類，它於自所緣的賴耶見分，而起我見，並因之而產生倨傲，恃所執我，令心高舉。五、「增上慢」，謂於尚未證得的果德，說已證得，或僅得少分，卻說已證其全分。六、「卑慢」，謂當他人實比自己優勝，卻說自己僅有少許不及。七、「邪慢」，謂於自己實是無德，而說有德。如是七種「慢」心所，都是「令心高舉」，只是分位不同，因而開成七類。而與末那相應的「我慢」，也是其中的一種。

與末那相應的第四種煩惱，名爲「我愛」，是「貪」（Raga）煩惱的一分。此間的「愛」不指「慈」、「悲」，而是「貪」義。依《成唯識論》，貪亦名爲「愛」，於諸順境染着爲性；能障無貪及生衆苦爲業。與末那相應的「我愛」，就是於末那緣賴耶見分爲自內我時，對此所執的自我，深生耽着，沈溺不捨。

如是「我癡」、「我見」、「我慢」、「我愛」四種根本煩惱，恆常與第七末那識相伴生起，向內能令第八阿賴耶識煩擾渾濁，不得轉成無漏；向外則令前六識亦恆常有漏，所以說末那是前五識的「染淨依」，是第六識的所依「根」。由於末那與此四煩惱相應，使有情生死流轉，不能出離。

第二組與末那相應的心所是觸、作意、受、想、思那五個徧行心所。一切心識活動，必須與偏行心所相應，第八阿賴耶如是，第七末那也如是。至於觸等五偏行心所的體性和業用，已於上一章闡述初能變時予以闡釋，故今不贅。不過此中的「受」心所卻有三種情態：一是苦受，二是樂受，三是捨受。與末那相應的究是何種？有說末那與喜受（樂受的一種）相應，恆內執我生喜愛故；有說與憂（苦受的一種）、喜、樂、捨四受相應，生惡趣有憂受故，生人天等有喜受故，得第三禪有樂受故，得第四禪有捨受相應故。但依《成唯識論》的正義，則認爲第七末那識唯與「捨受」相應。一者、末那從無始來，任運一類相續，應不能與憂、善、苦、樂等有變異的諸受相應；二者、末那恆與賴耶相應，賴耶恆與「捨受」相應，故末那也應同於賴耶，唯與「捨受」相應。

第三類與末那相應的是「慧」（Prajna）心所（五別境心所之一）。所謂「慧」者，「於所觀境，簡擇爲性；斷疑爲業。」此就「慧」之殊勝者而言，說有斷疑作用，但並非一切「慧」皆能斷疑；只謂思維義理的時候，雖未斷疑，亦有慧相應。若此「慧」與「癡」相應，便成染污性，不但不能如理簡擇，如理斷疑，反而顚倒推求，起顚倒見。與末那相應的「慧」便是這樣的一種染污「慧」，影響末那，誤執賴耶爲實我，產生「我見」。

第四類與末那相應的是八隨煩惱心所，即是惛沈、掉舉、不信、懈怠、放逸、失念、散亂、不正知等八徧染心所法。彼等的性相別釋如下：

惛沈（Styana）：令心於境無堪任爲性；能障輕安、毘鉢舍那（障觀）爲業。末那與彼相應，故不能正觀無我理。

掉舉（Auddhatya）：令心於境不寂靜爲性；能障奢摩他（障止）爲業。末那與彼相應，故不能止息妄念，不能與無我理契應。

不信（Asraddhya）：於實（眞實事理）、於德（三寶淨德）、於能（能成善法），不忍（認）、（不）樂欲，令心（如）穢（物）爲性；能障淨信，惰依爲業。由末那與不信相應，故不能信受無我之理。

懈怠（Kausidya）：於善、惡品修斷中（修善、斷惡），懶惰爲性；能障精進，增染爲業。由末那與懈怠相應，故不能斷除我執。

放逸（Pramada）：於染、淨品，不能防修（防染、修淨），縱蕩爲性；障不放逸，增惡損善所依爲業。由末那與放逸相應，故縱蕩於我慢，不能體認無我。

失念（Musitasmrti）：於所緣不能明記爲性；能障正念，散亂所依爲業。由末那與失念相應，故不能正念賴耶爲無我境。

散亂（Viksepa）：於諸所緣，令心流蕩爲性，能障正定，惡慧所依爲業。由末那與散亂相應，故不能定緣無我之境。

不正知（Asamprajanya）：於所緣境，謬解爲性；能障正知，毀犯爲業。由末那與不正知相應，故於緣賴耶爲境時，不能正知彼境實非有我。

上述失念、散亂、不正知等三隨煩惱心所，是其他心所的分位假立，都無自體，其詳可參考本章註⑱。以上八種徧染心所（大隨煩惱），是一切染汚心識現行時，悉徧相應的；今末那既是染心（有四煩惱相應故），所以也必然與惛沈等八種徧染心所相應。

第七末那識，若在有漏位，未轉依前，恆與上述的四煩惱心所、五徧行心所、慧別境心所，及八隨煩惱心所，合共十八種心所法相應。若在已轉依位，成佛果後，當與五徧行（觸、作意、受、想、思）、五別境（欲、勝解、念、定、慧）、十一善心所（信、精進、慚、愧、無貪、無瞋、無癡、輕安、不放逸、不捨、不害）等合共二十一種心所相應，一如第八無垢識無異。

（七）釋末那的德性：在善、惡、有覆無記、無覆無記四種德性之中，第七末那識是何性所攝？《唯識三十頌》云：是「有覆無記性」所攝。何以故？《成唯識論》作出以下的解釋，彼云：「此意（末那）相應四煩惱等，是染法故，障礙聖道。隱蔽自心，說名有覆，非善不善，故名無記。……若已轉依，唯是善性。」㉒

在有漏位，未轉依前，第七末那識既非善性，亦非惡性，是「無記」性攝。但此末那，無始時來，恆與我癡、我見、我慢、我愛彼四種根本煩惱相應，使末那變成染污之法，障蔽聖道，不能起無漏智以體證眞如，隱蔽自心，不得清淨以出離生死，屬「有覆」攝。如是結合兩種特性，末那便成「有覆無記性」（Nirvrtavyakrta）所攝。

在無漏位，當成佛後，第七末那識由於已斷我癡、我見、我慢、我愛，乃至一切有漏相應諸法，所以純是「無漏善性」所攝。

（八）**釋末那的界繫分別**：《唯識三十頌》說第七末那識，是「隨所生所繫」的，那就是說：末那隨着所生何界，則受該界的煩惱所繫縛，隨着所生何地，則受該地的煩惱所繫縛，所以《成唯識論》說：「隨彼（末那）所生，彼地所繫。謂生欲界，末那相應心所，即（受）欲界（煩惱之所）繫（縛），乃至有頂，應知亦然。……爲彼地諸煩惱等之所繫縛，名彼所繫。若已轉依，即非所繫。」㉓

所謂「界」，就是指有漏凡夫所生「三界九地」的處所，表列如下：

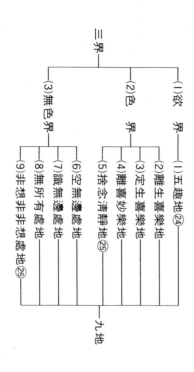

三界
- (1)欲　界
  - (1)五趣地㉔
- (2)色　界
  - (2)離生喜樂地
  - (3)定生喜樂地
  - (4)離喜妙樂地
  - (5)捨念清靜地㉕
- (3)無色界
  - (6)空無邊處地
  - (7)識無邊處地
  - (8)無所有處地
  - (9)非想非非想處地㉖

（以上合為）九地

如是有情生「欲界・五趣地」時，他的第八阿賴耶識自然變現「欲界・五趣地」的自根身及共有的器世界以爲「相分」，所以他的賴耶自然繫屬於「欲界・五趣地」；而他的第七染污末那識一方面以賴耶爲俱有依，一方面攀緣賴耶「見分」而執爲自內我，於是如同賴耶，亦繫屬於「欲界・五趣地」，並受着「欲界・五趣地」煩惱之所繫縛。若生「色界・離生喜樂地」，則彼染污末那及其相應心所，便繫屬於「色界・離生喜樂地」，並受「色界・離生喜樂地」煩惱之所繫縛。如是乃至生於「有頂」的「無色界・非想非非想處地」。則彼染污末那及其相應心所，便繫屬於「無色界・非想非非想處地」，並受「無色界・非想非非想處地」煩惱之所繫縛。那就名爲「隨所生所繫」。那麼，所謂「繫」者，實有二義：一是「繫屬」義，一是「繫縛」義㉗。

若有情透過修行實踐，已得轉依，已證佛果，則他的賴耶不再受「三界九地」的果報（即不再受生於「三界九地」），伏斷「三界九地」的一切煩惱，所以他的第七識便不再繫屬於「三界九地」之中，亦不受「三界九地」煩惱之所繫縛。

（九）釋末那的伏斷位次：第七末那識在有漏位，恆與我癡、我見、我慢、我愛等四根本煩惱及與惛沈、掉舉等八隨煩惱相應，所以恆執第八識見分爲實我，故有我執，有我執者必有法執㉘，既有我執、法執，便成染污法。因此，染污末那必須伏斷，障聖道故。《唯識三十頌》說末那的伏斷云：「（此末那識，於）阿羅漢（位）、滅（盡）定（位）、出世道（位）無有。」

所謂「無有」，實有兩義：一是暫伏與末那相應的俱生我執或兼法執的種子勢用，使不得現行；一是永斷與末那相應的俱生我執或兼法執的種子及其現行。暫伏與永斷的位次有三，即：阿羅漢位、滅盡定位、出凹道位。此三位中，若順其伏斷的次第，應先排「出世道」，中舉「滅盡定」，後列「阿羅漢」。今把染污末那的伏斷情況，依其次第，順釋如下：

1、出世道位（The state of lokottaramarga）：《成唯識論》云：「謂染污意（末那識）無始時來，微細一類任運而轉，諸有漏道不能伏滅，三乘聖道（見道及以後證眞如的智慧）有（暫）伏滅義，眞無我解違我執故。後得（智）無漏現在前時，是彼（聖道眞無我解的）等流，亦違此意（末那識）。

眞無我解（根本智）及後所得（的後得智）俱無漏故，名出世道。」㉙

與染污末那相應的我癡、我見、我慢、我愛等四煩惱心所，無始時來，微細一類相續，自然而然地任運生起，所以任何世間有漏㉚的智慧，都不能把它們暫伏，更不能加以永斷。直到三乘的修行者，到了初見道證眞如的時候（其義後詳），無漏觀智的「根本智」及「後得智」㉛現行（此名「出世道」；「無漏」名「出世」，「觀智」名「道」），此等煩惱才得暫伏，但不能永斷，是俱生的煩惱，非「見道位」所斷故。

何以「出世道」能暫伏末那相應煩惱呢？因為聲聞、緣覺乘的修行者，到了「見道位」，「人我空」的出世無漏智（亦名「生空智」）現行，此智（無論「根本智」或「後得智」皆）與「人我執」相違，所似末那識中的「人我執」即時暫伏；當大乘修行者，到了「見道位」，「法我空」的出世無漏智（亦名「法空智」）亦同時現行，此智（無論「根本智」或「後得智」皆）與「法我執」相違，所以末那識中的「法我執」即時暫伏㉜。因此，三乘的「出世道位」是末那的「暫伏位」㉝。

二、滅盡定位（The state of nirodhasamapatti）：《成唯識論》云：「滅（盡）定既是聖道（「生空智」及「法空智」）等流，極寂靜故，此（污染末那相應的煩惱）亦非有。」㉞彼「滅盡定」亦名「滅受想定」，簡名「滅定」。三乘聖者於「見道位」後，若厭患粗識，修行證入此想、受、意識不現行的「無心定」，名爲「滅盡定」。此定是「生空無漏智」或「法空無漏智」的等流同類果，是極寂靜的無漏定，所以與染污末那相違。故入此定，則與末那相應的一切煩惱即不能現行，所以「滅盡定位」也是末那的「暫伏位」，但不是「永斷位」。

三、阿羅漢位（The state of arhatship）：依《成唯識論》所說，染污末那相應的我執、法執，雖在「出世道位」及「滅盡定位」暫時降伏，不得現行，但由於未能永斷，所以當自出世聖道起已，或從滅盡定出定時，彼相應的染污我執及法執種子得以再次現行，直到三乘的阿羅漢位（即是得「無學果」），才能獲得永遠斷除，故《成唯識論》說言：「此染污意（末那）相應煩惱，是俱生故，非見所斷；是染污故，非非所斷（按：必須予以斷除）。極微細故，所有種子與有頂地（無色界‧非想非非想處地）下下煩惱㉟，一時頓斷，勢力等故，金剛喻定現在前時，頓斷此種，成阿羅漢；故無學位，永不復起。」㊱

與染污末那相應的是俱生煩惱，非見道位所能立斷，但彼等是染污法障礙無漏果，所以又不能不加以斷滅；由於彼煩惱活動極為微細，必須到有學位最後心的金剛喻定無間道中，由無漏智現前時，把末那相應的一切染污俱生煩惱種子，連同有頂位「無色界‧非想非非想處地」的最微細下下品煩惱種子，一時頓然永斷；斷彼種故，染污末那便永不現行，而修行者便證入「阿羅漢果」。

證入阿羅漢果階位，大、小乘頗有不同。小乘的聲聞、緣覺有情在未證得第四果前的金剛喻定無間道中，一時頓斷與末那相應的「人我執」（亦名「生我執」）的一切種子功能，才證入阿羅漢果，以「人我執」障小乘無學果故。至於大乘菩薩，則在第十地成佛前的金剛喻定無間道中，一時頓斷與末那相應的「人我執」（亦名「生我執」）及「法我執」的一切種子功能，才能證入圓滿佛果，以「人我執」（成煩惱障）及「法我執」（成所知障）俱障大乘佛果故㊲。如是在「阿羅漢位」，小乘聖者之與末那相應的「人我執」種子功能永斷，永不現行；大乘聖者（佛陀）之與末那相應的「人我執」及「法我執」種子功能永斷，永不現行。是故名「阿羅漢位」爲「永斷位」。

如上所述，染污末那在「出世道位」及「滅盡定位」暫不現行，從定起時，還有活動；到了「阿羅漢位」，染污末那才得永斷。不過，所斷所銷毀的只是與末那相應的「人我執」或兼「法我執」的種子能力，而非恆審思量的末那識自體㊳。所以，即使在究竟位成佛後，無漏清淨的第七末那識仍然在活動着的。因此，從凡夫到聖者的不同階位中，末那的活動可有不同的情況，名之爲「末那三種位次」：

一者、生我見相應位：「生我見」即是「人我執」，那就是指「與人我執相應的末那識」。一切凡夫、二乘有學、七地已前菩薩有漏心起用時（此除二乘無學迴小向大者），他們的末那識，都是此位所攝。

二者、法我見相應位：「法我見」即是「法我執」，那就是指「與法我執相應的末那識」（末那緣賴耶而起法我執）。一切凡夫、一切二乘，乃至菩薩

「法空智」未現前時，他們的末那識，都是此位所攝。

三者、平等性智相應位：當大乘菩薩在見道位及修道位，眞見道中，平等性智起現行，根本智緣眞如，或相見道中，平等性智現行，後得智或緣第八，或緣似眞如相，如是一切「人我執」及「法我執」都不現行，則說第七末那識正處「平等性智相應位」。又如在佛位，一切「人我執」及「法我執」俱已永斷，則第七末那相應的平等性智恆時現行，緣第八無垢識、眞如及一切有爲法，眞、俗一切諸法悉皆平等，則第七末那識永處「平等性智相應位」。

末那三位與凡、聖相配如下表所列：

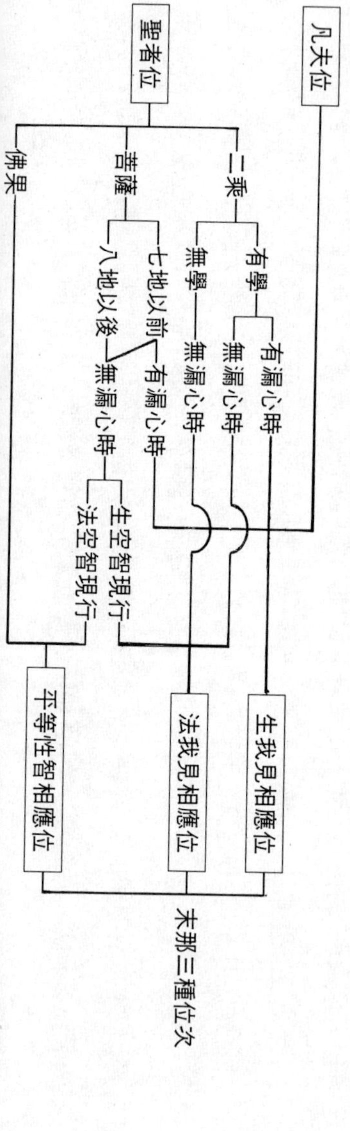

【註釋】

①依《藏要》校勘梵、藏二本，此句應在「出世道無有」之後。

②依《藏要》校勘，此句與下句（即「依彼轉緣彼」）彼此先後倒置。依梵、藏二本，應作「依彼轉緣彼，是識名末那」。

又《霍譯安慧釋》載安慧把「末那」（Manas）釋爲染汚意（Klistasyamanasah）。所以霍譯「末那」爲「意」，以「意」與「意識」爲同體故。

③依《藏要》校勘，梵、藏本原云「自體」（Atmakam）；《轉識論》亦云「以執着爲體」，無此「相」字，今譯增文。

④依《藏要》校勘，此句在梵、藏本是與「有覆無記攝」連在一起，即是「四煩惱常俱，有覆無記攝」。

⑤依《藏要》校勘，此中無「並」字。又第六頌至此句訖。

⑥依《藏要》校勘，此中無「俱」字。

⑦依《藏要》校勘，梵、藏本此句在「及餘觸等俱」之前，即作「隨所生所繫，及餘觸等俱」。

⑧依《藏要》校勘，梵、藏本云「滅盡」等至「無」，爲第七頌的第三句。

⑨「思量爲性相」句中「性相」一詞，依前註③既爲「自體」(Atmakam)義，則標爲「體性門」已足夠，不必別開「行相門」，本義並無「行相」的意思。

⑩見《大正藏》卷三一、頁一九。

⑪第七「末那」識名「意」與第六「意識」如何區別？一者、「末那」名「意」，「意」即是識（在梵文的「聲明學」中，名爲「持業釋」。即「意」就是此「識」的業用，如第八「藏識」，「藏」就是此「識」的業用）；第六識名「意識」，是「意」之識（在「聲明學」中，名爲「依主釋」，「意識」是依「意根」而得名之「識」，如「眼識」是依「眼根」而得名之「識」）。二者、「末那」便是「意根」，是第六意識所依的根；「末那」是所依，「意識」是能依。今爲恐怕產生不必要的混淆，別名第七識爲「末那」識（不用「意」的義譯，而取「末那」音譯）；別名第六識爲「意識」。又第七末那不名爲「心」，因爲它不具備積集（集起）種子的思義。末那不名爲「識」，因爲它的了別作用較前六識爲劣故。

⑫此云凡夫的末那恆染，但見道時，此識不與我癡、我見、我慢、我愛等四種我執煩惱相應，所以轉而爲善，但出觀時，俱生的我執再起，復轉爲染。由於有此轉易，說名「轉識」

。前六識依末那的善、染轉易亦有所轉變，所以也名「轉識」，於是前七識便有「七轉識」的名稱。

⑬「流」有相續不斷，有如流水義；「轉」有生起義。於是「流轉」有相續生起的含義。

⑭同見註⑩。

⑮末那的所依已表列如上，今爲閱讀上的方便，分別把「賴耶」、「意識」及「前五識」的所依，分別表列如下：

- 賴耶的所依
  - 因緣依：賴耶自識種子
  - 俱有依：現行末那識
  - 開導依：前念的現行賴耶
- 意識的所依
  - 因緣依：意識自識種子
  - 俱有依：現行末那識
  - 開導依：前念的現行意識
- 前五識的所依
  - 因緣依：五識的各別種子
  - 俱有依：各別所依根（如：眼識依眼根）
  - 開導依：前念的現行自識（如：前念眼識爲後念眼識的開導依）

⑯依《霍譯安慧釋》，只言「（意）（即末那）執阿賴耶識以爲我及我所，卻沒有言及種子。」見該書頁六四。

⑰依上述有關末那的所依與所緣的闡釋，可見一切心、心所的生起，必須具備「因緣」、「等無間緣」、「所緣緣」及「增上緣」，今總結如下：

四緣
- (1)因緣—生起心識（包括心所）的自種子功能
- (2)等無間緣—前念無間的現行自識（及相應心所）
- (3)所緣緣—自識（及相應心所）的所緣境
- (4)增上緣—一切助成自識（及相應心所）生起的正面積極條件的存在出現及妨礙識心生起的負面條件之不存在。

⑱此八隨煩惱心所中的「放逸」、「失念」、「不正知」等三種，唯依餘心所的分位假立，（放逸依懈怠、貪、瞋、癡假立，失念依念、癡假立。不正知依慧、癡假立），沒有自己的體性，所以《成唯識論》有說：末那與五隨煩惱相應，即惛沈、掉舉、不信、懈怠、散亂。連同前說的四根本煩惱（即我癡、我見、我慢、我愛）、五徧行（即觸、作意、受、想、思）及別境中的慧心所，如是末那便與十五種心所相應。

⑲見《大正藏》，卷三一、頁二二。

⑳「惡見」又可再分爲「身見」、「邊見」、「邪見」、「見取見」及「戒禁取見」等五。其中的「身見」，即是與末那相應的「我見」。

㉑見《大正藏》，卷三一、頁三一。餘釋「貪」等煩惱，皆載此卷之中。

㉒見《大正藏》，卷三一、頁二三。

㉓同見註㉒。

㉔「五趣」指：天、人、地獄、餓鬼、畜生等「五道」，連「阿修羅」則成「六道」。

㉕色界四地，即指四禪。

㉖「非想非非想處地」名爲「有頂」，即是「三有之頂」（按：「三有」即「欲界」、「色界」、「無色界」的「三界」），即「三界」中的最高境界。又「空無邊處」等四地，又名爲「四空」。

㉗初能變阿賴耶識及第二能變末那識，必繫屬於所生的「界」、「地」，而受該「界」、「地」煩惱之所繫縛，此名「界繫」。然而第三能變的前六識，由於通於善、惡、無記三性，不定屬於何界何地，故《成唯識論》並沒有專闢一門予以討論。

㉘「法」即一切事物，範圍最寬，涵攝最廣；「我」指事物中有主宰性者，範圍較狹，二者的關係，有如下面的圖解：

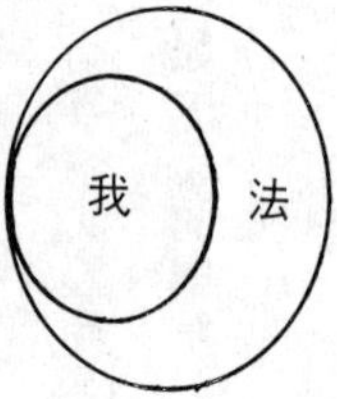

執有實法，名為「法執」（亦名「法我執」），「我」是實有的主體自性義，執事物有實在的主體自性）。執有實我，名為「我執」（亦名「生我執」），「生」是「有情」義，執着有實在的有情主體）。就範圍言，「法執」較寬，「我執」較狹。

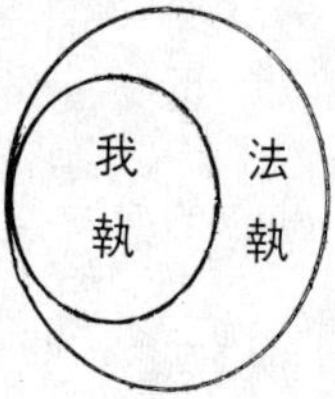

「法執」可涵攝「我執」，「我執」不能涵攝「法執」。有「我執」必有「法執」，有「法執」不必有「我執」。

破「法執」的智慧名「法空智」，破「我執」的智慧名「生空智」。因此破「法執」必全破「我執」，破「我執」不必全破「法執」，故「法空智」為寬，而「生空智」為狹，圖解如下：

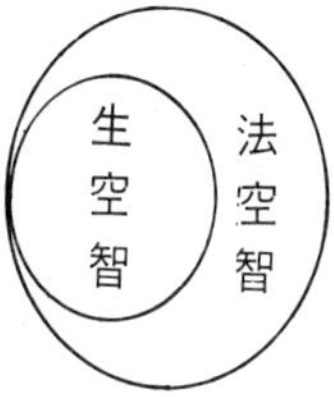

即有「法空智」必有「生空智」，兼破「我執」、「法執」故。有「生空智」（只破「我執」，不必破「法執」），（故）不必有「法空智」。

㉙同見註㉒。

㉚與世間相應的名「有漏」，與出世間相應的名「無漏」。

㉛此「根本智」即《成唯識論》所謂「眞無我解」，而「後得智」即「眞無我解」的等流同類，二者皆有暫伏四種根本煩惱的力量。

㉜能伏「法我執」即同時能伏「人我執」，前者較寬，後者較狹故，請參考註㉘。

㉝即《成唯識論》所說的「暫滅位」，「滅」字恐誤爲「永斷」義，故用「伏」字，稱「暫伏位」。

㉞同見註㉒。

㉟唯識家把每一地的煩惱，由粗到細，分爲九品，即：上上、上中、上下；中上、中中、中

下；下上、下中、下下。上上品煩惱最粗，較易伏斷；下下品煩惱最細，最難伏斷。如是「欲界．五趣地」的煩惱分成九品，乃至有頂位的「無色界．非想非非想處地」的煩惱也分成九品：彼下下品是有漏有情煩惱中最微、最細、最難伏斷的，須與末那相應的煩惱一起銷毀。

㊱同見註㉒。

㊲彼「人我執」所成「煩惱障」，障礙大涅槃；彼「法我執」成「所知障」，障礙大菩提。「圓滿佛果」便是「大涅槃」及「大菩提」（其義後詳），所以「人我執」及「法我執」亦當俱斷。小乘阿羅漢唯證「涅槃」果，不證「大菩提」，故唯斷「人我執」便可以，不必斷「法我執」。若小乘已證阿羅漢而迴小向大者，亦須修行到究竟位前，一時頓斷「法我執」種子功能，始得成佛。

㊳據《成唯識論》及《述記》所載，十大論師中，安慧主張於「出世道」及「滅盡定」所暫伏的是染汚末那的自體，於「阿羅漢位」所永斷的也是染汚末那的自體，離染汚末那更無第七識。末那相應的煩惱唯是「我執」。而護法則主張所暫伏及所永斷的只是與末那相應的「人我執」或兼「法我執」的種子功能，而非末那識的自體；第七末那識的自體於佛位

仍存在，轉化爲「平等性智相應心品」，思量一切法平等，活動無有竟盡之時。護法又主張與染污末那相應的煩惱，除了「人我執」外，兼有「法我執」。此二說中，玄奘、窺基取護法之說爲正義。

丁三、明了境能變

【頌文】次第三能變，差別有六種①，
了境爲性相②。善、不善、俱非。
此心所徧行、別境、善、煩惱、
隨煩惱、不定③。皆三受相應。
初徧行觸等④。次別境謂欲⑤、
勝解、念、定、慧，所緣事不同⑥。
善謂信、慚、愧、無貪等三根⑦、
勤、安、不放逸、行捨及不害⑧。
煩惱謂貪、瞋、癡、慢、疑、惡見⑨。
隨煩惱謂忿、恨、覆、惱、嫉、慳⑩、
誑、諂與害、憍⑪、無慚及無愧、
掉舉與惛沈、不信並懈怠、

放逸及失念、散亂不正知。
不定謂悔、眠⑫、尋、伺二各二。
依止根本識⑬，五識隨緣現，
或俱或不俱，如濤波依水。
意識常現起，除生無想天⑭、
及無心二定、睡眠與悶絕。

（一）**總說**：這是廣釋〈明能變相〉中的第三大段。因爲「能變」之體有三，即：「異熟能變」、「思量能變」及「了境能變」。我們於上文已詳釋第一「異熟能變」及第二「思量能變」，今當繼續闡釋第三「了境能變」。此中共有九頌（即《唯識三十頌》中的第八至第十六頌），窺基《述記》分之爲七段九義。如下表所析：

七段			頌文	九義
1.能變差別門			次第三能變，差別有六種。	1.體別門
2.自性行相門			了境爲性	2.自性門
			（了境爲）相。	3.行相門
3.三性分別門			善、不善、倶非。	4.三性門
4.相應門	a.列六位		此心所：徧行、別境、善、煩惱、隨煩惱、不定。	5.相應門
	b.受倶		皆三受相應	6.受倶門
	c.釋六位	①徧行	初徧行觸等	（相應門）
		②別境	次別境謂欲、勝解、念、定、慧，所緣事不同。	
		③善	善謂信、慚、愧、無貪等三根、勤、安、不放逸、行捨及不害。	
		④煩惱（本惑）	煩惱謂貪、瞋、癡、慢、疑、惡見。	
		⑤隨煩惱（隨惑）	隨煩惱謂忿、恨、覆、惱、嫉、慳、誑、諂、與害、憍、無慚及無愧、掉舉與惛沈、不信並懈怠、放逸及失念、散亂、不正知。	
		⑥不定	不定謂悔、眠、尋、伺二各二。	
5.所依門			依止根本識。	7.所依門
6.倶轉不倶轉門			五識隨緣現，或倶或不倶，如濤波依水。	8.倶轉門
7.起滅分位門			意識常現起，除生無想天，及無心二定，睡眠與悶絕。	9.起滅門

下文將依「差別」、「體性」、「性德」、「相應」、「所依」、「俱轉」、「起滅」等七段分別予以闡釋。

（二）釋前六識的差別：三能變中，第一「異熟能變」只指第八識，第八識雖有種種名號（如「阿賴耶識」、「異熟識」、「一切種子識」、「無垢識」、「菴摩羅識」等等，不一而足），但終究只是一個「藏識」，卻沒有差別的分類；第二「思量能變」也只指第七識，第七識雖有種種位次（如「生我見相應位」、「法我見相應位」及「平等性智相應位」），但終究只是一個「思量識」，也沒有差別的分類。可是第三「了境能變」，雖以「了境」為共通的特性，但識體卻是多而非一，所以《唯識三十頌》云：「次第三能變，差別有六種。」《成唯識論》闡釋云：「次中思量能變後，應辯了境能變識相，此識差別總有六種。隨六根境，種類異故。謂名眼識，乃至意識。隨根立名，具五義故。五謂依、發、屬、助、如根。」⑮

「了境能變」不是一識，而是前六識的總名，即是眼識、耳識、鼻識、舌識、身識及意識。此六識由於性質的差異，又可分成兩類⑯：

- 了境能變
  - 前五識
    - 眼識
    - 耳識
    - 鼻識
    - 舌識
    - 身識
  - 第六識
    - 意識
  - ＝ 前六識

前六識各有自己所依的根，各有各別所緣的境，不相淆混。今把六識所依的六根及所緣的六境，表列如下：

識	根	境
眼識	眼根	色境
耳識	耳根	聲境
鼻識	鼻根	香境
舌識	舌根	味境
身識	身根	觸境
意識	意根（末那識）	法境

如是以眼根爲依，緣色境而生眼識；以耳根爲依，緣聲境而生耳識；以鼻根爲依，緣香境而生鼻識；以舌根爲依，緣味境而生舌識；以身根爲依，緣觸境而生身識；以意根爲依，緣法境而生意識。「法境」的範圍最寬，除色、聲、香、味、觸等五可作所緣境外，其餘一切所知對象皆屬「法境」；概而言之，包括過去、現在、未來一切存在及不存在的事物、名相，都可作意識的所緣對境。

上述的第六識，既可「隨境」而立名，亦可「隨根」而立名。若隨根立名，則可有眼識、耳識、鼻識、舌識、身識、意識等六種名目；以第一識隨眼根立名，故稱爲「眼識」，如是乃至第六識隨意根（即是末那識）立名，故稱爲「意識」。若隨境而立名，則可有下列的名目：

前六識（了境能變）

第一識	色識
第二識	聲識
第三識	香識
第四識	味識
第五識	觸識
第六識	法識

那就是說：第一識依色境立名，故稱「色識」；第二識依聲境立名，故稱「聲識」；如是乃至第六識依法境立名，故稱「法識」。不過，唯識家一般不採「隨境立名」的命名方式，因爲到了無漏位時⑰，五識可以互相通緣色、聲、香、味、觸等五種境⑱，則「色識」亦緣聲等境，「聲識」亦緣色等境，命名便失卻了意義；若隨根立名，則無相濫之失，因爲依根有五種意義（所謂「五義」）：

一者、依義：識依於根，然後得以生起，然後得以緣境。如「眼識」必須依於眼根（不共依）然後可以生起現行，攀緣色境，所以名爲眼識，依眼根而起的識故；如是乃至第六識必須依於意根（末那識爲不共依的意根），然後可以生起現行，攀緣法境，所以名爲意識，依意根而起的識故。

二者、發義：識必依根而引發，若根有變異，識必依根而產生變異。如患近視的，眼根產生變異，視覺不正常，則眼識所認知色境亦不正常；如是意識由意根（末那）而引發，末那有漏，意識亦必有漏，由相縛而不能解脫⑲；若末那無漏，則意識亦必爲無漏而得清淨。

三者、屬義：「屬」是「隨逐」義，即識的種子必須隨逐根的種子而得生起。如意識以末那識爲根，故意識種子必隨末那種子而現行，即末那種子生現行時，意識種子隨彼力故，才能生起，若末那種子不起現行，意識種子亦無由得起現行；眼識種子之隨逐眼根種子而起現行亦是如此。根種是識種的生起依、引發依，而不是染淨依或根本依。

四者、助義：此指不但「根」可影響「識」，「識」亦可以影響「根」，因爲「根」必須與「識」配合，然後有領受作用，如是「識」有損益，也影響到「根」也有損益。如第六意識成爲無漏時，作爲「意根」的第七意識亦會損壞有漏而轉成無漏。又如眼識見太陽時，亦會損於眼根。

五者、如義：此指「識」如於「根」的意思。舉例說：眼根是「有情數」（Sattvakhya）[20]（即：眼根是有情自體的一部份），則眼識亦如眼根，也成爲「有情數」（即：眼識亦成爲有情自體的一部份）。又如：第七末那識（意根）是內法所攝，則第六意識，亦如意根，也成爲內法所攝。

如是依上述根識關係的「五義」，識依於根，識是根之所發，識屬於根，識助於根，識如於根，彼此有極爲密切的關係，根對所發的識有極強盛的增上勢用，有極強盛的扶助力，根強則所發之識亦強，根弱則所發之識亦弱，根損則識力損，根壞則識不起。所以識依根而立名[21]，如是前六識之間，便無相濫的過失。

（三）釋前六識的體性：前六識（第三能變）以何爲自性？以何爲活動行相？《唯識三十頌》云：「了境爲性相。」此間所言「性、相」者，是指「自性」（自體）及「行相」。《成唯識論》闡釋說：「了境爲性、相者，雙顯六識自性（及）行相。（此六）識以了境爲自性故，即復用彼爲行相故。由斯兼釋所立別名。能了別境名爲識故。」[22]

即用以顯體，所以說前六轉識以「了境」爲「自性」，亦以「了境」爲活動的行相。「了境」是指能夠了別粗顯的境相。如眼識能「見」諸色境，耳識能「聞」諸聲境，鼻識能「嗅」諸香境，舌識能「嚐」諸味境，身識能「覺」諸觸境，意識能「知」諸法境。此六轉識上的「見」、「聞」、「嗅」、「嚐」、「覺」、「知」諸境的「了境活動」，便是六識的行相。即此「了境活動」說爲六轉識的自性（自體），以六識自體無形無相，唯有以活動作用爲自性自體，故以「了境」爲行相，亦兼以了境爲自性故。

又唯識家把一切諸識分爲「心」、「意」、「識」三大類，而前六識但名爲「識」，不名爲「心」，亦不名爲「意」。其故何在？

所謂「心」是集起義。唯第八阿賴耶識有攝持集起一切種子的功能，彼種子功能緣具時則會現行起用，可名爲「心」，具「心」的別名；其餘諸識不具攝持集起種子的作用，都不得名之爲「心」。

所謂「意」是思量義。唯第七末那識有恆審思想的作用，可名爲「意」；餘識或「恆而不審」，或「審而不恆」，或「不恆不審」，所以不得「意」的別名。

所謂「識」是了境義。唯前六轉識有了別各自粗相顯著境界的作用，可名爲「識」；餘識雖有微弱的了別作用，但不粗顯，所以皆不具「識」的別名。

（四）釋前六識的德性：第一異熟能變具「無覆無記」的德性，第二思量能變具「有覆無記」的德性，今第三了境能變（前六識）所具的德性爲何？《唯識三十頌》云：「善、不善、俱非」。《成唯識論》闡釋說：「此六轉識何性攝耶？謂善、不善、俱非性攝。俱非者，謂無記，非善不善，故名俱非。能爲此世、他世順益，故名爲善；人天樂果，雖於此世能爲順益，非於他世，故不名善。能爲此世、他世違損，故名不善；惡趣苦果，雖於此世能爲違損，非於他世，故非不善。於善不善益損義中，不可記別，故名無記。此六轉識，若與信等十一相應，是善性攝；與無慚等十法相應，不善性攝；俱不相應，無記性攝。」㉓

前六轉識是通善性（Kusala）、不善性（即惡性，Akusala）及俱非（無記性，Avyakrta）的。所謂「俱非」是指既非善，亦非不善（非惡），不能以善、惡加以記別的「中性」德性，所以「俱非」亦名「無記」，無可記別故。

怎樣才是善性呢？《成唯識論》界定說言：「能爲此世、他世順益，故名爲善。」那麼，能夠酬引今世及未來世的順益福報（可樂果）的行爲，就是善的行爲。但所招得的人、天樂果（順益福報）的本身，卻不是善的，只屬無記性攝㉔，因爲善業必可酬引他世福報，而彼人、天樂果卻只能順益今世，不能於他世酬引福報，故不能稱之爲善。

怎樣才是不善（惡性）呢？《成唯識論》界定說言：「能爲此世、他世違損，故名不善（惡性）。」那麼，能夠酬引今世及未來世的違損的非福報應（不可樂果）的行爲，就是不善（惡性）的行爲。但所招得的惡趣苦果（違損的非福果報）的本身，卻不是不善（惡性）的，只屬無記性攝，因爲不善（惡）業必可酬引他世非福果報，今彼惡趣苦果的自身，只能違越今世，卻不能於他世酬引非福果報，故不能稱之爲不善（惡性）。

怎樣才是無記呢？《成唯識論》界定說言：「於善、不善益損義中，不可記別，故名無記。」那就是說：凡於今世及他世，既不可酬引順益福報，亦不能酬引違損的非福果報之行爲，都是無記的行爲。不可記別是善是惡，不可記別得福報或得苦果，故稱之爲無記。

如是前六轉識，當它們與十一種善心所中任何一法相當時，它們的活動便是善性所攝；彼十一種善心所是指：信、慚、愧、無貪、無瞋、無癡、勤（精進）、輕安、不放逸、行捨、不害，其體性業用，當於下文再加詳述。

當此前六轉識，不與善心所相應，而轉與十種「根本煩惱或隨煩惱」心所中任何一法相應時，它們的活動便是不善（惡性）所攝；依《述記》所載彼十種不善心所是指：無慚、無愧、瞋、忿、恨、覆、惱、嫉、慳、害㉕，其體性業用，亦當於下文再加詳述。

當此前六轉識，既不與信等十一種善心所相應，亦不與無慚等十種根本煩惱及隨煩惱相應（而只與觸等五偏行心所、欲等五別境心所，及悔等四不定心所相應時），它們的活動既不是善，亦非不善，所以稱爲無記性攝。

前六轉識中的意識，可以獨自生起，也可以和前五識中的任何一識俱起，亦可與五識中的二識乃至五識俱時生起，因爲意識可有各種的生起情況，而有種種的分位差別，如下表所列：

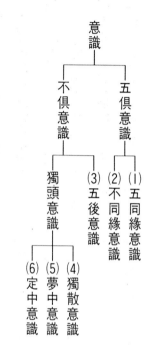

- 意識
  - 五俱意識
    - (1)五同緣意識
    - (2)不同緣意識
  - 不俱意識
    - (3)五後意識
    - 獨頭意識
      - (4)獨散意識
      - (5)夢中意識
      - (6)定中意識

所謂「五俱意識」是指與眼等前五識俱起的意識。因爲前五識的分別力微劣，要由意識引導，才能產生了境作用；無意識俱起，前五識必不得生。彼「五俱意識」可分兩種：(一) 五同緣意識，謂與前五識俱起而同緣一境，如眼識緣青境，意識亦取青境，不起分別，明了境相。(二) 不同緣意識，謂雖與前五識俱起，但不與五識同緣一境，而別緣異境。

另一類意識是不與前五識俱起的，名爲「不俱意識」。此中再分爲二：一者是「五後意識」，謂「五俱意識」生起時，即有功用，觸引後念「五後意識」，起追憶尋求等作用。二者是「獨頭意識」，此類意識不與前五識俱起，唯孤獨現起的。「獨頭意識」又可細分爲三：(一) 獨散意識，此種意識單獨生起，追憶往事，預想將來，或比較推度種種事理，此種思維活動不在禪定中進行，唯在散心進行，所以稱爲獨散意識。(二) 夢中意識，指夢中現起的意識活動。(三) 定中意識，謂在色界、無色界一切禪定中，前五識不現行時㉖，緣當前境的意識活動㉗。

如是前六轉識中的第六意識，無論是在五同緣意識位，或在不同緣意識、五後意識、獨散意識、夢中意識及定中意識等位，應可通於善性、不善（惡）性及無記性。而眼等前五識是任運生起的，必與五俱意識俱起。俱起的意識若是善性，則前五識亦善性攝；俱起的意識若是惡性，則前五識亦惡性攝；俱起的意識若是無記，則前五識亦無記性攝。所以意識的是善是惡，由自力決定；前五識的善惡，則由他力（俱起的五俱意識）所決定。此就未成佛前而言；若在佛位，則一切有漏法皆已盡斷，故前六識，唯是無漏的善性活動。

如是前六轉識的善、惡、無記三性，能夠各別生起，此無疑義，但六識三性，能否同時俱起，卻有諍論。在《成唯識論》，開成「三性不俱轉說」及「三性俱轉說」兩派主張。

其一、「三性不俱轉說」：此派主張前五識不能同時俱生，即同一刹那，眼識生時，耳等餘識定不生起，如是乃至身識生時，眼等餘識定不生起，而所起識的德性，又必與俱生意識相同；如是在一念之間，唯有前五識中某一識與意識同性俱起，意識是善，彼識亦善，意識不善，彼亦不善，所以三性俱起，實不可能。又前六識，同以外境為所緣對象，若三性俱起，則善性與惡性，彼此定必相違，故三性不能俱轉。又前五識必由意識所引導，俱時而起，同緣一外境；彼五識的善性、惡性等，隨順俱起意識的善、染德性而得決定。那麼，若許五識三性同時俱行，則與彼俱起的意識亦應同時共有三性；同時同識而有善、惡三性，這是絕不可能的，因爲善性與惡性，定必相違，不會在同時同一心識出現。依於上述種種道理，成立「三性不俱轉起之說」。

其二、「三性俱轉說」：此是護法所主張，認爲眼等前五識是可以同時俱起的，因而有「三性俱轉」的可能，如《成唯識論》所載：「率爾等流，眼等五識，或多或少，容俱起故，五識與（五俱）意（識），雖定俱生，而善性等不必同故。……故《瑜伽（師地論）》說：『若遇聲緣從（禪）定（出定）起者，與（禪）定相應（之）意識俱轉，餘耳識生』。非唯彼（禪）定相應（之）意識能取此聲，（耳識亦能取聲）。若不爾者，於此音聲，不領受故，不應出定。非取聲時，即便出定；領受聲已，若有希望，後時方出（定）。在（禪）定（位之）耳識，率爾聞聲，理應非善（無記性攝），未轉依者，率爾墮心，定無記故，由此誠證五俱意識非定與（前）五（識）善等性同。諸處但言五俱意識亦緣五境，不說同性。……若（前）五識中三性俱轉，意（識）隨（彼境之強者而有）偏（專）注（者），（則）與彼（五識）性同；無偏（專）注者，便無記性。故六轉識三性俱容。」㉘今依上述文意，分別從（甲）「五心例證」及（乙）「出定例證」這兩個實況，試作出詳盡的闡釋。

（甲）五心例證：前六識的認知活動，總的來說，可以總合為五個階段，《瑜伽師地論》等名之為「五心」：一、率爾心，二、尋求心，三、決定心，四、染淨心，五、等流心。舉例說，當眼識的認知「青境」，其歷程可有五心：眼識初次接觸「青境」時，名「率爾心」；「五同緣意識」先未緣此「青境」而今初緣之，亦是「率爾心」。此「率爾心」唯一剎那，於三性中，屬無記性。

隨後「不同緣意識」便起尋求，思尋推求此是何色，名「尋求心」，可多剎那。眞「尋求心」唯在意識，但此時眼識亦往往並起，有賡續活動，率爾的作用已經完成，不能再名為「率爾心」，唯有隨其同時俱起的「不同緣意識」名「尋求心」，然其活動行相，實與「率爾心」無異。不過，此心可經歷多個剎那。此「尋求心」在三性中，亦皆無記性攝。

「不同緣意識」的尋求活動有所決定，印定其爲「青境」無疑，此名「決定心」；許有多個剎那，未必隨起次念的「染淨心」故。眞正的「決定心」唯在意識，但此時的眼識亦多並起，亦隨其俱起的「不同緣意識」名「決定心」。此「決定心」在三性中，亦無記性攝。

如是眼識及與俱起的「不同緣意識」對「青境」有所決定後，隨而對彼「青境」起善、不善或無記之心，名「染淨心」（「染」謂染汚，即不善及有覆無記；「淨」謂淨潔，即善性及無覆無記）。此「染淨心」，六識皆有，唯一剎那（按：第二剎那名「等流心」），通善、不善、無記三性。

眼識及「不同緣意識」既緣「青境」，產生通三性的「染淨心」（如依前例，於「青境」可生不善的尋求心），此時，由熏習力，剎那相續活動下去，前後相似，名「等流心」（按：「等」是相似義，「流」是流出；後心從前心平等相似地而流出，說名「等流」）。此「等流心」前六識皆有，可容有多剎那（若另觸境，此「等流心」便即終止），亦可僅一剎那。於三性中，或是善性、或是不善，或無記性攝。前五識的五心與意識的五心，可以表解如下：

六識	一剎那	多剎那	多剎那	一剎那	多剎那
前五識	率爾	尋求……	決定……	染淨	等流……
意識	率爾	尋求……	決定……	染淨	等流……

若當眼識於所緣「青境」起不善的「等流心」時，更聞說法的善聲，則耳識此時生起而緣於「聲境」，「五俱意識」亦從「青境」轉而改緣「聲境」，於是耳識與意識可歷「率爾」、「尋求」、「決定」、「染淨」、「等流」等五心。此耳識及俱起的意識是善性攝，而此時眼識緣「青境」仍是不善的「等流心」攝。如是「善性」與「不善性」（惡性）可以同時俱起，所以護法依此道理，主張「三性俱起說」。今把善心與不善心俱起的例子，表列如下：

心識差別	五心差別
眼識	——率…尋…決…染…等…等…等…等…等（不善）
意識	——率…尋…決…染…等…率…尋…決…染…等
耳識	——————————率…尋…決…染…等（善）

又當眼識緣「青境」產生「不善」的「等流心」，及耳識緣「聲境」產生「善性」的「等流心」時，若有「香境」現前，鼻識及意識緣之，即時產生「無記」的「率爾心」——如是就在此刻，意識與眼識、耳識、鼻識等四識俱起，而「善性」、「不善性」、「無記性」等三性俱起。依此例證，六識三性俱轉，於理無違。

（乙）出定例證：修行人於定中，依善性的經教作觀時，此時能觀的意識亦善性攝，若至等持，定心湛澄，行相深細，能緣冥會所緣，渾然爲一，此時的「定中意識」產生善性等流心。多剎那後，若聞擊磬之聲，耳識及同緣意識俱起而攀緣之，便會警覺而得出定。當耳識緣「聲境」率爾心生時，此卻是無記；與耳識俱起的「同緣意識」亦緣「聲境」，亦生「率爾心」，亦無記性攝。那時還未出定，必須待耳識及意識對彼「聲境」有所領受後，再經尋求、決定等心起時，然後才會出定。那末，當聞聲時，「定中意識」仍是「善性」所攝，而耳識及「同緣意識」在「率爾心」階位，則成爲「無記」。如是初聞擊磬之聲而還未出定的時候，意識及耳識俱起，善性及無記性心一起存在。如是於理，善性可與無記性俱轉，則亦可推知不善亦得與無記於六識同時生起，乃至善、不善、無記三性之六識，亦得同時生起；護法的「六識三性俱轉說」也得到確實例證的支持，所以成爲《成唯識論》的正義㉙。

當前五識中三性心俱起時，五俱意識亦應與之俱起，那末，當時的意識當屬何性所攝？護法認爲「意隨偏注，與彼同性；無偏注者，便無記性」。那就是說：與五識俱起的意識若有強境爲其偏（獨專）注而攀緣的，則此意識必與其俱起的前五識有着相同的善性或惡性；若無強境爲其偏（獨專）注而攀緣的，則此意識唯是無記性。與前五識的善、不善性不相違故，所以「三性不俱轉說」所舉「意識三性相違難」不能成立。

依上述出定前聞擊磬之音的情況來作分辨，這時的意識並無偏（獨專）注的攀緣強境，故不必隨同緣的耳識率爾心為無記，而在定中的意識唯是善性所攝[30]，所以這時的意識活動，在三性之中，應屬善性所攝。由此證成六識之中，三性俱容，於理無違。

（五）釋前六識的相應心所：前六轉識與一切心所相應。心所共分六大品類，說名「六位心所」。如《唯識三十頌》所云：「此心所偏行、別境、善、煩惱、隨煩惱、不定。」今把前六識相應心所的六大品類，表列如下：

六位心所
- (1)偏行心所（Sarvatraga）（五種）
- (2)別境心所（Viniyata）（五種）
- (3)善心所（Kusala）（十一種）
- (4)煩惱心所（Klesa）（六種）
- (5)隨煩惱心所（Upaklesa）（二十種）
- (6)不定心所（Aniyata）（四種）

偏行心所是一切心識活動定必相應的心所，共有五種；別境心所是緣各別特殊境相而起相應的心所，亦有五種：善心所是唯善心活動相應的心所，共有十一種；煩惱心所是與根本煩惱心識活動相應的心所，共有六種；隨煩惱心所是煩惱心所的等流（同類）活動，合二十種；不定心所是指那些善、染等皆不定的心所活動，亦有四種。總而言之，與前六種識相應的「六位心所」共有五十一種，合稱「六位五十一種心所」。

又《唯識三十頌》謂前六轉識「皆三受相應」。《成唯識論》闡述說：「此六轉識，易脫不定，故皆容與三受相應，皆領順違，非一相故。領順境相，適悅身心，說名樂受；領違境相，逼迫身心，說名苦受；領中容境相，於身於心，非逼非悅，名不苦樂受。」㉛那就是說：前六轉識，容可與樂、苦、捨三受相應。原因有二：一者，此六轉識「易脫不定」（有間斷故，容易改變，不定一性所攝），由能轉變故，有時生起欣悅的「樂受」，有時生起憂慼的「苦受」，有時生起非欣非慼的「捨受」。二者，此六識緣境時，容易託境領納順、違、非順非違的境相。於是領納順境時，生起「樂受」（因為「領順境相，適悅身心，說名樂受」）；於領納違境時，生起「苦受」（因為「領違境相，逼迫身心，說名苦受」）；於領納非順非違境相時，生起「捨受」（因為「領中容境相㉜，於身於心，非逼非脫，名「不苦樂受」，即是「捨受」）㉝。

又此三受，於六轉識中，是同時俱起的，抑不同時分別生起的？此有兩說，即（一）三受不俱轉說，（二）三受俱轉說，分述如下：

（一）三受不俱轉說：主張六識三受不俱者認爲：前六識是同緣外境的，既是同緣，則三受不能並起；若是並起，則對同一外境，可有樂受與苦受一並領納。樂與苦相違，彼不應理。又「五俱意識」與前五識相應，所緣相同；若五識苦、樂、捨三受俱轉，則同緣的「五俱意識」，亦三受俱轉。那麼，苦、樂、捨三受同於一識中生起。苦、樂相違，此不應理。依彼二因，於六識中，三受不能俱轉。

（二）三受俱轉說：主張六識中三受容可俱轉的認爲：前六識可以同時領納順境、違境及中容（非順非違）的對境，所以三受可以同時存在。又「五俱意識」不一定與俱起的前五識有着同一的感受，因爲只有五俱意識偏（獨地）（專）注一強境時，它才與所俱生的前五識生起相同的苦受或樂受，若不偏（

獨地）（專）注一強境時，它便與捨受相應。所以並無「三受不俱轉說」者所說「同一意識，有三受俱轉」的困難。因此六轉識之中，「三受容可俱轉說」便得成立。

又在佛果的自在位，與前六識相應的唯是純無漏的樂受及捨受㉞，因爲諸佛已斷一切憂、苦事故，沒有苦受與彼相應。

上文已經闡述前六轉識與何類心所法相應及於三受中與何受相應。下文將就與六識相應的五十一種心所㉟，依六類分別，予以說明如下：

第一類，遍行心所（Sarvatraga）：前六轉識緣具生時，常與五種偏行心所相應。何者偏行？《唯識三十頌》言：「初偏行觸等。」「等」字等取「作意」、「受」、「相」、「思」等四種心所。那就是說前六識一如第八阿賴耶識及第七末那，常與觸、作意、受、想、思等五偏行心所相應。彼五心所的體性及業用，已於〈丁一、明異熟能變〉中，詳加闡釋，讀者可翻閱參考。

「偏行」是周偏行起的意思。一切八識現行時，必有觸等五偏行心所與之俱起。何以故？因爲心識生起時，必須根、境、識三者和合，彼等和合由「觸」心所生，由「觸」而有；若無「觸」心所，則餘心、心所法便不能協調同步共趣一境。而「作意」心所，則能警心，引領心識，令趣自境；若無「作意」，則心不緣境。既緣境已，則由「受」心所，領納或順、或違、或中容（捨受）境，令心識產生欣悅的樂受、或憂戚的苦受、或非欣非戚的捨受；若無「受」心所生起，則不能領納諸順違等境。既有所緣境，則由「想」心所緣取對境的大、小、青、黃等影像的分際；若無「想」心所，便不能緣取影像分際，不能建構概念。並在此時，由「思」心所的作用，令心及餘心所取正因相以造善業，取邪因相以造惡等業；若無「思」心所，便不能驅心以作出善、惡、無記等行為。由此證知一切心識生時，必有觸等五心所與之俱起，所以名此觸、作意、受、想、思等五心所為「徧行心所」。其餘諸心所，非定與一切心識俱起，所以不得名為「徧行心所」。

又此觸等五徧行心所，於一切處（善、惡、無記三性之處）與諸識相應；於一切地（三界九地）與諸識相應；於一切時，與一切心識俱生㊱。如是觸等五心所，與上述的「四一切」相應，得名「徧行心所」。

第二類、別境心所（Viniyata）：與前六轉識相應的是「別境心所」，如《唯識三十頌》所云：「次別境謂欲、勝解、念、定、慧，所緣事不同。」此「別境心所」，並非如前「徧行心所」那樣能於一切時恆常現起，而是由緣各別不同境界而始得生；由於不能通緣一切境，故名「別境心所」。與前六轉識相應的「別境心所」有五，即「欲」、「勝解」、「念」、「定」、「慧」，茲分述如下：

一、「欲」（Chanda）心所：「於所樂境，希望為性；勤依為業。」㊲那就是說：「欲」心所以「所樂境」為所緣，產生希求冀望的直接作用；即以「希求冀望」的作用為「欲」的自性。「欲」可與善、不善、無記境相應。若與善相應，則此「欲」是「善欲」。「善欲」能引起「勤」心所（亦名「精進」）起用，所以說「勤依為業」，「業」是業用義，即間接增上作用。又若「欲」與不善相應，成「不善欲」，彼是「懈怠」生起的所依，以策勵造作惡事，是「懈怠」攝故。若對所緣境，識心自然而然地任運而轉，則無欲求，故「欲」心所亦不生起。由於「欲」心所須緣「可樂境」而生，無「可樂境」不能生起，所以是「別境心所」，非「偏行心所」。

二、「勝解」（Adhimoksa）心所：「於決定境，印轉爲性；不可引轉爲業。」彼「勝解」心所，以「決定境」爲所緣；於「決定境」產生印解任持的直接作用爲其自性。如緣「青境」，印定此是青色，不是餘色；如緣「諸行無常」，印定彼是無常，而非是常，當念決定，無有猶豫，若有猶豫，「勝解」不生。有此「勝解」，便不可以被他緣引誘而有改變，所以說以「不可引轉」的間接作用爲業用。

三、「念」（Smrti）心所：「於曾習境，令心明記不忘爲性；定依爲業。」彼「念」心所，以「曾習境」（前六識於過去曾經有攀緣經驗的境相）爲所緣境。於曾習境產生明記不忘的直接作用，爲「念」的自性。「念」即今人所謂「記憶」。因爲過去前六識的心、心所取境時，熏發習氣於賴耶之中；由憶念力，喚起舊習，令第六意識於曾習境明記不忘，所以產生記憶。又由於「念」心所的作用，前後剎那相續憶念同一類境，心不流散，能間接引令「定」心所生起，所以說「念」以「定依爲業」。

四、「定」（Samadhi）心所：「於所觀境，令心專注不散為性；智依為業。」此「定」心所，亦譯為「等持」，或為「三摩地」。「定」以「所觀境」為所緣。於「所觀境」，產生平等持心、令心專注不散的直接作用為自性。又以「定」為增上緣，令有抉擇智慧生起為間接業用。

五、「慧」（Prajna）心所：「於所觀境，簡擇為性；斷疑為業。」此「慧」心所，亦以「所觀境」為所緣。於此所緣的「所觀境」上，產生簡擇是非、分別善惡的直接作用以為自性；「慧」的殊勝者，並能引發斷疑的間接業用，若非殊勝，則無彼業用。又若「慧」心所與「癡」相應時，便成染污性，不但不能如理簡擇，如理分別，反為顛倒推求，起顛倒見；諸論即於此「染污慧」與「癡」俱起的分位之上，假立為「惡見」的「煩惱心所」。

上述的五別境心所中，「欲」以「所樂境」為所緣，「勝解」以「決定境」為所緣，「念」以「曾習境」為所緣，「定」與「慧」則以「所觀境」為所緣，所以《唯識三十頌》以「所緣事不同」一語來指出「別境心所」的特色。以「欲」等五心所的「所緣事不同」，所以名之為「別境心所」。

又此「欲」等五別境心所，於「四一切」中，與善、惡等「一切處」及三界九地的「一切地」相應，而非於「一切時」與「一切」識心「俱」生㊳。

第三類、善心所（Kusala）：此類心所與善心俱，於自於他能爲順益，故名「善心所」。如《唯識三十頌》云：「善謂信、慚、愧、無貪（無瞋、無癡）等三根、勤、安、不放逸、行捨及不害。」可見「善心所」共有十一類。當心王生時，若與此十一類心所中的任何一種相應俱起，則彼心王亦是善性，心所亦然。茲分別闡釋如下：

一、「信」（Sraddha）心所：「於實、德、能、深忍、樂、欲，心淨爲性；對治不信，樂善爲業。」此「信」心所，依三種境（一者是「實」，指眞諦、俗諦的眞理；二者是「德」，指佛、法、僧的三寶淨德；三者是「能」，指於世間、出世間善法，於自於他，能得能成），產生三種作用：

㈠信有實㊴——謂於諸法的眞實事理，深信其爲有，因而隨信忍認、印可。

㈡信有德——謂於三寶眞實淨德，深信其爲有，因而生起歡喜、欲樂。

㈢信有能——謂於一切世間及出世間善法，深信自己及他人皆有力量，能得、能成，因而產生希求冀望。

如是「信」心所，於諸法實理，於三寶淨德，於能成善行，深爲信忍㊵、樂欲，使識心清淨等直接作用以爲自性，以對治「不信」及產生愛樂證修世、出世善法等間接作用以爲業用。

二、「慚」（Hri）心所：「依自法力，崇重賢善爲性；對治無慚，止息惡行爲業。」那就是說：「慚」心所是依着自尊的增上力及聽聞正法的增上力，產生崇敬賢德、尊重善法的作用以爲自性。由「慚」心所的現行，間接地能對治「無慚」（使「無慚」彼根本煩惱不能現行）及止息惡行爲其間接業用。

三、「愧」（Apatrapya）心所：「依世間力，輕拒暴惡爲性；對治無愧，止息惡行爲業。」此間的「愧」與前面的「慚」都是羞恥過惡的心理活動，常常俱起，不過「慚」依「自尊力」，此「愧」則依「世間力」。那就是說，「愧」依着世間訶責力、社會非議力、法律裁制力等厭離惡法的增上勢力，產生輕視惡人而不親、嚴拒惡事而不作的直接作用爲其自性。由「愧」的生起，足以發揮對治「無愧」及息諸惡行的間接業用。

四、「無貪」(Alobha) 心所：「於有（及）有具，無着爲性；對治貪着，作善爲業。」那就是說，彼「無貪」心所，於欲界、色界、無色界的「三有之果」㊶，無所貪着，對於惑、業及器世界這些的有具（《述記》：「有具」是指「能生三有之因」，是三有的資具），如是乃至對有關衆生、物事、見解等一切順境，亦無所貪着，這種能順應於境而無所留滯的直接積極行爲作用，就是「無貪」的自性，能夠對治「貪」心所，令不得起，及作諸善法，是「無貪」的間接業用。

五、「無瞋」(Advesa) 心所：「於苦（及）苦具，無恚爲性；對治瞋恚，作善爲業。」那就是說，於苦苦、壞苦、行苦等「三苦」，以及由此「三苦」所生的一切水、火、怨、害等的「苦具」，如是乃至一切違逆不適的境界，都能產生無所瞋恚、怨懟的直接積極作用，這便是「無瞋」的自性。「無瞋」生時，產生對治瞋恚及作諸善法的作用，爲其間接的業用。

六、「無癡」(Amoha) 心所：「於諸理事，明解爲性；對治愚癡，作善爲業。」對於道理、事相，能夠明白瞭解，這種積極的直接作用，就是「無癡」的自性。能夠對治「愚癡」，作諸善法，這就是「無癡」的間接業用。

如是上述所說「無貪」、「無瞋」、「無癡」等三種心所，有生善的殊勝功用，所以一切善法皆以彼三爲根本而得生起，故名爲「三善根」，亦即《唯識三十頌》所謂「無貪等三根」，等字等取「無瞋」及「無癡」。

七、「勤」（Virya）心所：「勤謂精進，於善惡品修斷事中，勇捍爲性；對治懈怠，滿善爲業。」對於修行善事及斷除惡事，能策勵精勤，勇捍勝進，這種直接的作用就是「勤」的自性。能夠對治懈怠，成就圓滿善事，就是「勤」的間接業用。

八、「輕安」（Prasrabdhi）心所：「安謂輕安，遠離粗重，調暢身心，堪任爲性；對治惛沈，轉依爲業。」頌文所謂「安」就是指「輕安」，能令身、心遠離粗重，調暢輕快，適悅安樂，因此於善法能夠堪任修持，這種直接的作用就是「輕安」的自性[42]。對治惛沈，轉捨染濁身心，轉得清淨身心（即名「轉依」），這就是「輕安」的間接業用。「輕安」心所，唯在禪定之中，與「定」心相應俱起，於散心不可得，故非與一切善心相應。

九、「不放逸」（Apramada）心所：「精進（及）三（善）根，於所斷修，防修爲性；對治放逸，成滿一切世出世間善事爲業。」此心所是從「精進」、「無貪」、「無瞋」、「無癡」等四種善心所的功用上，分位假立，非別有體。即「精進」及「無貪等三善根」，於應斷的惡法，能加防止，令不生起；於應修的善法，能加修行，令其增長。如是依精進等四心所的防惡修善的直接作用，假立爲「不放逸」的自性。由此而使一切善事成就圓滿，便是「不放逸」的間接業用。

十、「行捨」（Upeksa）心所：「精進（及）三（善）根，令心平等正直、無功用住爲性；對治掉舉，靜住爲業。」此「行捨」心所，亦是「精進」、「無貪」、「無瞋」、「無癡」等四心所的分位假立，無別自體。謂此「精進」等四心所法，使內心離於掉舉與惛沈，始而產生平等的活動作用，繼而離染而得正直，後而不須防檢地無功用而住。即彼「精進」等四法的特殊作用，假立爲「行捨」的自性。又此心所生時，能夠對治「掉舉」，使內心寂靜而住，便是「行捨」的間接業用。又此心所，有別於「五蘊」中「受蘊」的「捨受」，名為「行捨」，指是「行蘊」中的「捨」義，非「受蘊」中的「捨」義。

十一、「不害」(Avihimsa) 心所：「於諸有情，不為損惱，無瞋為性；能對治害，悲愍為業。」此心所亦名為「悲」，是依「無瞋」的分位假立，非別有體。謂「無瞋」善根起用，於諸有情衆生，不加迫惱侵害，依此直接作用，假立為「不害」的自性。又此心所生時能夠對治「害」心所，使悲愍起用，這便是「不害」的間接業用。

如是「信」等十一種「善心所」，八種是有自體的，三種是無體的分位假立法，表列如下：

善心所
- 有體法
  - (1)信
  - (2)慚
  - (3)愧
  - (4)無貪
  - (5)無瞋
  - (6)無癡
  - (7)勤（精進）
  - (8)安（輕安）
- 無體法
  - (9)不放逸（依精進、無貪、無瞋、無癡假立）
  - (10)行捨（依精進、無貪、無瞋、無癡假立）
  - (11)不害（依無瞋假立）

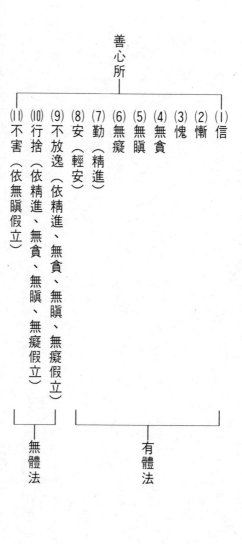

又此十一種「善心所」，於「四一切」中，唯於「一切地」（三界九地）相應。以是善性，不與不善等相應，故非「一切處」；又有間斷故，非「一切時」與諸識「俱生」，所以亦非與「一切時」、「一切俱」相應。

第四類、煩惱心所（Klesa）：《唯識三十頌》云：「煩惱謂貪、瞋、癡、慢、疑、惡見。」可見「煩惱」心所共有六種，分別是「貪」、「瞋」、「

癡」、「慢」、「疑」及「惡見」；它們的自性和業用，已於〈丁二、明思量能變〉中予以詳盡的分析和說明，讀者可自行參考，今唯把《成唯識論》所下的定義摘錄和淺釋如下：

一、「貪」（Raga）心所：「於有（及）有具，染着爲性；能障無貪，生苦爲業。」謂於「三有」及惑、業、器世界這些「有具」（產生「三有」的資具），乃至於諸法產生染着，這就是「貪」的自性。能障「無貪」善心的產生，反而引生「五取蘊」的「苦果」，爲「貪」的間接業用。

二、「瞋」（Pratigha）心所：「於苦（及）苦具，憎恚爲性，能障無瞋，不安隱性，惡行所依爲業。」謂對「苦苦」、「壞苦」、「行苦」等「三苦」，及由此「三苦」所生的水、火、怨、害等一切「苦具」乃至一切違逆境相，產生憎恚的直接作用，這便是「瞋」的自性。能障「無瞋」善心，引至身心不得安穩，成爲惡行的所依，這就是「瞋」的間接業用。

三、「癡」（Moha）心所：「於諸理事，迷闇爲性；能障無癡，一切雜染所依爲業。」癡是一種迷闇的衝動，亦名「無明」；迷於一切事理，爲「癡」的自性。能障「無癡」善心的生起，及引生種種煩惱、隨煩惱，由煩惱作種種業，由業招引一切有漏的後世生命（煩惱、業、生，名爲「三種雜染」），這便是「癡」的間接作用。

以上「貪」、「瞋」、「癡」三種根本煩惱心所，爲一切不善法的根本，所以名爲「三不善根」。

四、「慢」（Mana）心所：「云何爲慢？恃己於他高舉爲性；能障不慢、生苦爲業。」「慢」心所以恃己所長，於他有情心生高舉傲慢的行爲，以爲自性。能夠妨礙「不慢」的產生，及由此引起生死輪迴，受諸苦惱，以爲「慢」的間接業用。其中又分（一）慢、（二）過慢、（三）慢過慢、（四）我慢、（五）增上慢、（六）卑慢、（七）邪慢等七種類別。其詳可參考〈丁二、明思量能變〉有關「我慢」中所闡說。

五、「疑」（Vicikitsa）心所：「於諸諦理，猶豫爲性；能障不疑、善品爲業。」於「四諦」道理（佛家根本義理），乃至對任何事理，猶豫疑惑，爲「疑」的自性。能障不疑，使善品不生，這便是「疑」的間接業用。

六、「惡見」（Kudrsti）心所：「於諸諦理，顚倒推度，染慧爲性；能障善見，招苦爲業。」此心所亦名「不正見」，即由染慧所起業用，在諸諦理上，顚倒推度，以爲自性。能障善見（善慧）的生起，招引苦惱的人生爲間接的業用。「惡見」亦無自體，唯依「慧」與「癡」并起時的分位假立。其類別可有五類：（一）薩迦耶見、（二）邊執見、（三）見取見、（四）戒取見、（五）邪見，其詳已見〈丁二、明思量能變〉「我見」中所說。

如是「煩惱心所」的分類及假實，如下表所列：

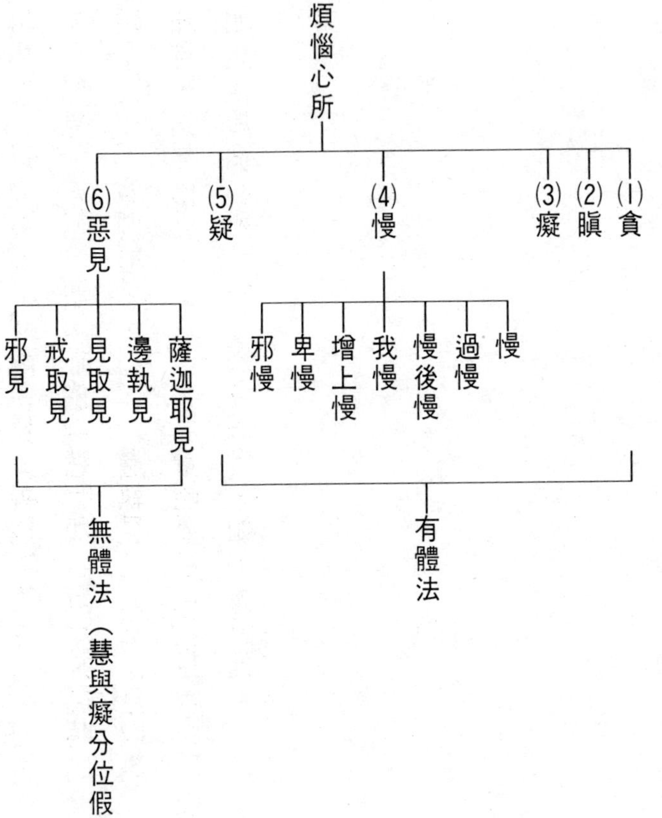

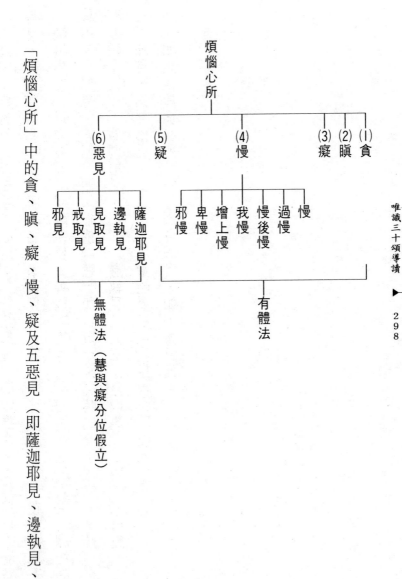

「煩惱心所」中的貪、瞋、癡、慢、疑及五惡見（即薩迦耶見、邊執見、

見取見、戒取見、邪見）等十種，合稱爲「十根本煩惱」。此「十根本煩惱」，唯是不善性攝，故非一切處相應，亦非徧與三界九地相應（如「瞋」於色界及無色界不生，唯於欲界有），亦非於一切時與諸識相應（如賴耶識即不與十根本煩惱相應），故於「四一切」中，全皆不具。

第五類、隨煩惱心所（Upaklesa）：《唯識三十頌》云：「隨煩惱謂忿、恨、覆、惱、嫉、慳、誑、諂與害、憍，無慚及無愧，掉舉與惛沈，不信並懈怠，放逸及失念，散亂、不正知。」依《成唯識論》所說，「隨煩惱心所」是「煩惱心所」的等流引生，隨着「煩惱心所」而起，是「煩惱心所」的分位差別，所以名爲「隨煩惱」㊸。「隨煩惱」共有二十種，可分爲三大類別：

隨煩惱
- 小隨煩惱——忿等十種，各別而起。
- 中隨煩惱——無慚、無愧，徧不善心。
- 大隨煩惱——掉舉等八，徧諸染心（不善及有覆無記）。

今把二十種「隨煩惱」的自性和業用闡述如下：

一、「忿」（Krodha）心所：「依對現前不饒益境，憤發爲性；能障不忿，執杖爲業。」此謂對現前所接觸的不饒益境（令己極不愉悅境，包括人與事），心生憤怒，爲「忿」的直接作用自性。由此而障礙不忿的生起，引致手執刀杖，擊打他人（亦有惡言），爲其間接的業用。此「忿」心所本無自體，唯依「瞋」煩惱心所分位假立。

二、「恨」（Upanana）心所：「由忿爲先，懷惡不捨，結怨爲性；能障不恨，熱惱爲業。」此「恨」由前「忿」心所引生，於不饒益境，於事於人，懷恨不捨、結怨爲其自性。由此不能容忍，恆生熱惱，爲「恨」的間接業用。此「恨」亦無自體，唯是「瞋」的一分假立。

三、「覆」（Mraksa）心所：「於自作罪，恐失利譽，隱藏爲性；能障不覆，悔惱爲業。」先前做了有過失的行爲，恐怕由此而有損於自己的利益名譽，因而把罪過隱藏起來，這是「覆」的自性業用。由此障礙不覆，及事後大生悔惱，爲「覆」的間接業用。此亦無體，唯依「貪」、「癡」的心所分位假立。

四、「惱」（Pradasa）心所：「忿恨爲先，追觸暴熱、狠戾爲性；能障不惱，蛆螫為業。」由於追憶前時忿恨之境，加上接觸眼前不如意之事，內心產生暴熱、狠戾（囂暴、躁熱、凶狠、毒戾）的心理狀態，這便是「惱」的自性作用。由此而障礙不惱，對人發出如蛆如螫一般的凶鄙粗言，這便是「惱」的間接業用。此「惱」心所亦無自體，唯是「瞋」心所的分位假立，由忿起恨，由恨生惱，是「瞋」心輾轉加深的表現。

五、「嫉」（Irsya）心所：「殉自名利，不耐他榮，妒忌為性；能障不嫉，憂慼為業。」因為欲求自己的名利，若見他人有功德、名譽、繁榮、昌盛，深生嫉妒，那便是「嫉」的自性作用。由此障礙不嫉，心生憂慼，無有歡欣，這便是「嫉」的間接業用。此「嫉」心所本無自體，唯是「瞋」的一分假立。

六、「慳」（Matsarya）心所：「耽着財法，不能惠捨，秘悋為性；能障不慳，鄙畜為業。」對於自己的錢財、知識、心生貪着，只知秘密吝嗇，不能惠施於人，這是「慳」的自性作用。由此障礙不慳，產生鄙俗心理，把財物、知識儲蓄起來，這便是「慳」的業用。此「慳」無體，唯是「貪」心所一分假立。

七、「誑」(Maya) 心所：「為獲利譽，矯現有德，詭詐為性；能障不誑，邪命為業。」那就是說：為了獲取金錢和名譽，不惜本是無德而詐現有德，作出詭詐行為，這便是「誑」的自性作用。由此而障礙不誑，進而作出邪命行為，這便是「誑」的間接業用。此「誑」心所亦無自體，唯是「貪」與「癡」的一分假立。

八、「諂」(Sathya) 心所：「為罔他故，矯設異儀，險曲為性；能障不諂(及)教誨為業。」為了取悅他人，或藏己失，曲順時宜，故作矯飾，詐現恭順。此種險曲的活動便是「諂」的自性作用。由此而障礙不諂，不接受師友的正確教誨，這便是「諂」的間接業用。此「諂」心所，本無自體，唯依「貪」與「癡」的一分假立。

九、「害」(Vihimsa) 心所：「於諸有情，心無悲愍，損惱為性；能障不害，逼惱為業。」對諸有情，非但心無悲愍，而且損害逼惱，這是「害」的自性作用。由此障礙「不害」(悲) 的生起，作出迫害他人的行為，這便是「害」的間接業用。此「害」心理，亦無自體，唯是「瞋」心所的分位假立。

十、「憍」（Mada）心所：「於自盛事，深生染着，醉傲爲性；能障不憍，染依爲業。」對於自己的優越（如知識、財富、聰明、智慧、權勢、美貌等等），深爲染着，產生陶醉高傲的心理，這便是「憍」的自性作用。由此而障礙不憍的生起，一切染污諸法，亦依此而起，這便是「憍」的間接業用。此「憍」心所本無自體，唯依「貪」心所的分位假立。

如是上述十法，名「小隨煩惱」，勢用猛厲，各別而起。活動範圍受到局限，故名「小隨煩惱」；彼等心所唯與第六意識相應，不與前五識俱起。至於下面「無慚」、「無愧」此二「中隨煩惱」及「掉舉」、「惛沈」等八「大隨煩惱」（此八在上章〈丁二、明思量能變〉相應心所中，經已闡述），今且摘錄定義，淺釋如下：

十一、「無慚」（Ahrikya）心所：「不顧自法，輕拒賢善爲性；能障礙慚，生長惡行爲業。」與「慚」相反，不顧自尊，亦不顧憚正當教法，輕蔑賢德，排拒善法，這便是「無慚」的自性作用。由此障礙「慚」的生起，作諸惡行，便是「無慚」的間接業用。

十二、「無愧」（Anapatrapya）心所：「不顧世間，崇重暴惡為性；能障礙愧，生長惡行為業。」與「愧」相反，不顧世間的訶責、社會的非議、法律的裁制，崇敬暴徒，尊重惡法，這便是無愧的自性作用。由此而障礙「愧」的生起，作諸惡行，便是「無愧」的間接業用。

上述「無慚」、「無愧」兩種心所，一切不善心生時，皆與彼俱起相應，活動範圍較「小隨煩惱」為廣，故名「中隨煩惱」。不同於「小隨煩惱」，彼等都是有自體用，是有體法。

十三、「掉舉」（Auddhatya）心所：「令心於境，不寂靜為性；能障行捨（及）奢摩他為業。」令心、心所於境跳動不安，不能平靜安穩，此為「掉舉」的自性作用。由此而障礙「行捨」及「奢摩他」（止）的生起，為其間接業用。

十四、「惛沈」（Styana）心所：「令心於境，無堪任為性；能障輕安（及）毘鉢舍那為業。」令心、心所惛闇沈重，於境無所堪任，此為「惛沈」的自性作用。由此而障礙「輕安」及「毘鉢舍那」（觀）的生起，為其間接業用。

十五、「不信」（Asraddhya）心所：「於實、德、能，不忍樂欲，心穢爲性；能障淨信，惰依爲業。」與「信」相反，於眞實事理、三寶淨德及能成善法，不忍（認），不樂欲，自心渾濁，亦能渾濁餘心，爲「不信」的自性作用。由此而障礙「淨信」的生起，爲「懈怠」的所依，爲其間接的業用。

十六、「懈怠」（Kausidya）心所：「於善惡品修斷事中，懶惰爲性；能障精進，增染爲業。」此與「精進」相反，對修行善行、斷除惡事，懶惰爲其自性作用；由此能障「精進」，並使染法增長，爲其間接業用。

十七、「放逸」（Pramada）心所：「於染淨品，不能防修，縱蕩爲性；障不放逸，增惡損善所依爲業。」與「不放逸」相反，此「放逸」心所，不能防染修淨，縱恣蕩逸，爲其自性作用。由此而障「不放逸」，爲增惡損善的所依，爲其間接業用。此「放逸」心所，非別有體，唯由「懈怠」、「貪」、「瞋」、「癡」四法的分位假立。

十八、「失念」（Musitasmrti）心所：「於諸所緣，不能明記爲性；能障正念，散亂所依爲業。」與「念」相反，「失念」是對曾認知的對境，不能明記，爲其自性作用。由此而能障礙正確的記憶，於修禪定時，此「失念」爲產生散亂的所依（「定」由「念」生，今既失念，故生散亂），這是「失念」的間接業用。此「失念」心所無自體性，唯依「念」與「癡」二法分位假立。又此「失念」既依「癡」立，遂成染性，得爲「隨煩惱」所攝。

十九、「散亂」（Viksepa）心所：「於諸所緣，令心流蕩爲性；能障正定，惡慧所依爲業。」與「定」相反，「散亂」於所緣境，令心流移蕩逸，不能集中，爲其自性作用。由此能障正定，亦爲惡慧所依，爲「散亂」的間接業用。「散亂」與「掉舉」有異：「掉舉」能令心於一境相中，起多種解釋；「散亂」能令心數數更易其所緣境而不自止。此「散亂」是別有體，有自體性及其業用。

二十、「不正知」（Asamprajanya）心所：「於所觀境，謬解爲性；能障正知，毀犯爲業。」令知不正，名不正知。彼於所觀察的對境，產生錯謬的瞭解，爲其自性作用。由此而障礙正知，於人、於事、於理，往往產生毀犯的行爲，此爲「不正知」的間接業用。彼無自體，唯是依「慧」及「癡」相應的分位假立。

如是八「大隨煩惱」中，「掉舉」、「惛沈」、「不信」、「懈怠」、「散亂」等五，是有自體的；其餘「放逸」、「失念」、「不正知」等三，則無自體，由別心所分位假立。又「大隨煩惱」心所，於一切染污心（不善及有覆無記）生時，皆與彼俱起，活動範圍較廣，故名「大隨煩惱」。如下表所列：

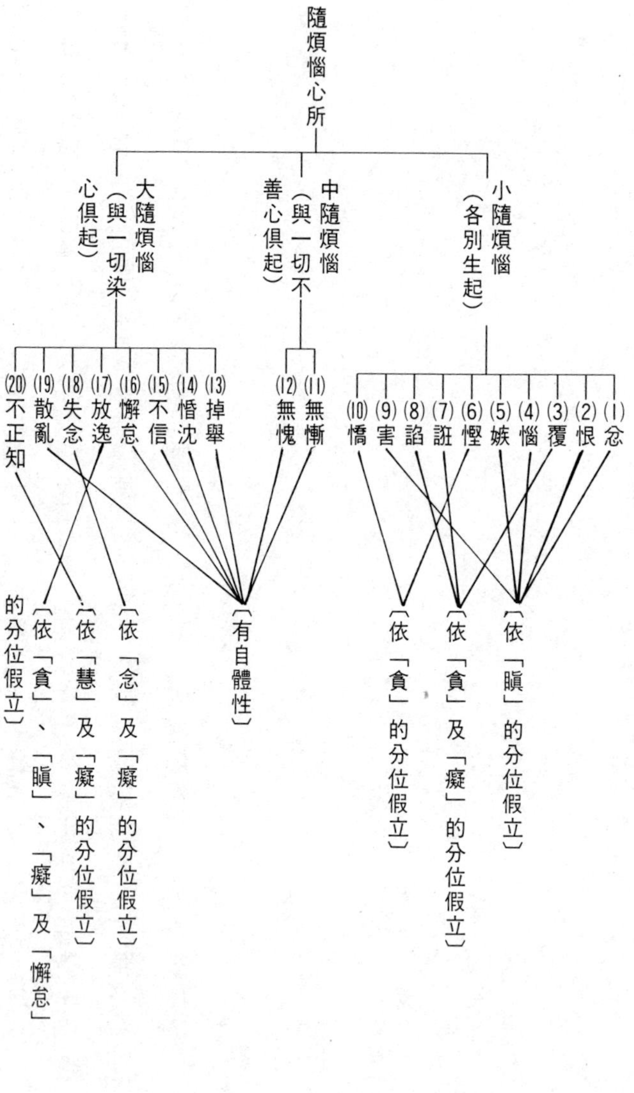
隨煩惱心所
小隨煩惱（各別生起）
中隨煩惱（與一切不善心俱起）
大隨煩惱（與一切染心俱起）
(1)忿
(2)恨
(3)覆
(4)惱
(5)嫉
(6)慳
(7)誑
(8)諂
(9)害
(10)憍
(11)無慚
(12)無愧
(13)掉舉
(14)惛沈
(15)不信
(16)懈怠
(17)放逸
(18)失念
(19)散亂
(20)不正知
（依「瞋」的分位假立）
（依「貪」及「癡」的分位假立）
（依「貪」的分位假立）
（有自體性）
（依「念」及「癡」的分位假立）
（依「慧」及「癡」的分位假立）
（依「貪」、「瞋」、「癡」及「懈怠」的分位假立）

又此二十種「隨煩惱心所」，或是不善心攝，或有覆無記心攝，故於「四一切」中，不能與「一切處」相應；彼「隨煩惱」不徧三界九地，故亦不能與「一切地」相應；又彼等心所不能於一切時與一切心識俱起，故亦不能與「一切時」、「一切俱」相應。因此彼二十「隨煩惱心所」，於「四一切」中，全皆不具。

第六類、不定心所（Aniyata）：《唯識三十頌》云：「不定謂悔、眠、尋、伺二各二。」可見「不定心所」共有四種，那就是「悔」、「眠」、「尋」、「伺」。茲分述如下：

一、「悔」（Kaukrtya）心所：「悔謂惡作，惡所作業，追悔爲性；障止爲業。」此「悔」心所，亦名「惡作」，即「追悔」的意思，所以「追悔」便是「悔」的基本作用，亦是「悔」的自性，那就是說：對以前所作的事情，心生追悔，或對自己於前時沒有做某一事情，亦會心生追悔。由追悔的擾動，有礙內心的安寧，導致不能入定，這便是「悔」的間接業用。若追悔前時所做惡事，此是善法；若追悔前時不作善事，此亦是善；若追悔前時所作善事或不作惡事，此則不善。由此「悔」心所，可以爲善，可以不善，故「不定」心所所攝。

二、「眠」（Middha）心所：「眠謂睡眠，令身不自在，昧略爲性；障觀爲業。」此「眠」心所，謂睡眠前的心理作用，非生理狀態。由「眠」的作用，令身體不能自存，沒有力用，心極闇昧，疏簡輕略，缺乏觀察力量，此爲「眠」的自性。由此障礙，觀慧不起，是「眠」的間接業用。

三、「尋」（Vitarka）心所：「尋謂尋求，令心息遽，於意言境，粗轉爲性。……以安不安住身心分位所依爲業。」此間的「尋」與下面的「伺」心所都是推求的心理活動。只是有淺深、強弱的差別而已。「尋」是「尋求」的意思，即於意識所行境界（意言境），若事若理，產生一種較爲粗淺的、較弱的推度及探求的作用，內心顯現一種迫急、息遽的狀態，這就是「尋」的自性。由此能引致身心安住（若「尋」而有所得時），或引致身不安住（若「尋」而無所得時）的情況，此爲「尋」的間接業用。此「尋」心所本自無體，唯以「思」及「慧」的分位假立，思強、慧弱，是名爲「尋」。

四、「伺」（vicara）心所：「伺謂伺察，令人息遽，於意言境，細轉為性；……以安不安住身心分位所依為業。」此「伺」的作用同於「尋」心所，只是較為深細，慧力較為強盛而已；即於意識所行境界（意言境），若事若理，產生一種較為深細、慧力較為強盛的推度與探求的作用，亦能於內心顯現迫急息遽的狀態，這就是「伺」的自性。由此伺而有得，於身於心，引致安住情況；伺而無所得，於身於心，引致不能安住情況。這便是「伺」的間接業用。此「伺」心所亦無自體，唯依「思」及「慧」一分假立，思弱、慧強，是名為「伺」。

如是「悔」、「眠」、「尋」、「伺」四個「不定心所」，二為有體，二為無體，茲表列如下：

不定心所
- (1) 悔 ┐
- (2) 眠 ┘ 有自體性
- (3) 尋 ┐
- (4) 伺 ┘ 「思」、「慧」一分假立如是「不定」四心所，可以分成兩對：「悔」與「眠」是第一對，有自體性，通於染淨，故名「不定」；「尋」與「伺」是第二對，皆「思」與「慧」的分位假立，亦通於染淨（善與不善），亦「不定」攝。由此二對心所，皆通染、淨二法，故頌云「二各二」；即謂「悔」、「眠」與「尋」、「伺」此二對心所，皆通染淨（善與不善）二性，故得「不定心所」之名。

又於「四一切」中，此「不定」四心所於善性、不善性、無記性中有，所以具「一切處」，但不是於「一切地」、「一切時」、「一切俱」而生起，所以不具餘三「一切」。

如是已述與前六識相應的「六位五十一心所」，但其中有十九種是本無自體，由他實法分位假立的，所以實有體性的唯有三十二種心所，茲依六位分列如下：

有體心所法
- 遍行（五）：觸、作意、受、想、思。
- 別境（五）：欲、勝解、念、定、慧。
- 善（八）：信、慚、愧、無貪、無瞋、無癡、精進、輕安。
- 煩惱（五）：貪、瞋、癡、慢、疑。
- 隨煩惱（七）：無慚、無愧、不信、懈怠、惛沈、掉舉、散亂。
- 不定（二）：悔、眠。

又此「六位五十一心所」非全部與前六識相應。今分別表列如下：

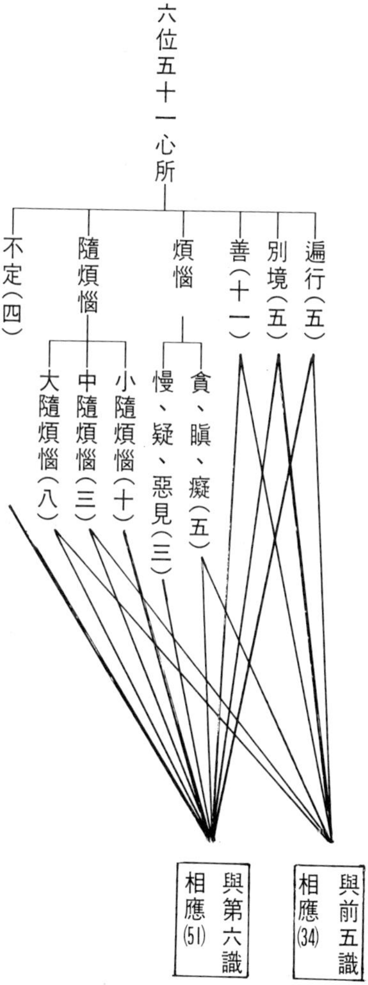

（六）釋前六識的所依：凡心、心所法的生起，必有三種依：一是「因緣

依」，二是「俱有依」，三是「開導依」。今此「第三能變」的前六轉識以何爲依？《唯識三十頌》云：「依止根本識。」而《成唯識論》作釋云：「『根本識』者，阿陀那識。染淨諸識生根本故。『依止』者，謂前六識以『根本識』爲共親依。」㊹那就是說，前六轉識必須以「根本識」爲「共親依」，然後可以生起。所謂「根本識」，就是第八識，此識能「執持」種子，故從無始來以至成佛後，通名「阿陀那識」，若就凡夫的「我愛執藏位」言，則名爲「阿賴耶識」。

何以第八識是一，而可以成爲前六轉識的三種所依（「因緣依」、「俱有依」及「開導依」）呢？為答此問，應先分別前六轉識的三種所依是甚麼，然後再加討論。

前六轉識的所依
- 因緣依——自識種子
- 俱有依——不共依的自根
- 開導依——前念自識

前六轉識的三種所依，亦可各別分析，細列如下：

識名	因緣依	俱有依	開導依
眼識	眼識種子	眼根	前念眼識
耳識	耳識種子	耳根	前念耳識
鼻識	鼻識種子	鼻根	前念鼻識
舌識	舌識種子	舌根	前念舌識
身識	身識種子	身根	前念身識
意識	意識種子	意根	前念意識

如是就前六轉識的「因緣依」言，眼等五識及第六意識皆以自識的「種子功能」爲親生自果的「因緣」；此等「種子」都是第八識（名「阿賴耶識」或「阿陀那識」）的所緣相分，就前六轉識共同依止第八識「種子」爲親生自果的「因緣」這角度來看，得說前六轉識以現行的第八識爲「共親依」。

又眼識以「眼根」爲「俱有依」，乃至身識以「身根」爲「俱有依」。此等「眼根」、「耳根」、「鼻根」、「舌根」及「身識」都是第八識的相分所緣境，故就前五識各別依第八識的「色根」爲「俱有依」這角度來看，可說前五識以現行的第八識爲「根本依」。同時第六識亦以第七末那識爲「根」，爲「俱有依」；彼末那識則以現行的第八識爲「根」，爲不共的「俱有依」。所以也可間接地說：第六意識以現行的第八識爲「根本共依」。

又前六轉識皆以前念自識爲「開導依」。此等六識的自識皆由第八識的「種子功能」所現行。此等「種子功能」是現行第八識的所緣相分。故從間接角度來看，亦可說前六轉識以現行第八識（可名「阿賴耶識」或「阿陀那識」）爲「根本依」。

總而言之，前六轉識以第八識的「種子功能」爲「因緣依」，以現行第八識的「色根」爲俱有依（唯第六意識則以第八識種子功能所變的第七末那爲「俱有依」，而彼第七末那復以現行第八識作爲「俱有依」）。又前六轉識并以第八識的「種子功能」變現的前念自識爲「開導依」。因前六轉識的三種依，皆不離第八根本識（亦名「阿賴耶識」或「阿陀那識」），所以頌言「依止根本識」。

（七）**釋前六識的俱轉與不俱轉情況**：如是「第三能變」的前六轉識，是六識俱起的呢，抑不俱起的呢？《唯識三十頌》說：「五識隨緣現，或俱或不俱，如濤波依水。」按第六意識有「五俱意識」可與前五識俱起，亦有「不俱意識」可以不與五識俱起，如前已說。至於前五識的本身，亦有俱起與不俱起的可能。何則？《成唯識論》云：「……（前五轉識）『隨緣現』言，顯非常起；『緣』謂作意、根、境等緣。謂五識身，內依本識，外隨作意（及）五根境等，衆緣和合，方得現前。由此或俱或不俱起。外緣和合者有頓漸故。如水濤波，隨緣多少，此等法喩，廣說如經。」㊹

任何心識能否生起，由彼生起的緣是否和合俱足而決定。衆緣俱足，識便生起，緣不俱足，識不生起。所謂「緣」是指「作意心所」、「所依根」、「所緣境」等。今把八識所須的不同衆緣（生起條件）如下表所列㊺：

識名	所藉眾緣									所藉緣數
眼識	眼識種子	眼根	色境	作意	根本依㊻	染淨依㊼	分別依㊽	空	明	九
耳識	耳識種子	耳根	聲境	作意	根本依	染淨依	分別依	空		八
鼻識	鼻識種子	鼻根	香境	作意	根本依	染淨依	分別依			七
舌識	舌識種子	舌根	味境	作意	根本依	染淨依	分別依			七
身識	身識種子	身根	觸境	作意	根本依	染淨依	分別依			七
意識	意識種子	意根㊾	法境㊿	作意	根本依					五
第七識	第七識種子	根（第八識）	境（第八見分）	作意						四
第八識	第八識種子	根（第七識）	境（種、根、器）	作意						四

從上表分析可知，「意識」生起所需的條件（緣）有五種，即自識種子、意根（末那識）、法境、作意心所及根本依（阿賴耶識），遠比眼識等五識爲少（眼識須藉九緣，耳識須藉八緣，鼻識、舌識、耳識各藉七緣）。因此除了生無想天等五種情況（無心五位）外，一般都在現行狀態中；眼識則不然，它須藉自識種子、眼根、色境、作意心所、根本依（賴耶）、染淨依（末那），分別依（意識）、適當空隙（空）、適當光度（明）等九種條件具足時，始能生起；耳識較佳，少了適當光度（明）那一條件52，但也要八種條件具足始得生起；鼻識、舌識、身識等三，不須適當空隙（空），但也須藉七種條件具足才能生起。因此，條件多了，它們一般都不能恆常現行。至於第七末那識及第八藏識，它們所需條件最少（只藉四緣），所以能夠恆常一類相續地現行。

如是除第六意識，藉緣較少，一般可與前五識俱起外，其餘眼等五識能否俱起，完全取決於它們所需的「內緣」（自識種子）及「外緣」（餘自根、自境等緣）是否頓時和合具足。如五識自種、諸根、諸境、作意、根本依（賴耶）、染淨依（末那）、分別依（意識）、空隙、光明一切「內緣」、「外緣」

一時頓然具足和合，則眼等五識與意識（作「分別依」）可以俱起。若不是頓時具足，而是漸次具足，那末，有時一識獨起，有時二識俱轉，有時三識俱轉，有時四識俱轉，有時五識俱轉了。

所以五識能否俱轉，主要由「外緣」是頓時具足或漸次隨緣多少和合所決定。譬如風吹波湧，一種風起，則一波出現，多種風起，則或有千濤萬波俱時湧現，所以頌言：「五識隨緣現，或俱或不俱，如濤波依水。」阿賴耶識攝執諸識一切種子功能，譬如海水，五識的現行猶如波濤，五識所藉的衆緣猶如各種不同的風。不同的風（喻諸緣）頓時具足，則不同的波濤（喻五識）頓時俱轉，不同的風（喻諸緣）漸次生起，則不同的波濤（喻五識）便漸次出現；五識的俱轉或不俱轉，正猶如此喻。

至於諸識的俱起情況，可以參考下表：

諸識俱起分位	俱起諸識名	俱起識數
無心位	第八、第七	二
前六識中唯意識現起	第八、第七、第六	三
前五識中一識現起	第八、第七、第六、前五識中現行的一識	四
前五識中二識現起	第八、第七、第六、前五識中現行的二識	五
前五識中三識現起	第八、第七、第六、前五識中現行的三識	六
前五識中四識現起	第八、第七、第六、前五識中現行的四識	七
前五識中五識現起	第八、第七、第六、前五識全	八

由上表可見在「無心位」㊿，第六意識及眼等前五識雖不現起，但第七末那識及第八藏識，從無始時來也是一類相續地現行的，所以在每一有情的生命中，至少也有第七、八兩識是恆時俱起的。至於不在「無心位」，雖然眼等前五識未必現行，但第六意識、第七末那識及第八識是現起的，所以至少有三識俱起。又在前五識中，若有一識起時，則第六、第七、第八識必與之俱起，即至少有四識俱起。如是乃至前五識全部現起時，則有情生命中的八個識亦全部俱起，其詳參考上表可知。

（八）釋第六意識的起滅情況：在上節述前六識的俱轉與不俱轉情況中，已說明全部八個識的生起條件，亦即顯示前六轉識的一般起滅情況。即九緣俱足，眼識生起，九緣不具足，眼識便不生起（暫時伏滅）；八緣具足，耳識生起，不具足，耳識不起；如是乃至五緣具足，意識生起，不具足，意識不起。不過在某些特殊情況，意識所依的五緣雖或具足，而意識仍可能不起㊿，所以必須於此加以討論。

《唯識三十頌》有云：「意識常現起，除生無想天，及無心二定，睡眠與悶絕。」意思是說：意識在一般情況，是五緣具足的，所以相對地言，是恆常現起的（這是「意識起滅」情況中的「起位」[56]），但在下列情況（遇着意識違緣時），意識便不能現行（這便是「意識起滅」情況中的「滅位」），即「暫時伏滅位」，非是滅斷，只是「暫時間斷不起」而已）。一者生無想天、二者入無想定、三者入滅盡定、四者在無心睡眠時、五者在無心悶絕時。意識不起，則前五識亦不起。茲分述如下：

一、生無想天（Asamjnisattva-deva）：《成唯識論》言：「無想天者，謂修彼（無想）定，厭粗想力，生彼天中。違『不恆行心及心所』，想滅爲首，名無想天，故六轉識，於彼皆滅。」[57]彼「無想天」是由先修「無想定」（Asamjnisamapatti），死後由彼定的厭粗想力，所引而得生的，屬色界的第四禪天。生此天的有情，壽命可達五百劫，於此五百劫中，只有色身，想心都不現行，因此前六識的心、心所全部中斷，所以是意識生起的「違緣」。因爲意識屬「不恆行心」（無間斷者如賴耶、末那名「恆行心」；有間斷者名「不恆行心」），修「無想定」者，厭離粗想，與意識的「不恆行心、心所」相違，故意識乃至全部前六識俱不現行，只有第八賴耶及第七末那仍然俱轉。由於「無想天」是修「無想定」所得的異熟果報，所以又名「無想果」、「無想異熟」、「無想事」、「無想報」等，皆無實自體，屬「不相應行法」。生「無想天」者，壽終之時，再生心想，而墮欲界。

二、入無想定（Asamjnisamapatti）：是凡夫所修的最高級的禪定，屬第四禪，但仍是有漏。如《成唯識論》云：「無想定者，謂有異生（凡夫），伏（第三禪天的）偏淨食，未伏（第四禪）上（貪）染，由出離（生死）想作意爲先，令不恆行心、心所滅；想滅爲首，立無想名，令身安和，故亦名定。」[58]印度外道，以想爲生死之因，欲解脫生死，便須滅想，於是運用「以想滅想」的方法，首先作意，起出離生死之想；再觀此想如病、如癰，無想才是寂靜微妙。如是厭離此想，令此心想漸細漸微，熏成厭想種子功能，損伏前六識心想功能，於是能令前六識的心王、心所俱不現行，使身安和，故依心上分位，假立名爲「無想定」，於「五法」中，屬「不相應行法」所攝。由修習「無想定」爲因，可於來生獲得轉生「無想天」的果報。

三、入滅盡定（Nirodhasamapatti）：《成唯識論》闡釋說：「滅盡定者，謂有無學或（已證不還果之）有學聖（者），已伏或離無所有貪，上貪不定，由止息想作意爲先，令不恆行（及）恆行染汚心、心所滅，立滅盡名，令身安和，故亦名定。」⑲滅盡定是小乘聖者所修的無漏定。小乘已證阿羅漢的無學聖者，或已證不還果的有學聖者，他們或伏或離無色界中「無所有處地貪」的煩惱，而「非想非非想處地貪」的煩惱種子卻有無不定，由於厭患粗動心、心所的緣故，便起作意，止息心想活動，令前六識的心、心所漸細漸微，熏成種子于第八識中，損伏「不恆行心」前六識心王、心所及「恆行心」第七末那識的我癡、我見、我慢、我愛的染行心所，使不現行（前六識名「不恆行心」，第七識名「恆行心」），能令身體安和，於此等心識的分位假立，名「滅盡定」；此於「五法」中，「不相應行法」所攝。又由於在此定的「加行位」中，厭離「受」、「想」等心識活動，故亦名「滅受想定」⑳。

此「滅盡定」及前所說的「無想定」，均能止息第六意識的活動，所以同名「無心定」，合稱「無心二定」。

四、無心睡眠（Middha）：《成唯識論》云：「無心睡眠……謂極重睡眠，……令前六識皆不現行。疲極等緣所引身位，違前六識，故名極重睡眠。此睡眠時，雖無彼（睡眠心所之）體（與之俱起），而由彼（無心睡眠）似（有）彼（睡眠心所之時的情況）故，假說彼名。」[61]此「無心睡眠」不是「不定睡眠心所」（若是「睡眠心所」便不是在「無心位」，而是在「有心位」，因「睡眠心所」必隨意識而起故）。此「無心睡眠」是由身體極度羸弱、疲倦等緣所引起，使身體沈重、思維闇昧，似睡眠心所現起情況。此與六識生起條件相違，所以在此情況下，前六識的心與心所，俱不現行。由意識不現行故，名「無心睡眠」。

五、無心悶絕（Murchana）：《成唯識論》云：「（無心）悶絕者，謂有極重……悶絕，令前六識皆不現行。風熱等緣所引身位，亦違六識，故名極重悶絕。」[62]「無心悶絕」是極重的悶絕（即昏厥）；此由受風、受熱，乃至受驚或因失血過度等等爲緣，而引致昏厥的情況；於此情況，有違六識的生起，故前六識的一切心、心所俱不現行，即此名爲「無心悶絕」。

於上述「生無想天」、「入無想定」、「入滅盡定」、「在無心睡眠位」及「在無心悶絕位」（合稱「無心五位」），第六意識的心、心所俱不現行，由意識不現行故，眼等前五識也不現行（按：前五識必待「五俱意識」俱起，然後現前）。除此「無心五位」，第六意識常時現起，故頌云：「意識常現起，除生無想天，及無心二定，睡眠與悶絕。」

【註釋】

①《藏要》校勘梵、藏本，此三句云：「第三六種境，能緣慮者是。」《霍譯安慧釋》則譯作「第三於六境，能收攝者是」。可見玄奘增文改譯（「能變」、「差別」皆增譯），文義反覺明晰暢達。

②《藏要》勘梵、藏本，「爲性相」爲增譯。此三句，眞諦《轉識論》譯作「第三塵識者，識轉似塵，更成六種」。

③依《藏要》勘梵、藏二本，「六位心所」中，缺「不定」的名字。眞諦《轉識論》亦無「不定」，因「悔、眠、尋、伺」等四「不定心所」歸到「隨煩惱」心所去。」《霍譯安慧釋》註文推想：「此可能是後期唯識家，據世親別著《五蘊論》及《百法明門論》等之分

類所加。」見該書頁九二，註①。

④依《藏要》校梵、藏本，無「徧行」二字，今譯增文。

⑤依《藏要》所校，無「次」字。

⑥依《霍譯安慧釋》及Stefan Anacker所作英譯《唯識三十頌》，皆無「所緣事不同」句。此亦是增譯。霍韜晦推想：「此句的增添，不會是傳本問題。……可能是因爲下文隨煩惱的翻譯，中文名字不如梵文冗長，所以多出了空位。」見《霍譯安慧釋》頁九二、註⑤。

⑦依《藏要》所校梵、藏本，無此「根」字。

⑧依《藏要》所校梵、藏本，「不放逸、行捨」原作「不放逸俱」，所以《霍譯安慧釋》翻成「不放逸、與彼俱」。玄奘把「俱」或「與彼俱」譯爲「行捨」，雖不切原文，但文意更爲清晰。按：世親在《大乘百法明門論》中，亦把「行捨」列入「善心所」內。至于Stefan Anacker的《唯識三十頌》英譯，則根本沒有提及「俱」或「行捨」；他把與玄奘相應的語句（「勤、安、不放逸、行捨及不害」）翻成「vigor tranquity, carefulness, and nonharming」。（見「Seven Works of Vasubandhu」P.187）

⑨依《藏要》所校梵、藏本，「惡見」一詞，無「惡」字，只云「癡、慢、見、疑」。今「

惡見」是增字譯法。

⑩依《藏要》所校梵、藏本，「慳」字之下有「俱」字。

⑪依《藏要》所校梵、藏本，「誑」與「諂」應倒置；「諂」應屬上句。

⑫依《藏要》所校梵、藏本，無「不定」名目。按：世親的《大乘百法明門論》，亦有「不定心所」的分類，玄奘可能依彼論而予以補譯。

又「悔」字，原文爲「惡作」。按：世親的《大乘百法明門論》亦作「惡作」（kau-krtyam），是「惡其所作」意，「悔」與彼同義。

⑬依《藏要》所校梵、藏本，此句原意是「五等於本識」，今玄奘改譯。

⑭依《霍譯安慧釋》，「無想天」原作「無想果」（Asamjnikadrte），而不是「無想有情天」（Asamjnisattvadeva）。

⑮見《大正藏》卷三一、頁二六。

⑯業師羅時憲先生在《唯識方隅・諸行篇》中列舉五種原因，說明前五識爲一類，第六意識又應自爲一類：

一者、前五識俱依色根（物質的根），意識非依色根（以末那爲依，末那非物質性）。

二者、前五識唯緣色境（物質性的對境），而意識能偏緣色境及非色境（一切心理活動及概念俱非物質性對境，故名「非色境」）。

三者、前五識唯緣現在境，而意識則偏緣過去、現在、未來三世境。

四者、前五識唯緣自境（如眼識唯緣色境，耳識唯緣聲境，鼻識唯緣香境，舌識唯緣味境，身識唯緣觸境），而意識則行相周偏，偏緣一切境（按：文字稍有修改）。

五者、前五識唯現量，而意識則通現量、比量及非量。

六者、前五識有間斷，而意識則除下列五種情況外，常時現行：⑴入無想定、⑵生無想天、⑶入滅盡定、⑷無心睡眠、⑸無心悶絕（昏倒）。

⑰「無漏位」指無漏智生起時的階位，此有三說：一是佛位，成所作智相應心品現前時，五識可以互用，通緣一切境。一是初地菩薩，後得智引生五識，於淨土等中現神通事，五識通緣五境。三者第八地以後菩薩，煩惱不行，純無漏起，引生五識，可以互緣。見《述記》、《大正藏》卷四三、頁四一七。

⑱《成唯識論》云：「若得自在，諸根互用；一根發識，緣一切境。」同見註⑮。

⑲由於染污末那有人我執及法我執，意識亦受彼影響，當緣時，受境相之所纏縛，不得自在

，所謂「境相能縛心，名相了別縛」。見《述記》，《大正藏》卷四三、頁四一四。

⑳「有情數」是指有情之類；此相對於「非有情數」而言。如於六趣流轉的衆生屬「有情數」（有情之類），而山河、大地、草木則屬「非有情數」（非有情之類）。今文中說眼根是「有情數」，則指眼根是隷屬於有情之類，非屬「非有情」之類。

㉑識依於根而立名，唯從「不共依」，不從「共依」。如「眼識」以第六意識爲分別依，以第七末那爲染淨依，以第八賴耶爲根本依，以眼根爲俱有依；其中的意識、末那、賴耶是共依，耳識、鼻識、舌識、身識亦依於意識、末那、賴耶故；眼根爲不共依，唯眼識之所依，耳識等俱不依故——因此彼識唯依眼根不共依而名爲「眼識」，不依意識等共依而立其他名號。

㉒同見註⑮。

㉓同見註⑮。

㉔善因能生福報的無記果，不能生善果；若善因產生「善果」，「善果」亦得爲因，復生後來的「善果」，果則無窮；有限因，生無窮（無限）果，不應道理，故彼果必屬無記。

㉕上述十法，《成唯識論》並無明文，今依窺基《述記》列出。《述記》云：「不善中十，

唯不善故，謂瞋及忿等七，除諂、誑、憍，取無慚愧，故成十也。」見《大正藏》卷四三、頁四一八。

㉖若在佛位，定中意識亦得與五識俱起。今唯依凡夫位而言。

㉗其詳可參考羅時憲先生撰《唯識方隅．諸行篇》、《法相學會集刊》第一輯。

㉘同見註⑮。

㉙此例證依一般出定情況改寫。若依窺基《述記》，闡述容有不同，如彼記云：昔者有修行人名大目連在彌猴池側，坐入「無所有處定」。忽然有象哮吼，猿猴戲聲，即便出定。薩婆多師（有部論師）主張出定後才能聞聲，而唯識家則主張：若不聞聲，則不知出定。若修行者遇聲爲緣而從定起，是由於遇聲時，耳識與定相應的意識一同牛轉而得聞聲音，所以才有「遇聲緣從定而起」的可能。其說明見《大正藏》卷四三、頁四一九至四二〇。

㉚窺基《述記》說言：意識引五識俱生後，意識隨所偏注境強者，同於五識之性，如在定中的意識，唯是善性，不同耳識率爾心是無記。若兼緣諸處，於五識無偏注的，便是無記性屬，因爲無記性與五識的善、惡等性不相違故。見《大正藏》卷四三、頁四一九至四二〇。

㉛見《大正藏》卷三一、頁二七。

㉜「中容境相」即非苦、非樂的所緣對境。

㉝「三受」之中，亦可開成爲五。「樂受」於心（意識）名爲善受，於身（前五識）仍稱樂受；「苦受」於心（意識）名爲憂受，於身（前五識）仍稱苦受；至於「捨」受，於心於身，俱無順違，故不必細分，玆表列如下：

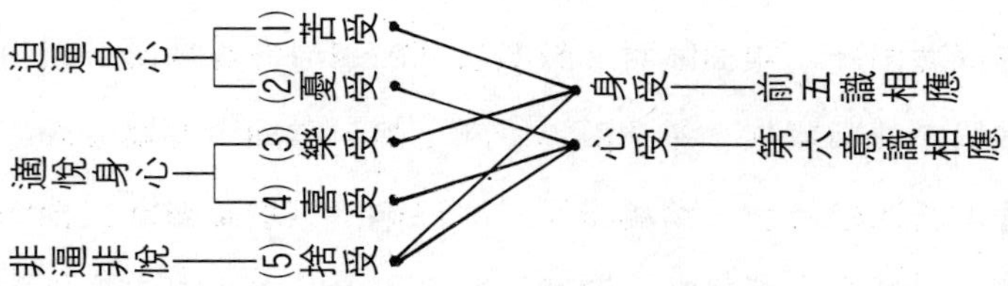

㉞約就五受說，則佛唯與無漏喜受、樂受及捨受相應，不與有漏的苦受、憂受相應。

㉟如前章所釋，所謂心所，依三種義而得名：

a、恆依心（王而）起

b、與心（王）相應

c、繫屬於心（王）

如屬我物，立我所名；心所隸屬於心，故名「心所有法」，簡稱「心所」。

㊱此四種一切，《述記》名爲「四一切」，表列如下：

四一切
- 一切處（即一切善、惡、無記三性之處）
- 一切地（即三界九地）
- 一切時（即一切有心，無始時來皆有）
- 一切俱（即定俱生）

㊲此間所引文字，俱依《成唯識論》，以後對心所的定義亦然。見《大正藏》卷三一、頁二八。

㊳此五徧行心所，有說必能俱起，有說必不能俱起。若依《成唯識論》的正義，應說：「此五（偏行心品）或時起一（種），謂於所樂（境）唯起希望，或於決（境）唯起印持，或於曾習（境）唯起憶念，或於所觀（境）唯起專注，謂愚昧類，爲止散心，雖專注所緣而不能簡擇，世共知彼有定無慧。……或於所觀（境）唯起簡擇，謂不專注，馳散推求。或時起二（種），謂於所樂（境）、決定境中，起欲、勝解。……或時起三，謂於所樂、決定、曾習（境）起欲、勝解、念。……或時起四，謂於所樂、決定、曾習、所觀境中，起前四種。……或時起五，謂於所樂、決定、曾習、所觀境中，俱起（欲、勝解、念、定、慧）五種（心所）。」見《大正藏》卷三一、頁二八。

㊴原文爲「信實有」，今爲與第二、三類「信德」、「信有能」有着同一語文結構，故作修改，但其義不變。

㊵「忍」是印可義；「忍」即前「別境心所」中的「勝解」，彼「勝解」是「信」心所生起的因。「樂欲」即「別境心所」中的「欲」心所，彼「欲」是「信」心所的果。

㊶「三有」即是「欲界」、「色界」、「無色界」（亦名「欲有」、「色有」、「無色有」）的三種生命存在形態。

㊷使身體調暢堪任的或名爲「身輕安」；能令內心調暢堪任的或名爲「心輕安」；但「輕安」是心所，應指「心輕安」而足以影響於身，使令調暢堪任。

㊸見《大正藏》卷三一、頁三三。

㊹見《大正藏》卷三一、頁三七。

㊺下列表解是自羅時憲先生的《唯識方隅．諸行篇》修改而成。見《法相學會集刊》第一輯。

㊻「根本依」指第八識：前轉六識起時，必與第八識俱轉，以第八識爲「根本依」故。

㊼「染淨依」指第七識：前五識起時，必與第七識俱轉，以第七識淨，則前五識淨，第七識染，則前六識染，以第七識爲「染淨依」故。

㊽「分別依」指第六意識：前五識生時，第六意識中的「五俱意識」必俱轉，意識分別力勝，故以意識爲「分別依」。

㊾「意根」即第七識。

㊿「法境」是指一切有爲法、無爲法、色法、心法、心所法、不相應行法、現在法、過去法、未來法等。

(51)若加前念自識爲「開導依」，則眼識須藉十緣，耳須藉九緣，鼻、舌、身三識須藉八緣，意識須藉六緣，第七、八識須藉五緣然後可以生起。

(52)此外種、根、境都有改變——耳識依「耳識種子」、「耳根」及「聲境」，不同於眼識所依的種、根、境。鼻識、舌識、身識依例可知。

(53)同參考註㊺。

(54)「無心位」指意識不現行的五種情況（五位）：一、生無想天，二、入無想定，三、入滅盡定，四、在無心睡眠時，五、在無心悶絕時（上述「五位」其詳見後）。

(55)如前所述，意識種子、意根（末那）、一切法境，作意心所及根本依（賴耶）等五是意識生起的「順緣」。而「生無想天」、「入無心二定」、「睡眠與悶絕」，是意識生起的「

違緣」；有此「違緣」中的任何一種現前時，意識便會暫時間斷。

(56)對前五識不常現起，而意識較常現起，乃至第七、八識一類相續的原因，《成唯識論》有所說明：

一者，由五轉識行相粗動，所藉衆緣時多不具，故起時少，不起時多。

二者，第六意識雖亦粗動，而所藉緣無時不具，（只）由違緣故，有時不起。

三者，第七、八識行相微細，所藉衆緣一切時有，故無緣礙令總不行。

四者，前五識身，不能思慮，唯外門轉（即唯緣色、聲等外境），起藉多緣，故斷時多，現行時少。

五者，第六意識，自能思慮，內外門轉（既緣色等外境，亦緣內在心法理性），不藉多緣，唯除五位，常能現起，故斷時少，現起時多。

(57)同見註㊹。

(58)同見註㊹。

(59)同見註㊹。

(60)「滅盡定」與「無想定」的分別有四：

一、滅盡定是聖者所證；無想定是外道及凡夫所修。

二、滅盡定是無漏定；無想定是有漏定。

三、滅盡定似涅槃境界，不感三界生死果報；無想定則感色界「無想天」的果報。

四、滅盡定能滅（使暫時止息）前六識的心、心所，及第七識的染污心所；無想定唯暫伏前六識的心、心所，第七染污末那仍然現行。

⑥①見《大正藏》卷三一、頁三八。

⑥②同註⑥①。

丙二、正辨唯識

【頌文】是諸識轉變，分別所分別①。
由此彼②皆無，故一切唯識③。

（一）**總說**：在「釋文」〈甲一、明唯識相〉中，我們已在上文交代一切「假說我」、「假說法」的「種種相」；此等「我、法諸相」唯是依「異熟能變」、「思量能變」及「了境能變」等八種識而施設假立。跟着我們詳盡地闡述了「八識三能變」的全部內容與作用，這便是〈乙二、廣釋〉三節中的第一節〈丙一、明能變相〉。既明「三能變相」，今當作一總結，把一切「我」、一切「法」歸結到「唯識」去，說明「一切法不離識」，這便是〈乙二、廣釋〉中的第二節〈丙二、正辨唯識〉。於第十七頌「正辨唯識」中，我們將分兩段來處理：一、正釋，二、廣辨。

（二）**正釋**：設有問言：「云何應知識所變假說我、法非別實有，由斯一切唯有識耶？」爲答此詢問，《成唯識論》云：「頌曰：『是諸識轉變，分別所分別，由此彼皆無，故一切唯識。』論曰：『是諸識』者，謂前所說『三能變識』及彼心所，皆能變似見、相二分，立轉變名。所變『見分』，說名『分別』，能取相故；所變『相分』，名『所分別』，見所取故。由此正理，彼實我、法，離識所變，皆定非有；離能、所取，無別物故，非有實物離（能取、所取）二相故。是故一切有爲、無爲，若實、若假，皆不離識。」④

所謂「諸識轉變」，是指「異熟能變」的「阿賴耶識」、「思量能變」的「末那識」、「了境能變」的眼、耳、鼻、舌、身、意等「前六轉識」的轉變活動。此等「八識三能變」的心王、心所的轉變活動，變似「見分」和「相分」。即由諸識（及其心所）所變似的「見分」，說名「分別」；所變似的「相分」說明「所分別」⑤。「分別」是諸識的「能取相」（能知作用），即是諸識及其相應心所的「見分」；「所分別」是諸識的「所取相」（所知作用），即是諸識及其相應心所的「相分」，是「見分」的親所緣（所取）境故。「見分」與「相分」都是諸識及其相應心所的「自體分」（即「自證分」）之所變現，所謂「變謂識體轉似二分，相、見俱依自證起故」。

世間所執的實法，如眼所見色，是眼識的「相分」；耳所聞的聲，是耳識的「相分」；鼻所嗅的「香」，是鼻識的「相分」；舌所嚐的「味」，是舌識的「相分」；身所覺的「觸」，是身識的「相分」；意所知的「法」（如山、河、田、宅、瓶、盆、衣、履等），其本質是第八阿賴耶識的「相分」，其名言概念則是第六意識的「相分」。至於所執的實我，則是由第七末那攀緣第八阿賴耶識「見分」時的所緣「相分」。而能知活動的「見」、「聞」、「嗅」、「嚐」、「覺」、「知」等等「諸法」（此等能知活動，亦是「法」的一種），則是「八識三能變」的「見分」。由是若離「能取相」的「（能）分別」之「見分」，及「所取相」的「所分別」之「相分」，則世間一切我、一切法（能知活動及所知對境）皆不可得。

頌文「由此彼皆無，故一切唯識」中的「此」字，指上文「諸識自證分（自體分）變似『見分』及『相分』之理。」「彼」字則指「所分別」的實我、實法。由諸識自體分轉變為「見分」及「相分」亦名為「分別」⑥，由此諸識分別，變似外境的假我種種相，及假法種種相（由「見分」及「相分」所變，其詳見上段），則彼所分別的實我、實法，離「三能變識」決定皆無，故頌文說：「由此彼皆無」。如是一切所知境，若有爲法，若無爲法，若實法（如心、心所等），若假法（如所執實我、實法），都不是子虛烏有而來，而是「諸識轉變見相二分」所顯現，非離識有別實物，以一切法皆不離識故，頌說「故一切唯識」——「唯識」是「一切法不離識」義。

（三）廣辨：《成唯識論》在「正釋唯識」之後，更以九問九答，廣辨「唯識正理」，於教於理，成立無違。

第一、答「唯識所因難」：設有問言：「你們的『唯識學埋』，依何種經教、何種理趣而得成立？」答言：「依六種經及四種比量（推理）而得成就。」何謂六經？

（一）《華嚴經・十地品》云：「三界唯心。」

（二）《解深密經》云：「識所緣唯識所現。」

（三）《楞伽經》云：「諸法皆不離心。」

（四）《維摩經》云：「有情隨心垢淨。」

（五）《阿毘達磨經》云：「成就四智，菩薩能悟入唯識無境等。」

（六）《厚嚴經》云：「心意識所緣，皆非離（識）自性，故我說一切，

唯有識無餘。」

如是《華嚴》、《解深密》、《楞伽》、《維摩》、《阿毘達磨》及《厚嚴》六種大乘經，皆說「唯識」理趣，故知「唯識正理」是有聖教以作依據的，不是彌勒、無著、世親三大論師所杜撰的。

「唯識正理」的建立，除有經教爲依據外，還有四比量的支持：

第一比量：

宗：極成眼等五識，不親緣離自識的色等境⑦。

因：五識隨一所攝故。

喻：若五識隨一所攝，見不親緣離自識的色等境，如耳識等⑧。

第二比量：

宗：餘識（正指意識，兼指第七、第八識）不親緣離自識之諸法境。

因：以是識故。

喻：若彼是識，見彼不親緣離自識之諸法境，如眼識等⑨。

如上二量已經證明每一有情所具有八個識（八識三能變）唯親緣各別自識的所對境，而不能親緣自識以外的任何法體，以契合「心外無境」的「唯識」義。以下二量，繼續彰顯「離心無境」的義理：

第三比量：

宗：此六識親所緣緣，定非離此六識。

因：相、見二分中隨一攝故。

喻：若是相、見二分中隨一所攝，則見非離此六識，如彼能緣的見分⑩。

第四比量：

宗：一切自識親所緣境，決定不離自能緣心及心所。

因：以是所緣法故。

喻：若是所緣法，見不離自能緣心及心所，如相應法（《述記》：即心、心所）。

上述二量，經已證成一切自識親所緣境，均不離自能緣的心、心所，即顯

「境不離識」的「唯識眞義」。《成唯識論》作總結說：「比等正理，誠證非一，故於唯識應深信受：我法非有，空（性與八）識（及心所）非無。離有離無，故契中道。」並引彌勒《辨中邊論》二頌作結⑪：

「虛妄分別有，於此二都無，
此中唯有空，於彼亦有此。
故說一切法，非空非不空；
有無及有故，是則契中道。」⑫

第二、答「世事乖宗難」：外人設難：「若如唯識家所主張，唯有內識，變似外境，則有四種困難：（一）何以外境（如終南山）在一定的空間出現？（二）何以外境（如太陽）在一定的時間出現？（三）何以外境（如終南山）的存在，不由一有情所決定，而由諸有情共同決定？（四）何以外境（如太陽、如終南山）各有作用？」爲解彼疑惑，唯識家可作出下列的解答：

（一）即使在夢中認知不實的夢境時，夢中所見的村、園、男、女，亦只於似決定的空間而出現，而非於一切空間而存在。故終南山非心外實境，亦可於一決定的空間出現，於理無違。

（二）又於夢中，村、園、男、女的假境，亦只在一決定的時間出現，而非於一切時間出現。故太陽不實的假體，亦能於一定時間出現，於理無違。

（三）又如餓鬼，共業所引，同於淸溪之處，共見膿河假體，多餓鬼共見，非唯一鬼獨見。則諸有情，由共業故，同見一終南山假體，於理無違。（經部及外道，皆信鬼見膿河，故得爲喻）

（四）又如夢中，雖無交媾實境實事，但亦可有損精失血的作用。故太陽非實，亦得有取暖發光的作用，於理無違⑬。

第三、答「聖教相違難」：有質難言：「若云唯有內識，實無離識的外境，何以釋尊於聖教中，說有『十二處』？」唯識家答彼質難說：依諸識所變的眼處、耳處、鼻處、舌處、身處、意處（上爲六處）、色處、聲處、香處、味處、觸處、法處（上爲外六處）（合稱「十二處」），經說爲「十二處」，並非說有離識心外，別有眼等、色等的實在的「十二處」，故不違經。又釋尊爲引導二乘根性有情，悟入「生無我」（即「生空」）的正理，證得二乘之果，所以密意說「十二處」的勝利（好處），非謂識心之外有實「十二處」。又爲使有菩薩根性的有情悟入「法無我」（即「法空」）的正理，體會離識無境，證得圓成佛果，所以宣說「唯識之敎」⑭。

第四、答「唯識成空難」：設有難言：「爲使有情，除彼我執，說十二處，彼處非實；今汝爲除彼法執，故說『唯識』，則此『唯識之敎』體亦成空，不應當有。」唯識家答彼質難說：不然。依識所變而妄執的實法，理不可得，說爲「法空」，但並不是說根本智及後得智所證的「唯識實性」亦空，說爲「法空」。依他的諸識及圓成的「唯識實性」不是空無。此識若無，便無俗諦；眞俗相依，俗諦若無，眞諦當亦非有，如是撥無二諦，便是「惡取空」，諸佛說爲不可救治者。由此應知識心於俗諦是有，眞如識性，於眞諦非無。

第五、答「色相非心難」：設有外難：「若色、聲等物質現象，亦以識爲自體，何以色等之相，有形礙地相續存在？」答彼難言：因有情衆，無始以來，妄識熏習，由彼勢力，於有情自識所起相分，似心外有形礙的色等相狀，相續生起，執爲心外實境。

第六、答「現量爲宗難」：設有難言：「色等外境，分明是現量證得，怎可說之爲無？」唯識家答彼難云：眼識之緣色境，耳識之緣聲境，乃至身識之緣觸境，都是如實不起分別而緣之，並不執爲外境。「五後意識」於前五識及「五俱意識」之後生起，才起分別，妄生外想，執色等境離識外在實有。

第七、答「夢覺相違難」：設有質難：「若謂色、聲等境，於夢中不知非實，必於覺醒之時，才知不離識有。何故我們於白天覺醒之時，於色等境，仍不知其離識非有？」爲答彼難，唯識家云：凡夫於白天醒時，仍不在眞覺位，仍在生死長夜之中，故不知色、聲等境，非實外有，離識心實無有體；若至無漏眞覺之時，必能進憶生死夢境，覺知是夢，所見色等夢境，離識非有。

第八、答「外取他心難」：設有外難：「既謂不能認知心外之境，則他人的心識在自心之外有體，豈非『他心智』⑮亦不能攀緣它？若能緣他心，便非『唯識』。」答彼難云：他人心識的活動，在自心外，雖不能親緣，但自己的「他心智」，可以彼心識爲疏所緣緣而加以攀緣，託彼心識活動，於自識另起影像相分爲親所緣緣而攀緣之，於理不違「唯識」之義。

第九、答「異境非唯難」：外有設難：「既許於自心之外，還有他心（別人的心識），如是許有異境，怎能說是『唯識』？」唯識家答辯云：「唯識」只說一切法不離識，並非說只有自己一人的心識，而不許有別人的心識。十方世界，無邊有情，若聖若凡，各有自己的八識、六位心所、心與心所所變現的見分、相分，以及彼空理所顯的「眞如空性」，它們都是存在的，只不過都不離識而已。每一有情所緣的一切法，可以概括成五大類，(一)心法、(二)心所有法、(三)色法、(四)不相應行法、(五)無爲法。此等五法，依世親《百法明門論》的分析，都不離識⑯，今表解如下：

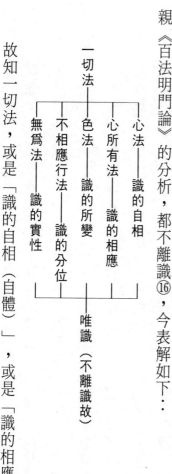

一切法	心法	識的自相	唯識（不離識故）
	心所有法	識的相應	
	色法	識的所變	
	不相應行法	識的分位	
	無爲法	識的實性	

故知一切法，或是「識的自相（自體）」，或是「識的相應」，或是「識

的所變」，或是「識的分位」，或是「識的實性」，一切法不離於識，故說「唯識」。

【註釋】

①依《安慧釋論》的梵、藏本，「分別」就是「識轉變」，所以Stefan Anacker的「英譯本」譯作‘This transformation of consciousness is a discrimination.’（漢譯便成「此識轉變，是爲分別」）。見Seven Works of Vasubandhu p.187. Mofilal Banarsidass版。《霍譯安慧釋》作「識轉化分別」。

②依《藏要》校梵、藏二本，此「彼」字在前句「所分別」的前面：意云：「彼所分別，由此非有。」故《霍譯安慧釋》第二句作「彼皆所分別」，但第三句又同於奘譯（即「由此彼皆無」）。Stefan Anacker 英文譯作‘as it is discrimated, it does not exist’（漢譯便成「彼是所分別，故彼即非有」）。

③依《藏要》校梵、藏本，「故」字作「由此」。故Stefan Anacker英文譯作‘and so everything is perception-only’（漢譯便成「由此一切皆唯識」）。《霍譯安慧釋》把「唯識」譯作「唯表」，故把此頌末句，譯作「故一切唯表」。

④見《大正藏》卷三一、頁三八。

⑤若依《安慧釋論》的梵、藏本載，「分別」是指「識轉變」，「所分別」則指「器、我、蘊、處、界」等的「我」與「法」。見《霍譯安慧釋》頁一一一。

⑥《成唯識論》云：「由此『分別』，變似外境假我、法相。」故「此」字指「分別」，而「分別」就是「變似外境」的「諸識的自證分（即「自體分」）的活動，由「諸識自證分」轉變爲「見分」、「相分」故。

此以「識變」解「分別」，跟前文以「見分」解「分別」不同。《成唯識論》前文言「三能變識及彼心所，皆能變似『見』、『相』二分，立轉變名；『所變見分』說名『分別』，能取相故；『所變相分』名『所分別』，見所取故。由『此』『正理』，彼實我（實）法，離識所變，皆非定有」。可見「分別」是「見分」，而「此」字，則指「諸識變似『見分』、『相分』之理」，而非單指「見分」的「分別」。

如是「分別」一詞，一指「見分」，一指「識變」；而「此」字，前指「識變見、相二分之理」，後指「分別」（此間的「分別」已作「識變」解，非指「見分」解）。此種詮釋上的差異，可能是《成唯識論》所據諸家的闡釋不同所致。（按：此「分別」指「虛妄分別」的「識轉變」是安慧義；以「分別」指「見分」，可能是護法義。）

⑦「眼等五識」指眼識、耳識、鼻識、舌識、身識。「色等境」指：色、聲、香、味、觸等五境。此比量所成立的宗，意指：「極成的五識、各親緣其自識所變的境。」即「眼識」唯緣其所自變的「色境」，「耳識」唯緣其所自變的「聲境」，「鼻識」唯緣其所自變的「香境」，「舌識」唯緣其所自變的「味境」，「身識」唯緣其所自變的「觸境」。今從反面綜合主宗，言：「極成眼等五識，不親緣離自識的色等境。」

⑧此比量可以依眼等五識分成五比量來建立，如依眼識立：

宗：極成眼識，不親緣離眼識之色境。

因：五識隨一攝故。

喻：若是五識隨一所攝，見不緣離眼識之色境，如耳識等（按：「耳識」不緣「離眼識的色境」，「鼻識」乃至「身識」皆如是，故得爲「喻依」）。

又依耳識可立：

宗：極成耳識，不親緣離耳識之聲境。

因：五識隨一攝故。

喻：若是五識隨一所攝，見不緣離耳識之聲境，如眼、鼻等識。

依同一形式的推理，可以證成「極成鼻識，不親緣離鼻識之香境」、「極成舌識，不親緣離舌識之味境」，「極成身識，不親緣離身識的觸識」。

⑨此正立「意識不親緣離自識之法境」，意許則兼立「末那不親緣離自識之法境（此「法境」是指在末那相分中的賴耶見分影像）」及「賴耶不親離自識之法境（此「法境」是指自識的種子、根身、器界）。如是可開成三比量：

宗：意識不親緣離自識之法境。

因：以是識故。

喻：若彼是識，見彼不親緣離自識之法境，如眼等五識。

亦可再就末那立：

宗：我末那識不親緣離自識之法境。

因：許是識故。

喻：若彼是識，見彼不親緣離自識之法境，如眼等五識。

最後亦可就賴耶立：

宗：我阿賴耶識，不親緣離自識之法境。

因：許是識故。

喻：若彼是識，見彼不親緣離自識之法境，如眼等五識。

綜合上述之量而成下比量：

宗：餘識不親緣離自識之法境。

因：以是識故。

喻：若彼是識，見彼不親緣離自識之諸法境，如眼等五識。

⑩小乘唯許六個識，故本量就前六識的共許範圍立量，不得以「末那」、「賴耶」的「見分」、「相分」爲「異品」（彼二分可離六識而存在），所以不違「異品遍無」的因第三相。

⑪見《大正藏》卷三一、頁三九。

⑫此二頌，句解如下：

「虛妄分別有」：「分別」是心識義；凡夫三界虛妄的心識是存在的，是「依他」故。

「於此二都無」：「二」指實能取、實所取義；凡夫所執實能取的「實我」和實所取的「實法」是不存在的，是「徧計」故。

「於此唯有空」：「此」指「虛妄分別」的心識，「空」指「眞如空性」；於虛妄分別心識之中，唯有「眞如空性」是存在的，是「圓成」故。

「於彼亦有此」：「彼」指「眞如空性」；於彼「眞如空性」中亦存在着此虛妄分別的心識，一切法以眞如爲體故。

「故說一切法」：「一切法」包括一切有爲法及無爲法。

「非空非不空」：有爲法是「虛妄分別」心識所變現，從俗諦言，故非空（無）；無爲法即「虛妄分別」心識所顯的「眞如空性」，從眞諦言，亦非空（無）。至於一切法上執有實能取的「我」及實所取的「法」，則無論從眞諦或俗諦言之，皆是非有，故說「非不空」。

「有無及有故」：於一切法上，俗諦依他的虛妄心識是存在的，故言「有」；實執能取的實我與實執所取的實法，是不存在的，故言「無」；與心識互爲體用的眞諦眞如空性亦是存在的，故亦言「有」。

「是則契中道」：如是於一切法中，實能取我與實所取法非有；虛妄分別的心識及眞如空性非無。「非有」、「非無」，故契合「中道」。

⑬上述的問難及辯解，亦見於世親論師的《唯識二十論》中：

難頌云：「若識無實境，則處時決定，相續不決定，作用不應成。」

解頌云：「處時定如夢，身不定如鬼，同見膿河等，如夢損有用。」

見《大正藏》卷三一、頁七四。

又拙著《唯識二十論導讀》亦有詳述，可資參考。

⑭亦見《唯識二十論》，如彼頌云：

「識從自種生，似境相而轉，爲成內外處，佛說彼爲十。」

「十二處」中，除意處及法處，說之爲「十色處」。

「依此教能入，數取趣無我。所執法無我，復依餘教入。」

「餘教」指「唯識之教」。引文同見註⑬。

⑮「他心智」（Paracittajnana）：指能認知他人心識活動的智慧。遠離欲界惑而得色界的根本禪定以上的修行者，可發此智。

⑯世親《大乘百法明門論》云：「一切法者，略有五種：一者心法、二者心所有法、三者色法、四者不相應行法、五者無爲法。一切最勝故，與此相應故，二所現影故，三分位差別故，四所顯示故。」見《大正藏》卷三一、頁八五五。

丙三、通釋妨難

丁一、釋違理難

【頌文】由一切種識①，如是如是變，
以展轉力故②，彼彼分別生。
由諸業習氣③，二取習氣俱，
前異熟既盡，復生餘異熟④。

（一）總說：於〈明唯識相〉中，分成〈略標〉及〈廣釋〉兩大部份。我們已經在上文交代了〈略標〉中的三大段（即〈釋難破執〉、〈標宗歸識〉及〈彰能變體〉），也交代了〈廣釋〉三大段中的第一、第二大段（即〈明能變相〉及〈正辨唯識〉）。此間我們正要交代〈廣釋〉三大段中的第三大段，名爲〈通釋妨難〉。於此〈通釋妨難〉中，再分爲二：一者〈釋違理難〉、二者〈釋違教難〉。本節〈釋違理難〉分二：第十八頌解答外人「唯識無外緣，由何生起種種分別」難，那就是「釋心法生起緣由」；第十九頌則解答「有內識而無外緣，由何有情生死相續」難，那就是「釋有情相續緣由」。今把「心法生起」及「有情相續」的緣由，分別闡釋如下：

（二）釋心法生起緣由：設有外人質言：「若唯有識，都無外緣，由何而生種種分別？」「分別」是指能生種種妄虛分別的有漏現行「心、心所」法。因爲心、心所法，必須有諸緣相助，然後可以生起活動。凡夫執着必須有外在的諸緣，心、心所法才能生起；今唯識家不許有心外之境，如是便無諸緣，心、心所法如何可以生起？所以外人作出上述的質難。《唯識三十頌》答彼難言：「由一切種識，如是如是變，以展轉力故，彼彼分別生。」未釋頌義前，先釋若干個基本名言概念：

一切種識——在本識（阿賴耶）中能生自果的各種「種子功能」；彼「種子功能」是生起一切心法、色法的親因。

如是如是變——本識中的「種子功能」，由於獲得八個現行識的相互作用以爲助緣，因而產生各種各樣的轉變作用（即變現爲各種色、心諸法）；「變」指「轉變」，「如是如是」指能變的「種子功能」衆多非一。

展轉力——此指現行八識及彼相應相分、見分的輾轉相互之影響力，此輾轉相互影響的增上力作爲助緣，使「種子功能」作爲親因，生起一切心法及色法。

彼彼分別——由種子作親因，及現行八識與彼相應相分、見分作助緣所生起的各種不同心識活動。「分別」於此指心及心所法。

頌意是說：雖然沒有離識獨立存在的外境作爲心法生起的助緣，但仍可由本識（阿賴耶）中的一切衆多的種子功能如是作爲親因，及現行八種識及彼相應之相分、見分的輾轉增上力作爲助緣，如是當因與緣都和合具足時，一切心法及心所有法都可以由此而生起，所以彼「心法生起難」實不應理。故《成唯識論》云：「雖無外緣，由本識中有一切種（子）轉變差別，及現行八種識等展轉力故，彼彼分別（心及心所）而亦得生。何假外緣，方起（心及心所）分別？」⑤爲要詳盡地闡述心識的緣生情況（名爲「緣生相」），《成唯識論》開成「四緣」以加說明。心識生起，必具「四緣」。何等爲四？所謂「因緣」

、「等無間緣」、「所緣緣」及「增上緣」。茲概述如下：

㈠因緣（Hetupratyaya）——有爲法中「親辦自果」的功能名「因」，能協助諸法生起名「緣」；合此二義，名爲「因緣」。「因緣」之體有二：一是「種子」，二是「現行」。它們作爲「因緣」的情況有三：

因緣
- (1)種子對其所生的後念種子
- (2)種子對其所生的現行
- (3)現行對其所熏生的新種子

在第一種情況，每一有情的第八識（阿賴耶）中的種子（有漏、無漏、相分種或見分種），未起現行時，都是前後刹那（前念、後念）自類相生，即「前念種子」親生「後念種子」（異時因果）。「前念種子」便是「後念種子」生起的因緣。

在第二種情況，每一有情的第八識（阿賴耶）中的種子，當能生起現行的條件具足時，便會生起八個識的色、心活動（此等物質性及精神性的活動現象名爲「現行」），如是在同一刹那中，「種子」親自生起「現行」（同時因果）。「同念種子」是「同念現行」生起的因緣。

在第三種情況，當上述種子生起現行的同時，那現行法中有強盛勢用的亦能生新種子於有情的自第八識（阿賴耶）中。「現行」親自熏生「新種子」亦是同時因果；彼「現行」是生「新種子」的因緣。

如是每一有情的自識中的「種子」及有強盛勢用的「現行」，便是親生一切色、心活動的「因緣」，不必假藉心外實境才能產生一切物質性或精神性的活動，所以「唯識」之說，於理無違，彼難不立。

㈡**等無間緣**（Samanantarapratyaya）——於八個識中（包括相應的心所），每一個「前念（剎那）現行識聚」（一心王及其相應心所爲一「識聚」），如前念的現行眼識及其相應心所），對於它的自類「後念（剎那）現行識聚」（如後念的現行眼識及其相應心所），產生一種自類的、無有間隔的、體用齊等的⑥開導引生的作用，依此作用，說「前念現行識聚」是同類「後念現行識聚」的「等無間緣」。

前念的心王及其相應心所，能開導引生體用齊等的後念的心王及其相應心所，使之續起，而中間並無間隔（祇須中無間隔，自類識聚前後相望，雖經百年，猶有開導作用），得爲「等無間緣」；若前念識聚消滅之後，不留位置與後念同類識聚，則後念同類識聚便不能生起。如是「前念現行識聚」有無間開導作用故，得爲同類「後念現行識聚」的生起條件（具「助緣」義），而前後念的識聚又是體用齊等，所以「前念識聚」名爲同類「後念識聚」的「等無間緣」⑦。

此「等無間緣」的作用，唯是心王及其相應心所的識心活動，不是由外境所決定，所以「唯識無境」之說，於理無違，彼難不能成立。

㈢所緣緣（Alambanapratyaya）——心識（心王及心所）生起時，必有所慮所託的所知對境，此所知對境名爲「所緣」；若無此「所緣」，則心識則不能生起，所以「所緣」亦有「助緣」作用，助成心識的生起。合「所緣」及「助緣」二義，名心識的所知對境爲「所緣緣」。「所緣緣」有兩種：一是「親所緣緣」，二是「疏所緣緣」，茲表列如下：

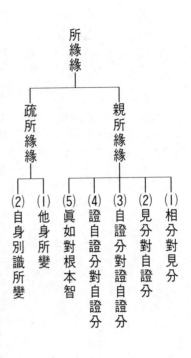

- 所緣緣
  - 親所緣緣
    - (1)相分對見分
    - (2)見分對自證分
    - (3)自證分對證自證分
    - (4)證自證分對自證分
    - (5)眞如對根本智
  - 疏所緣緣
    - (1)他身所變
    - (2)自身別識所變

「親所緣緣」是心識內部的所知境，能知與所知俱不離心識的「自體分」(即「自證分」)，如識體轉似「見」、「相」二分。「見分」是能知，「相分」是所知，所以「相分」是「見分」的「親所緣緣」，親爲「見分」所慮所託，更無餘分的間隔故；於「四分說」中，「見分」亦爲「自證分」的「親所緣緣」，「自證分」爲「證自證分」的「親所緣緣」，「證自證分」復爲「自證分」的「親所緣緣」。又於無爲法中，修行者於定中以無分別的「根本智」冥證「眞如實性」時，「眞如」便是「根本智」的「親所緣緣」。

窺基《述記》云：「正智等生時，挾帶眞如之體相起，與眞如不一不異，非相非非相。」⑧「眞如」不是心識所變現的，而是心識的自體；當「根本智」（亦名「正智」）現行時，「根本智」的「見分」挾帶「眞如」這「無相之相」（後者之「相」是「體相」之「相」，非「相狀」之「相」）與之俱起；彼「見分」爲能緣，以「眞如」爲「所緣緣」而攀緣之。

「疏所緣緣」是與「自證分」相離的（「見分」與「自證分」同種，所以亦與「見分」相離），但能作爲本質，引起親所認知緣慮的相分。如緣自身中的別識所變境（如眼識緣阿賴耶識所變現的色、聲等境，此等境是「疏所緣緣」，能作爲本質，引起親所緣慮的色等相分），彼別識所變境，仗爲本質境時，便是「疏所緣緣」；又如緣其他有情的識所變之境時（如緣他人所變的根身時，彼根身（色境）是「疏所緣緣」，能作爲本質，引起自阿賴耶識親所緣慮的色等相分，此賴耶相分亦作眼識的「疏所緣緣」，引生眼識「相分」），彼所變境是「疏所緣緣」。所謂「疏」者，指爲「相分」所間隔，不能爲「見分」所直接親緣。

㈣增上緣（Adhipatipratyaya）——「增上」是強盛殊勝義。若甲法有強盛殊勝勢用，對乙法能作順益或違損者，則甲法便是乙法的「增上緣」。「順益」是指助令生起現行或助令（種子）增長義；「違損」是指礙令不起，或起已令壞義。如適當距離及適當光度等（其體是多），可以作爲「眼識」生起的順益「增上緣」助令「眼識」生起；「慚」心所現行，可以作爲「無慚」心所生起的違損「增上緣」，令彼不能生起。「因緣」、「等無間緣」及「所緣緣」雖亦有「增上緣」的作用，爲免重複，今都不取，唯取餘法有強盛勢用，可作順益或違損者爲「增上緣」。

每一見分識生起時，必須具備上述四緣；每一相分境生起時，必須具備「因緣」及「增上緣」。如上所見此等諸緣，都是不離有情八個識而存在，則外人以「若唯識無境，則心法不生」的質難，實不應理，不能成立。

（三）釋有情相續緣由：外人會問：「你們唯識家雖有內識，而無離識的外緣，有情如何造業感果，使個體生命可以生死相續？」⑨爲解答這個「有情相續」的質難，《唯識三十頌》答言：「由諸業習氣，二取習氣俱，前異熟既盡，復生餘異熟。」未解頌文，先釋術語：

諸業習氣——即「業種子」。由身、語、意所造的有漏善業、不善業及不動業（指定中的善業，能定生色界或無色界，不會遇緣轉變，故云「不動」）。由此等善、不善「思心所」所發動的諸業，熏成種子氣分，名爲「諸業習氣」，亦即「業種子」，藏阿賴耶識中，待成熟時，能感引新生命，或生善趣的福報，或生惡趣的非福報。

二取習氣——即「名言種子」⑩。由前七識所起「見分」及「相分」，此二分所熏習而成的種子，名曰「二取習氣」；「見分」爲能取，「相分」爲所取故。此「二取習氣」能現行爲「五蘊」色、心諸法。

前異熟——前生諸業所感的「異熟果」（即前時的生命及世界）。

餘異熟——諸業所感後生的「異熟果」（即後時的生命及世界）。

如是今生所造的善業、不善業（以意識相應的「思心所」爲主），熏習種子，積纍攝藏於自第八識賴耶之中，成爲「諸業習氣」（業種子）。待今生的生命（「前異熟」）完結時，此「諸業習氣」成熟爲強烈的增上緣，一起配合賴耶中所藏的「名言種子」（「二取習氣」）爲親因緣，酬引來生的生命總報（「餘異熟」）。此「新生命」包括新的「根身」及「器世界」（即第八識的新「相分」，名曰「酬引果」，得「眞異熟」），及酬引來生中的別報（即「餘異熟」中的「酬滿果」，得「異熟生」，也就是前六識於一生中的福、非福報）。此所謂「前異熟既盡，復生餘異熟」；凡夫有情的有漏生命，就是這樣生生死死的相續下去，名曰「分段生死」⑪，表解如下：

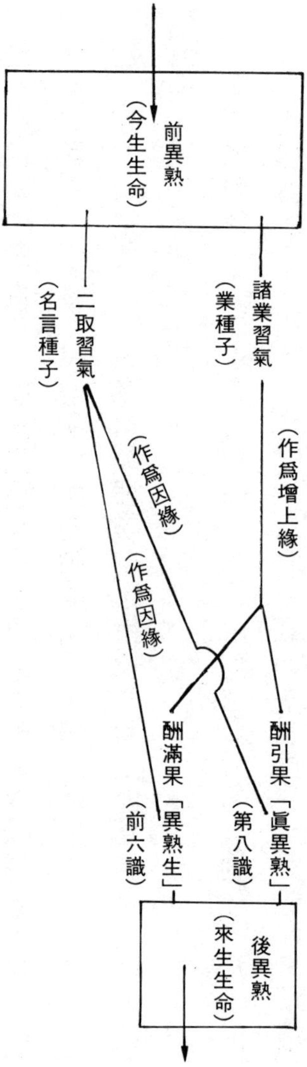

彼「諸業習氣」感「異熟果」後，它們的作用便會消失，不再感果，此名「有受盡相」；至於「二取習氣」變現爲新的「根身」及「器世界」後，仍可熏習成種子，於第八識中恆隨轉地存在下去，名爲「無受盡相」；因爲「二取習氣」只是與「諸業習氣」俱起，而協助「諸業習氣」招感新的「異熟果」而已，其本身主要作用在變現新的「五蘊」，不在招「異熟果」。

有情相續的原動力是「諸業習氣」及「二取習氣」。「諸業習氣」是諸心識相應的「思心所」的種子功能；「二取習氣」則是第八識的「相分」及前六識的「相分」與「見分」種子功能。一切種子功能不離識；但由彼功能可使有情生死輪轉，相續不斷，何假外緣方能成就「有情相續活動」？故彼難言「雖有內識，而無外緣，則有情無由生死相續」，實不應理。所以《成唯識論》總結頌意云：「此頌意說：由業（種子）（及）二取（名言種子），生死輪迴，皆不離識心、心所法爲彼（體）性故。」⑫

除從「諸業習氣」及「二取習氣」兩種功能，闡釋有情的生死相續不離識外，《成唯識論》還依「十二有支」（亦即原始佛教所謂「十二因緣」）再加說明。此即以「無明」為緣而有「行」，以「行」為緣而有「識」，以「識」為緣而有「名色」，以「名色」為緣而有「六處」，以「六處」為緣而有「觸」，以「觸」為緣而有「受」，以「受」為緣而有「愛」，以「愛」為緣而有「取」，以「取」為緣而有「有」，以「有」為緣而有「生」，以「生」為緣而有「老死」。茲依窺基《述記》⑬略釋「十二有支」的名相如下：

1無明支：以與意識相應的「癡」心所為體，以彼（包括「癡」的種子及現行）為增上緣，能發動有漏善、不善的身、語、意業。

2行支：以與意識相應的「思」心所為體，即前「無明」支所引發的有漏善、不善的身業、語業、意業。此通現行三業及彼所熏成的種子功能（即「諸業習氣」，亦名「業種子」）。

3識支：唯取「阿賴耶識」中能親生當來的「眞異熟果」的「名言種子」；此等「名言種子」是由「行支」的「諸業習氣」及其現行所引發的。

4名色支：「名」是能生未來無記五蘊中的受蘊、想蘊、行蘊、識蘊的種子；「色」是能生無記的色蘊種子。此除能生上述第三支（即「識支」）的「

名言種子」，亦除能生下面所述第五、六、七支（即「六處支」、「觸支」及「受支」）的「名言種子」。

5六處支：即第八阿賴耶識中能親生當來內六處（即眼根、耳根、鼻根、舌根、身根）的「名言種子」。

6觸支：即第八阿賴耶識中能親生未來異熟無記之「觸」心所的「名言種子」，此除能生第七識相應「觸」的種子，以彼是「有覆無記」，非「異熟無覆無記」性故。

7受支：即第八阿賴耶識中能親生未來異熟無記之「受」心所的「名言種子」，此亦除能生第七識相應「受」的種子，理如「觸支」所述。

上述「識」、「名色」、「六處」、「觸」及「受」等五支，皆是能生「異熟果」的「名言種子」。此五種種子功能，藉「行支」中的「諸業習氣」（即「業種子」）爲增上緣所激發，而當來可起現行。

8愛支：唯取與第六意識相應的下品「貪」心所爲體。此亦兼攝其他能滋潤前六支「名言種子」及「業種子」的下品煩惱，但以「貪」爲最勝，故以「

貪」爲代表。此通現行及所熏種子⑭。

9取支：即與第六意識相應的上品「貪」心所及其餘一切煩惱。此亦通現行及所熏種子。前「愛支」及此「取支」名爲「潤生惑」，以能滋潤前「行支」的「業種子」及「識」等五支的「名言種子」，使其當來能酬善、惡趣的新「異熟果」故。

10有支：即前所說「行」、「識」、「名色」、「六處」、「觸」、「受」等六支（體即「業種子」及「名言種子」），受「愛」、「取」二支的煩惱的滋潤故，決定能感當來之善、惡趣的「苦果」。於此已被滋潤的「行」、「識」等六支的「業種子」及「名言種子」之上，立爲「有支」，即能決定生「三有」中的何地、何趣的種子功能。

11生支：前期生命終結時，在「有支」受「愛」、「取」滋潤的「業種子」作增上緣的影響下，曾被「愛」、「取」等煩惱所滋潤的「識」、「名色」、「六處」、「觸」、「受」等五支「名言種子」（即「有支」中的「名言種子」）現行，以此爲因緣，後期的「五蘊」生命得以生起；從「中有」入胎，至此現行果衰變之前，總立為「生支」。

12老死支：後期五蘊現行果衰變名「老」，滅壞名「死」。從後期五蘊現行果衰變至命終的一段生命，總立為「老死支」。

如是的「十二有支」(12 Angas) 可以「惑」(klesa)、「業」(Karman)、「苦」(Duhkha) 加以統攝，以說明有情生死流轉的現象。「惑」是煩惱，亦名為「煩惱雜染」(「雜染」是有漏義，「雜染法」就是「有漏法」)。「業」是意識相應的「思」心所活動，成就善、不善的身、語、意之業，此包括現行和所熏成的「業種子」，「業」亦名為「業雜染」。「苦」是指有漏生命的「苦果」，亦名為「生雜染」。由「惑」(煩惱雜染) 以發「業」⑮，由「業」(業雜染) 以感「苦果」(生雜染)。如是「惑」、「業」、「苦」與「十二有支」相配如下：

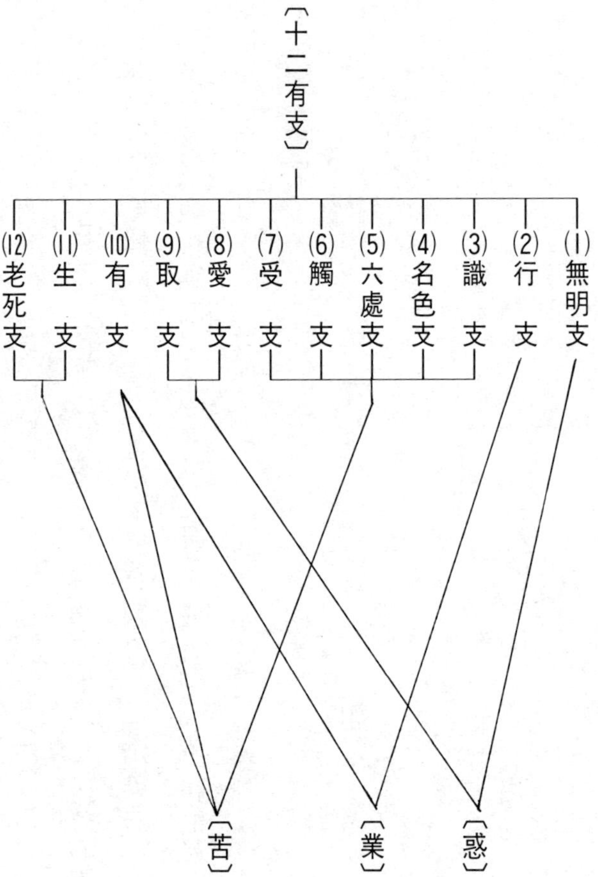

又依《成唯識論》，「十二有支」又可以統攝爲「能引支」、「所引支」、「能生支」及「所生支」等四支，構成唯識家所建立的「二世一重因果」義

，茲先表列如下：

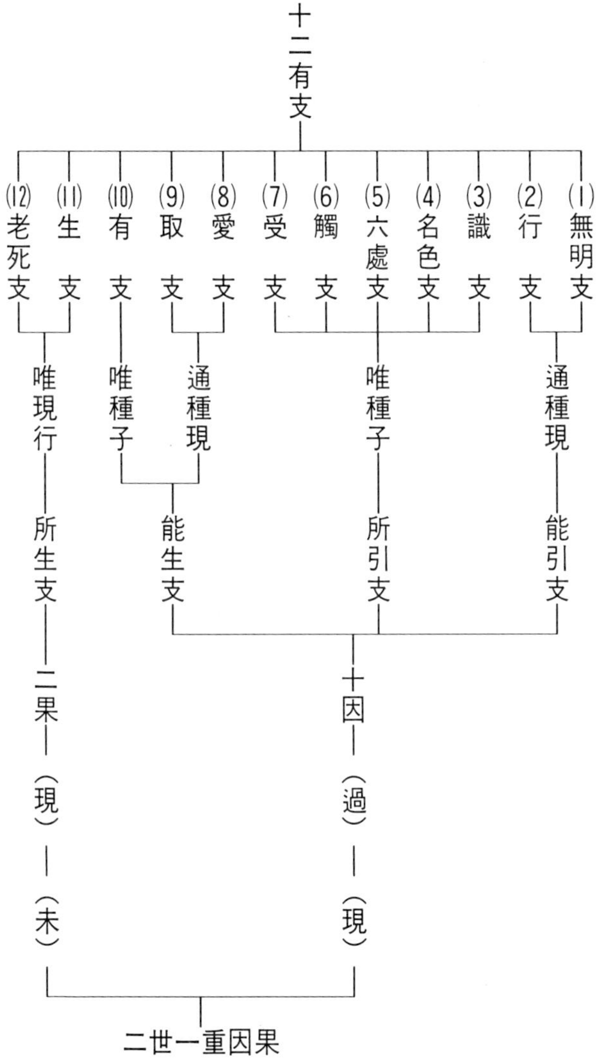

一者「能引支」：此指「無明」及「行」二支。此通種子和現行的「無明

」與「行」（「無明」爲「惑」，「行」爲「業」。「惑」能發「業」，「業」有引發未來生命的功能）。彼二支能引發「識」、「名色」、「六處」、「觸」、「受」等五支的「名言種子」，決定當來所生善趣、惡趣，故說「無明」與「行」二支是「能引支」。

二者「所引支」：此指「識」、「名色」、「六處」、「觸」、「受」等五支的「名言種子」；此等種子爲「能引支」引所發，攝藏於第八賴耶識中，以作當來生「異熟果」（未來生命）的親因，是「苦諦」所攝。故此「識」等五支名「所引支」。此「所引支」的種子，由於此期生命還未終結，也未得「愛」、「取」的滋潤，故仍未能現行。

三者「能生支」：指「愛」、「取」二支的現行及種子（彼「惑」所攝）及「有支」的種子（彼「業」所攝），能生當來「異熟果」（即後面的「生支」及「老死支」），故「愛」、「取」、「有」三支，名爲「能生支」。「愛」與「取」俱是貪等煩惱（只有下品與上品的差別），能滋潤「行支」的「業種子」及「識」等五支的「名言種子」；此受「愛」、「取」所滋潤的「行」

及「識」等六支的「業種子」及「名言種子」（名爲「有支」）便成爲決定能生「異熟果」的潛在功能，所以「愛」、「取」、「有」三支名曰「能生支」。

四者「所生支」：此指「生支」及「老死支」的現行（彼是「苦諦」所攝）。彼「生」及「老死」二支是由前述「能生支」（受滋潤了的「業種子」及「名言種子」）所引生故，是新生命（即新的「異熟果」）的現行，得名爲「所生支」。

如是四支中的「能引支」（「無明」與「行」的種子與現行）、「所生支」（「識」等五支的種子）、「能生支」（「受」、「取」二支的種子與現行，及「有支」的種子）合共爲「過去十因」；彼「所生支」（即「生」與「老死」二支的現行新「異熟果」），是「現在二果」；結合名爲「二世一重因果」（「過去」與「現在」是「二世」；「十因」與「二果」是「一重因果」）。

但在今世的生命之中，又有「無明支」的「惑」以引「行支」的「業」，成就新的「能引支」；彼「能引支」又能引新的「所引支」（即新的「識」等五支種子）；彼「行支」的「業種子」及「識」等五支的「名言種子」亦會受

「愛支」及「取支」所滋潤，而成「有支」，於是產生新的「能生支」，以生新的「所生支」（即未來世新的「生支」及「老死支」）。於是亦由「現在十因」（「能引支」二因、「所引支」五因、「能生支」三因，合之爲十），得「未來二果」（「所引支」的「生支」及「老死支」二果），於是又構成「現在」與「未來」生命間的「二世一重因果」（「現在」與「未來」是「二世」；「十因」與「二果」爲「一重因果」）⑯。

於是依此推論，向上無始，向下未得解脫生死前亦無終；無始無終，有情生命，不必憑藉外緣，亦可生死流轉，相續不斷；而彼「雖有內識而無外緣，由何有情生死相續」的問題，便可迎刃而解，彼難非理。

【註釋】

①依《藏要》校梵、藏本，並無「由」字，意謂「一切種者識」。《霍譯安慧釋》翻作「識有一切種」。

②依《藏要》校梵、藏本，本頌的第二句與第三句應互調，即「以展轉力（故），如是如是變」。而「故」屬第四句，文意更顯。

③依《藏要》校梵、藏本，「由」字爲增譯。《霍譯安慧釋》以「諸業習氣」爲「主格」，「二取習氣」爲「具格」，故把此頌的首二句譯成「諸業習氣與二取習氣俱」。

④依《藏要》校梵、藏本，句末有「彼」字，意謂「異熟識」是「彼藏識」（「彼」指「藏識」故），今譯缺略。是以《霍譯安慧釋》把本頌的第三、四句翻作「前異熟盡時，餘異熟彼生」。

⑤見《大正藏》卷三一、頁四十。

⑥前念每一識聚（心王及其相應心所）唯能開導引生後念同類一識聚，其量相等，名爲「體齊等」；前後念的識聚（心王及其相應心所），一一皆能開導引生後念識聚，就能開導作用此點而言，其質相等，名爲「用齊等」。合「體」、「用」二義，名爲「體用齊等」。

⑦「等無間緣」共有三義：一者「等」義，前後念識聚「體用齊等」；二「無間」義，前念識聚與後念識聚「無有間隔」，三者「緣」義，前念識聚能爲「助緣」，開導引生後念識聚。此皆就一心王及其相應心所的現行言，非就種子而言。

⑧《大正藏》卷四三、頁五〇〇。唯識古師認爲心識緣色等境時，由能緣心（見分）變帶此色等之「相」（狀）而攀緣之，謂之「帶相」。以此理故「正量部」師般若毱多造《謗大

乘論》（「帶相」之說）云：「無分別智不（變）似「眞如相」起，（眞如）應非所緣緣。」玄奘法師於戒日王爲設曲女城十八日無遮大會中，造《制惡見論》破般若毬多之論云：「汝不解我義。帶者是挾帶義。相者體相，非相狀義。謂正智等生時，挾帶眞如之體相起，與眞如非一非異，非相非非相。」使唯識正理，更趨圓滿。

於此可見「帶相」之說有二義。一者是見分「變帶」所緣境的「相狀」（即「相分」）而攀緣之，如眼識起時，必「變帶」似色境的青、黃等「相狀」而緣之；耳識起時，必「變帶」似聲境的高、低、強、弱等「相狀」而緣之；如是乃至意識帶色、心等「相狀」，末那帶自我的「相狀」，賴耶帶種子、根身、器界的相狀而緣之。二者是見分「挾帶」爲所緣緣的「體相」而攀緣之，如無分別「根本智」的見分生起時，必「挾帶」「眞如」「體相」而緣之。茲表列「帶相」二義如下：

帶相
- 見分「變帶」所緣的「相狀」（相分）以爲「所緣緣」
- 見分「挾帶」所緣的「體相」以爲「所緣緣」

吾友霍韜晦先生依「相見同種」釋「變帶相狀」義，依「相見別種」釋「挾帶體相」義，與上文舉例有所不同，於理亦可成立，可資參考。見霍著《相見同種、別種辨》一文，刊

《法相學會集刊》第一輯。

⑨外人執有情能緣心外的實境，起貪、瞋、癡等煩惱，造種種的善、不善業，感福、非福的果報。今唯識家不許有「心外實境」，則如何造業感果？故有此問。

⑩有關「名言種子」有「表義名言」及「顯境名言」二種，其詳宜參考〈丁一、明異熟能變〉有關種子一節的註文。

⑪生死有二種：一是「分段生死」，二是「變易生死」。「分段生死」是凡夫一期生（即「一世」）完結時，以諸有漏業及煩惱障爲增上緣，以「名言種子」爲親因緣，產生三界的新生命，其壽命長短受業力所限制。「變易生死」是聖者以諸無漏的有分別業及所知障爲增上緣，以「名言種子」爲親因緣，感招三界以外、無壽命定限的生命；此由悲願、定力所轉變而有的「變化身」，故曰「變易生死」。

⑫《大正藏》卷三一、頁四三。

⑬《大正藏》卷四三、頁五一八至五二〇。

⑭前「行支」的「業種子」及「識」等五支的「名言種子」俱攝藏於賴耶中（「業種子」當來可爲增上緣，引發識等五支的「名言種子」，酬引所生的善、惡趣）。彼「名言種子」

還未起現行，因此期（今生）的異熟果尚未終結，要待命終時及「中有」（亦名「中陰身」，即前段「異熟果」已盡、後段「異熟果」未起時的「中間存在生命」）沒時，「業種子」及「名言種子」已爲「貪」等煩惱所滋潤（名爲「潤生」）始能俱起現行，酬引來生的新「異熟果」。其詳可參考羅時憲先生的《唯識方隅・諸行篇》，見《法相學會集刊第一輯》，頁七二。

⑮「惑」即煩惱，除能發業外，亦能滋潤「業種子」及「名言種子」以酬引「異熟果」。

⑯唯識家依「十二有支」（亦名「十二支」、「十二因緣」），立「二世一重因果」義，與小乘有部所立的「三世二重因果」義稍異。「二世一重因果」與「三世二重因果」，是「十二因緣」或「業感緣起」的兩種基本解釋，而各有其地位；不過，論者以爲唯識家「二世一重因果」義理論較爲周密。今附小乘有部「三世二重因果」表解如下，以供讀者參考。

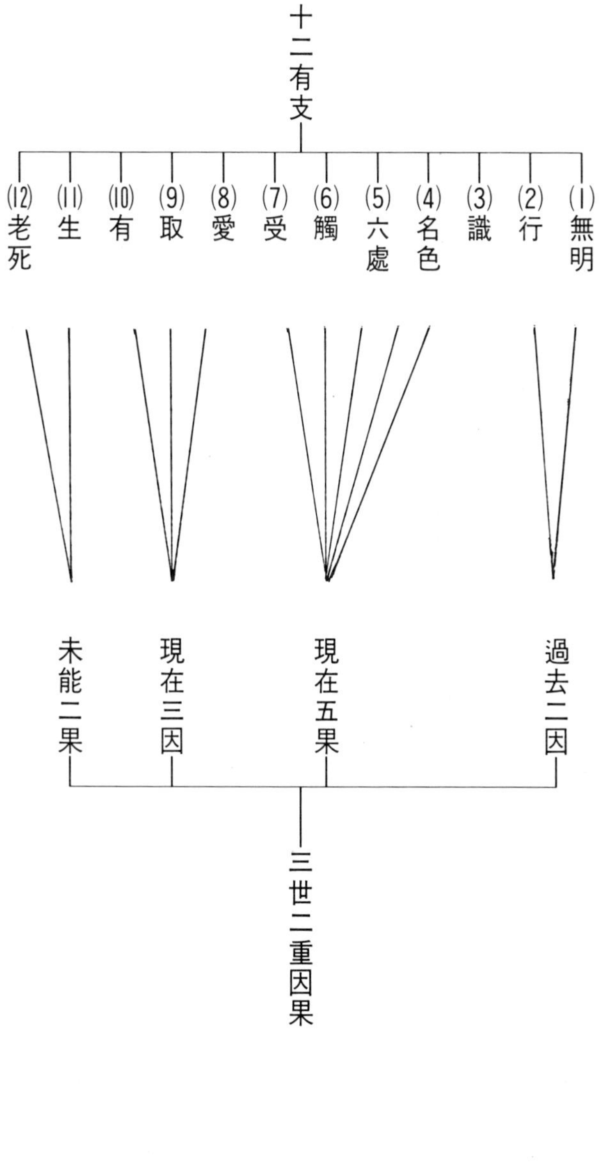
十二有支
(1)無明
(2)行
(3)識
(4)名色
(5)六處
(6)觸
(7)受
(8)愛
(9)取
(10)有
(11)生
(12)老死
過去二因
現在五果
現在三因
未能二果
三世二重因果

丁二、釋違教難

【頌文】由彼彼徧計，徧計種種物①；
此徧計所執，自性無所有②。
依他起自性③分別，緣所生。
圓成實於彼④，常遠離前性。
故此與彼他，非異非不異，
如無常等性⑤，非不見此彼⑥。
即依此三性，立彼三無性，
故佛密意說⑦，一切法無性；
初即相無性，次無自然性，
後由遠離前，所執我法性⑧。

（一）總說：在〈明唯識相〉的第三大段〈通釋妨難〉中，分爲兩節：第一節是〈丁一、釋違理難〉，已於上文作出交代；第二節是〈丁二、釋違敎難

〉，正是現在所要處理的。本節〈釋違教難〉中，再可分成前後兩半節：前半節共有三頌（即第二十、二十一及二十二頌），釋「無境三自性不成」難；後半節共有二頌（即第二十三、二十四頌），釋「三自性三無性相違」難。今於下文把兩釋難分別作出闡述：

（二）釋無境三自性不成難：設有小乘或外道這樣質難：「如你們唯識家所說，唯有內識，都無離識的外境，何故世尊於處處經中，說有三自性？（按：三自性是指徧計所執自性、依他起自性、圓成實自性）」唯識家可就「三自性」皆不離識作答，如《唯識三十頌》云：「由彼彼徧計，徧計種種物；此徧計所執，自性無所有。依他起自性，分別緣所生。圓成實於彼，常遠離前性。故此與依他，非異非不異，如無常等性，非不見此彼。」下文分成若干小目說明其義。

㈠釋徧計所執自性（Parikalpita-svabhava）——大乘經典，如《解深密經》等，把宇宙一切的存在體與非存在體分成三大類，名為「三種自性」（「性」是「體」義，「自性」即是「自體」），即「徧計所執自性」、「依他起自性」及「圓成實自性」。今先釋「偏計所執自性」。《成唯識論》指出：「周偏計度」，名爲「偏計」⑨，如凡夫妄情，周偏計度有實我、實法的存在。周偏計度所執的實我、實法，若體若用，於現量、比量或聖教量，都不能證明其實際存在，所以是假非實。彼「偏計所執自性」既無自體，如何得以構成？《成唯識論》分別從「能偏計」及「所偏計」兩個角度來加說明。

頌文「由彼彼偏計」是從「能偏計」來說的。「虛妄分別」的心、心所活動，是能夠「周偏計度」的妄情分別，在八個識中，此是第七染污末那及第六意識的活動⑩。（彼二「能偏計」的活動，品類衆多，故名「彼彼」，因爲在「三種分別」中，「偏計」就是「計度分別」，是「思」與「慧」的心所作用，第八及前五識都不與「慧」相應，所以沒有「偏計」的作用。）

頌文「偏計種種物」是從偏計的「行相」以顯「所偏計」是甚麼。「種種物」是「所偏計」，即於「五蘊」、「十二處」、「十八界」等法之上，由「能偏計」的第六意識執爲「實我」、「實法」，又於「第八賴耶的見分」之上，由「能偏計」的第七染污末那識執爲「實我」。彼「實我」、「實法」是「

所偏計」。

如是所執的種種「實我」、「實法」，總名爲「偏計所執自性」。此等第六、七識妄情所執的「偏計所執自性」的「自體」，「理教推徵，不可得故」，都是無所有的「無體隨情假法」，所以《唯識三十頌》云：「此偏計所執，自性（自體）無所有。」由此可知「三自性」中的「偏計所執自性」只是心識虛妄分別的「假法」，絕非離識別有自己的外在體性可得。

㈡**釋依他起自性**（Paratantra-svabhava）——所謂「依他起」，是指「依（其他的）衆緣而得（生）起」的意思。即一切依「因緣」、「等無間緣」、「所緣緣」及「增上緣」等「四緣」（按：其義見前節）所生起的「心法」，以及依「因緣」及「增上緣」等「二緣」所生起的「色法」，都是「依他起自性」所攝。所以頌文說言：「依他起自性，分別緣所生。」

甚麼是「分別」？《成唯識論》云：「諸染淨心、心所法皆名分別。」⑪那就是說，無論是有漏的凡夫，或是無漏的聖者，他們緣生的八個識（心王），以及相應的一切「心所」及「見分」、「相分」的活動（此活動即緣生的一切「心法」及「色法」），都是「依他起自性」所攝，是存在的「有體法」。所以《成唯識論》云：「諸染、淨心、心所法，皆名『分別』，能緣慮故；是則一切染、淨依他，皆是此中『依他起（自性）』攝。」⑫

依《成唯識論》及窺基《述記》所載，論師對「偏計」、「依他」的分野頗有歧見。如《述記》言：「此（安慧）師意：唯『自證分』是『依他』有；所取、能取（的）『見（分）』、『相（分）』二分是『（偏）計所執』。如龜毛等，是無（體）法故。」⑬那就是說八個識的「自證分」才是「依他起自性」所攝，由「自證分」開成的「見分」和「相分」，以是「能取」、「所取」故，則屬「偏計所執自性」所攝。

護法的見解不同；他說：「一切心及心所，由熏習力所變（見、相）二分，從緣生故，亦『依他起』；偏計（分別力）依斯（二分）妄執（爲）定實有、（定實）無、（與『自證分』定爲）一、（定爲）異、（定）俱、（定）不俱等，此（見、相）二（分），方名『偏計所執』。」《成唯識論》以護法爲正義，故主張一切心識的『見分』與『相分』，若不起實有、實無、實一、實異、實相應、實不相應等妄執，仍是「依他起自性」所攝，若起妄執便成「偏計所執自性」。如是「依他起自性」非離心實有自體，所以前述的「無境」的質難，對「依他起自性」來說，是不能成立的。

㈢釋圓成實自性（Parinispana-svabhava）——二空所顯的圓滿、成就的「諸法實性」（即「一切法的實體」），名「圓成實（自性）」。如頌文所謂「圓成實於彼，常遠離前性」。「彼」指「依他起自性」；「前性」是指「偏計所執自性」。那就是說：「圓成實自性」，即於彼「依他起自性」之上，常遠離前述的「偏計所執自性」，以「人我空」及「法我空」爲手段，所顯示出來的「眞如實體」——宇宙眞體⑭。所以「圓成實自性」實非離「依他起自性」而別有體性。它所以名「圓成實」是有三重意義的：

一者、「圓滿義」：「圓成實」的「圓」字是「圓滿」義、「偏」義。「依他」諸法是局限於「自相」的法體，不偏一切法；「眞如實性」則圓滿周偏於一切「有爲法」，所以唯「眞如實性」具備「圓滿」義。

二者、「成就義」：「成」字是「成就」義、是「常」義。「依他」諸法，生滅無常，不能於一切時恆常成就（共相諸法，如無常、空、無我等亦然）；「眞如實性」則恆常成就，無生無滅，無有變異，所以唯「眞如實性」具備「成就」義。

三者，「眞實義」：「實」字是「眞實」義、「非虛謬」義。「眞如實性」簡別於小乘「虛空」及外道的「神我」等，彼是「虛謬」的，而唯「眞如實性」才是「眞實」的。

「眞如實性」雖與「依他起自性」其體非即非離，但只有它才具備「圓滿」、「成就」、「眞實」三義，所以得名爲「圓成實自性」；「依他起自性」雖同是實有體性，但不具「圓滿」、「成就」二義，不得名爲「圓成實自性」。

此「圓成實自性」與「依他起自性」有體用的關係，非常密切，如頌文所言：「故此與依他，非異非不異，如無常等性，非不見此彼。」

「圓成」與「依他」⑮非異。若二者是異（截然無關的異體），則作爲「圓成」的「眞如實體」便不能成爲「依他」（心、色諸緣生法）的所依實性。今「圓成」既作「依他」的所依實體，，故「圓成」與「依他」非異。

若「圓成」與「依他」二者不異（絕對爲同一的存在），則作爲「依他」的心、色諸緣生法便一如「圓成」實體，成爲常法，成爲淨法；而「圓成」亦如「依他」，成爲無常法，成爲亦淨亦染法。今既不爾，故此「圓成」與「依他」非不異。

由此故知「圓成」與「依他」，依理而言，應是「非異非不異」，如「無常」、「無我」等性。彼「無常」、「無我」等性與諸行即「依他」是「非異非不異」的。若「無常」的性質是離「諸行」而實異，則「諸行」便非無常；若「無我」的性質是離「諸行」而實異，則「諸行」亦非無我。若「無常」、「無我」等性與「諸行」是不異的，則「無常」、「無我」等「共相」即不成爲「共相」，而與「諸行」成爲同一的「自相」了，彼不應理，故知「無常」等性與「諸行」（「依他」）是「非異非不異」的；依此比喻，「圓成」與「依他」只是一體一用，具備「非異非不異」的關係。

有情如何可以證知「圓成實自性」與「依他起自性」的眞相？《唯識三十頌》言：「非不見此彼。」意思是說：非不（證）見此「圓成」而可以（證）

見彼「依他」的存在。何則?修行者必須透過修行,破除一切「偏計」的「我執」及「法執」,然後可以生起「無分別」的「根本智」,證知「二空所顯」的「圓成實自性」(眞如)的存在。「無分別」的「根本智」證「圓成」之後,「有分別」的「後得智」再起,了達「依他起自性」的如幻如化。所以《成唯識論》說:「非不證見圓成實,而能見彼依他起性;未達偏計所執性空,不如實知他有故。」因爲「我(執)、法執恆俱行故,不如實知衆緣所引自心、心所虛妄變現」。⑯跟着重引《厚嚴經》的頌文以爲佐證:

「非不見真如,而能了諸行,
皆如幻事等,雖有而非真。」

如是《唯識三十頌》中的上述三頌,明確說明「偏計」、「依他」、「圓成」等「三種自性」,皆不遠離心、心所法;謂心、心所法及彼所變現的諸法,由衆緣和合所生,如幻事般,非有似有,名「依他起自性」;愚夫於「依他」之上,橫執爲「實我」、「實法」、「實一」、「實異」、「實有」、「實無」、「實俱」、「實不俱」等,如空華等,性相都無,一切皆名「偏計所執自性」。若於「依他」之上，空彼所執「偏計」的「實我」、「實法」等等邪執，此二空所顯識等眞實自性，名曰「圓成實自性」。如是「圓成」、「依他」與「偏計」三者，實亦「非異非不異」，唯不離識而獨立存在。因此經論聖教，不必假藉外境然後可以成立「三種自性」的學說。「無境三自性不能成立」的質難，本身實不應理，故不能成立。

（三）釋三無性難：已釋「立三自性不違唯識」義後，外人再次設難言：若有「三自性」，何以世尊於般若等聖教中，說「一切法皆無自性」⑰？《唯識三十頌》答言：「即依此三性，立彼三無性，故佛密意說，一切法無性：初即相無性，次無自然性，後由遠離前，所執我法性。」唯識家解釋說：「三無性」即「相無性」、「生無性」及「勝義無性」。彼「相無性」是依「偏計所執自執」而建立的，「生無性」是依「依他起自性」而建立的，「勝義無性」是依「圓成實自性」而建立的；世尊於「三自性」之上，建立「三無性」，所以密意方便說言：「一切法無自性」，實非一切法自性全無。「三無性」說，分述如下：

㈠**釋相無性**（Laksananihsvabhara）：「相無性」亦名「相無自性」。「相無性」是依「三自性」中的「偏計所執自性」而施設安立的。「相」是「性」義，即「體性」義。因「偏計」的「體性」有如「空花」，畢竟非有，所以說名「相無性」（無體性故）；非離妄情偏執的「偏計所執自性」外，別有「相無性」可得。

㈡**釋生無性**（Utpatti-nihsvabhava）：「生無性」亦即名「生無自性」及「無自然性」。「生無性」是依「三自性」中的「依他起自性」而施設安立的。「生」有二義，一是「緣生」義，二是「自然而生」義。因如幻如化的「依他起自性」是「衆緣和合所生」，而非是不待衆緣的「自然而生」，所以施設說名「生無性」；於此「生無性」，爲恐凡夫起妄情執着，故假說爲「無性」，其實一如所本的「依他」，非體性全無⑱。又由於「生無性」意爲「沒有自然而生的自性」，所以頌文說名「無自然性」（按：指「無自然而生之自性」義）。又非離如幻的「依他起自性」外，別有「生無性」的自體可得。

㈢**釋勝義無性**（Paramartha-nihsvabhava）：「勝義無性」亦名「勝義無

自性」。「勝義」是「殊勝的所知境」義，因爲「勝義無性」體即「眞如實性」，是聖者無漏的「無分別根本智」所認知的「殊勝境」，所以名爲「勝義無勝」；「無」是無有「徧計所執」的「實我」、「實法」的執着，非謂「勝義無性」的「自體」或「自性」亦是虛無；所以頌文說「後（勝義無性）（是）由遠離前（徧計）所執（實）我、（實）法（所顯的）（自）性。」彼「勝義無性」是依「三自性」中的「圓成實自性」而施設安立的。「圓成實自性」是於有體法的「依他起自性」之上，透過二空（無「實我執」、無「實法執」爲手段）所顯的「眞如實體」，猶如「虛空」是於「無衆色法」情況所顯的自體，由遠離「徧計所執」的「實我」、「實法」的邪執，假說爲「無」，非「自性」是虛無所有。

如是得見「三無性」與「三自性」，其體相同，其眞假與「有體」、「無體」亦相同，今試表列如下：

〈三自性〉　〈三無性〉　〈假實差別〉

偏計所執自性——相無性——無體假法

依他起自性——生無性——有爲有體實法

圓成實自性——勝義無性——無爲有體實法

聖教於「三自性」上，施設安立「三無性」的名相；於「三無性」上，釋迦世尊在《般若經》中，以「非了義」的「秘密意趣」，說「一切法皆無自性」，即「諸法皆空」；從「了義」說，「空」只是「無自性」義，非虛無所有義。「相無性」雖無有體，實是假有，但「生無性」卻是緣生有體之法，是「有爲實法」；「勝義無性」更是「宇宙眞體」，是「無爲實法」。故「生無性」及「勝義無性」其體非無，但愚夫於彼二法之上，起增益執，妄執爲「有別自性的實我」及「有別自性的實法」，於是成爲「偏計所執自性」。

爲除此執，故釋迦世尊，於無體的「偏計所執自性」及有體的「依他起自性」和「圓成實自性」之上，總說「一切法皆無自性」，非謂三法，其體性都是全無。由此外人所設「若有三性，如何世尊說一切法皆無自性」的質難，則可迎刃而解。

又若有問：「《般若經》中說『諸法皆空』；『諸法皆空』，即是『三無自性』，云何可說『只唯有識』？」唯識家也可依上述方式予以解答。即是說：「三無自性」是依「三自性」立。「三自性」已如上所釋皆不離識而別有體，故「三無自性」亦不離識，故彼難非理，而「唯識體系」實可成立。

【註釋】

①依《藏要》校勘梵、藏二本，「偏計」作「分別」，前後二句皆然；故《霍譯安慧釋》二句作「由彼彼分別，種種物分別」。

②依《藏要》校勘，梵、藏本「自性」屬上句，「無所有」自爲一句，即「此偏計所執自性，無所有」。

③依《藏要》校勘，梵、藏本「依他起自性分別」成一句，下面「緣所生」自成一句。

④依《藏要》校勘，梵、藏本無「實」字。

⑤依《藏要》校勘，梵、藏本此句之末，有「說」字，即「如無常等性說」。

⑥依《藏要》校勘，梵、藏本此句意云：「不見（此）則不見彼。」《霍譯安慧釋》則作「

此隱時彼隱」，文句稍異。Steven Anacker的英譯本作“when one isn’t seen, the other is”，同於《藏要》校注。

⑦依《藏要》所校，此三句梵、藏本意作：「即以三種自性之三無自性性，密意而說……。」《霍譯安慧釋》作：「於此三自性，即有三無性。密意故說言……。」

⑧依《藏要》所校，梵、藏二本以「初即相無性，次無自然性」爲一頌，缺「後由遠離前，所執我法性」二句。但《霍譯安慧釋》及Steven Anacker的英譯，則末句分別添譯爲「復有圓成者，彼亦無自性」及‘the third is absence of own-being’。

⑨見《大正藏》卷三一、頁四五。

⑩安慧認爲八個識都是能徧計者，護法認爲後天的「分別我執」及「分別法執」，唯第六意識有之，先天的「俱生我執」及「俱生法執」則第七染汚末那及第六意識有之，前五識及第八阿賴耶識是沒有徧計所執的，因爲於「三種分別」中，沒有「計度分別」故。所謂「三種分別」（「分別」是「認知」義）是指：

（一）自性分別：「自性」是「自相」義。謂能緣識親緣現在的自所緣境而得其「自相」（不取「共相」），是名「自性分別」（認知「境」的「自相」），此是現量，非是「

偏計」，如「眼識」緣「青境」（「五俱意識」亦然），「賴耶」緣「種子」、「根身」、「器界」時，亦是「自性分別」。但「末那」緣「賴耶見分」執爲「自內我」是「計度分別」，不是「自性分別」，不緣「賴耶見分」的「自相」故，非現量故，是「非量」故。

（二）隨念分別：心識由憶念力，緣過去境，追憶而起分別（認知），名「隨念分別」，此唯意識有。

（三）計度分別：「計度」是「計慮」、「量度」義。謂心識於過去、現在、未來三世不現見法中，計慮量度而分別（認知）之，名爲「計度分別」。此是「思」與「慧」心所的作用，於八識中，唯第六意識及第七污染末那有此作用，能執諸識的「見分」、「相分」爲「實我」、「實法」。茲把八個識與「三種分別」的關係表列如下：

⑾此有二說，一說只有「虛妄分別」的有漏心王及心所，才是「依他起自性」，此唯指「染

分依他」，不攝無漏心王及心所，不攝「淨分依他」；「淨分依他」是「圓成實自性」所攝。一說「依他起自性」兼攝「染分依他」和「淨分依他」。今取較寬的後說。

⑫見《大正藏》卷三一、頁四六。

⑬見《大正藏》卷四三、頁五四三。

但按《霍譯安慧釋》並無此等文字。霍韜晦先生認爲「是出於後人的推論，因爲安慧時代尚無見、相的分別存在問題」。見《霍譯安慧釋》頁一三二，註文⑮。

⑭此「眞如實體」是無爲法的本體界，是一切有爲法的現象界（亦名爲「諸行」）所依以存在的眞實永恆不變的實體，無論心法、色法（包括：心法、心所法、色法、不相應行法）均得要依「眞如實體」然後才得存在。不過「眞如」之名，有寬有狹，《解深密經》所說的「七眞如」，是從較寬的廣義立名，包括「一切實事實理」義及「宇宙實體義」，茲分述如下：

1流轉眞如——諸行無始時來因果相續的眞實狀況。此指實況。

2相眞如——由二空觀智所顯的「一切法眞實體性」。此指宇宙實體，亦名「實相眞如」。

3了別眞如——一切染淨諸法唯識所現的眞實狀況。此指眞理。

4安立眞如——一切有漏法皆能導引痛苦人生的眞相。此指眞理。

5邪行眞如——煩惱及業能招苦果的眞相。此指眞理。

6清淨眞如——「滅諦」的眞相。此指眞理。

7正行眞如——「道諦」的眞相。此指眞理。

依理，此「七眞如」中，唯「相眞如」（即「實相眞如」）才是「圓成實自性」這「宇宙實體」，其餘六種所顯的「實性」才是「圓成實自性」，無分別正智的對境故；若依其爲「實況」、「眞理」而言，則是「依他起自性」所攝，體即「分別緣所生」故；說若於「七眞如」之上起執，執爲「實法」，便成「偏計所執自性」，妄執爲實故。

⑮「圓成」是「圓成實自性」的省略語；「依他」是「依他起自性」的省略語。乃至「偏計」是「偏計所執自性」的省略語。一切唯識典籍都是如此，下文不贅。

⑯見《大正藏》卷三一、頁四六。下面所引《厚嚴經》的偈頌，同於此見。

⑰「一切法皆無自性」，即《般若經》所謂「諸法皆空」；「無自性」即「空」義。

⑱依「中觀」所說，「諸法緣生故不無」，因爲既是衆緣和合所生之法，即是有體有用，有異於「龜毛」、「兎角」、「空花」的全假的事物，所以說爲「非體性全無」。

甲二、明唯識性

【頌文】此諸法勝義，亦即是眞如，
常如其性故，即唯識實性①。

(一)總說：《唯識三十頌》可分析爲三大部份，甲一、〈明唯識相〉，即前二十四頌；甲二、〈明唯識性〉，即第二十五頌；甲三、〈明唯識位〉，即後五頌。上文經已闡明甲一、〈明唯識相〉義，今當申述「明唯識性」的理趣。此中亦分爲三門論述：一者「明唯識實性的意義」、二者「明唯識實性的別名」、三者「明唯識實性與諸行的關係」。

(二)明唯識實性的意義：上文「明唯識相」，目的在使有情破除有「外在實境」(即對「實我」、「實法」等「徧計所執」)的執着，所以於「依他起自性」的諸法之上，申明「一切法不離識」的相狀，此便是「唯識相」(按：此「相」是「相狀」義)，此「唯識相」是有生滅、有變易的千差萬別的相狀，而不是「不生、不滅、無相、平等一味」的「宇宙實體」。能作爲「依他起諸識的所依實體」應名「唯識性」（不是「唯識相」），即是不生、不滅、無相、平等一味、圓滿、成就、眞實的「圓成實自性」，亦即是「二空所顯」的「勝義無性」（按：「無性」者，即「空性」，空「我執」、「法執」所顯現的「實性」故），亦即是「眞如實性」。故《唯識三十頌》云：「此諸法勝義，亦即是眞如：常如其性故，即唯識實性。」

頌中的「此」字，指上文所說的「勝義無性」，亦即「三自性」中的「圓成實自性」。此「圓成實自性」是諸行（「依他起」的一切現象諸法）的殊勝所依體，是「勝義諦」所攝，即「宇宙實體」，亦名爲「眞如」（Bhutatathata）。所謂眞者，是「眞實」義，顯非虛妄（按：彼「偏計所執」便是虛妄，「眞如」簡彼）；「如」者，是「如常」義，表無變易（按：彼「依他起」的諸行是變易法，「眞如」簡彼）。此「勝義無性」或「圓成實自性」是眞實的，非虛妄的，於一切位「常如其性」的、非變易的，湛然不虛的，所以名爲「眞如」②。

如是「眞如」，亦即是「唯識實性」。那就是說，體即「圓成實自性」的

「眞如」，亦即是「依他起自性」的一切心、心所法（按：一切法不離心識，故名「唯識」）所依的最後眞實體性。依《成唯識論》所載，「唯識性」（即「唯識之體」）有兩種分類：一是「眞妄相對」分類，二是「眞俗相對」（即是「勝義」與「世俗」相對）分類。

依「眞妄相對」分類，「唯識性」可以表解如下：

唯識性
- (1)虛妄唯識性——徧計所執自性
- (2)眞實唯識性——圓成實自性

「虛妄唯識性」是「唯識性」的一種，而不是「唯識實性」，因爲「不眞實」故，是「徧計所執」的「相無性」假體故，不能稱之爲「實」。能稱爲「實性」的是「眞實唯識性」，是「圓滿」、「成就」、「眞實」的「圓成實自性」故。

依「眞俗相對」分類，「唯識性」可以表解如下：

唯識性
- (1)世俗唯識性——依他起自性
- (2)勝義唯識性——圓成實自性

「世俗唯識性」是「唯識性」的一種，而不是「唯識實性」，因爲體即「依他起」，有生、有滅故，非「常如其性」能作諸行的眞實所依故。只有「勝義唯識性」的「圓成實自性」，不生、不滅，「常如其性」，能作諸行的眞實所依，才是「唯識實性」。

「唯識實性」，強調了「實」義，所以於「三自性」中，簡別了虛妄的「偏計所執自性」，又簡別了生滅無常、不能作一切諸行的眞實所依的「依他起自性」，而唯以「圓成實自性」來命名「唯識實性」。

（三）明唯識實性的別名：「唯識實性」即是「眞如」，亦即是「三自性」中的「圓成實自性」、「三無性」中的「勝義無自性」（亦名「勝義無自性性」）。此外在大乘諸經論中，還有很多名稱，亦是「唯識實性」的別名。故《成唯識論》說言：「此（唯識實性之『眞如』體）復有多名，謂名『法界』及『實際』等。」③窺基《述記》依《對法》謂有七種④，茲分述如下：

一、眞如——在常如其性（無有改變）的法體上，不起我執、法執，便是「眞如實性」。

二、**無我性**——在常如其性（無有改變）的法體上，離一切「我執」及「我所執」，便是二空所顯的「無我性」。

三、**空性**——在常如其性（無有改變）的法體上，由離一切「人我執」及「法我執」，使一切雜染歸於空寂，彼法體名爲「空性」。

四、**無相**——在常如其性（無有改變）的法體上，般若智起，於是一切色、聲、香、味，乃至菩提諸相，皆歸於寂滅，名爲「無相」。

五、**實際**——在常如其性（無有改變）的法體上，離一切顛倒執着，彼是究竟無倒智所緣體，名爲「實際」。

六、**勝義**——在常如其性（無有改變）的法體上，爲「聖者」（即無漏根本智）所行之境，名爲「勝義」。「義」是「境」義。

七、**法界**——彼常如其性（無有改變）的法體，是三乘妙法的所依體（其實應爲一切諸法的所依體），名爲「法界」。「界」是「因」義，諸法所依之因故。

如是「無我性」（或「二空無我性」）、「空性」、「無相」（或「無相之相」）、「實際」、「勝義」、「法界」，都與「眞如」同義，只不過是從不同角度建立不同名相而已。如是乃至「唯識實性」、「實相」、「如來藏」、「佛性」、「法身」等，都是「宇宙實體」此「眞如」的異名，其體即是「三自性」的「圓成實自性」、「三無性」中的「勝義無自性」，其義見前，恐繁不贅。

（四）明唯識實性與諸行的關係：頌文「此諸法勝義，亦即是眞如」，正顯示「唯識實性」（即「眞如」）與「諸行」的關係。唯識家說「眞如」與「諸行」是「不即不離」的。說「不離」，以「眞如」是「體」，「諸行」是用。「體」不離「用」，「用」不離「體」；「體」是「用」中之「體」，「用」是「體」中之「用」；離「用」無「體」，離「體」無「用」。所以「體」與「用」不是截然的二物，故「眞如」與「諸行」的關係「不離」。說「不即」，以「眞如」是「體」，「諸行」是「用」；「體」不即「用」，「用」不即「體」。不可說「諸行」的「用」便是「眞如」「實體」；「眞如實體」必有一修證的功夫然後可以冥會，「用」則未必有此需要。所以「體」與「用」

不是渾然無所辨別，故「眞如」與「諸行」的關係「不即」。

唯識家認爲同一宇宙的存在，若以有名相分別的「有漏心識」來觀察它，則只能認知其遷流變化的現象，即是「依他起」的「諸行」，所得的眞實名爲「世俗諦」（按：「諦」是「眞實」義）。若以超越名相的「無漏無分別智慧」以觀照它，則可以冥證其恆常、不變而偏一切處的最後實體，即是「圓成實」的「眞如」，亦即「唯識實性」，所得的眞實名爲「勝義諦」（按：即是「聖智所認知的殊勝境」）。如是「眞如」與「諸行」既有「不即不離」的關係，則「世俗諦」與「勝義諦」亦應有「不即不離」的關係。由「不即不離」故，唐賢窺基便把「世俗」與「勝義」各開成四重，因而構成「世俗」、「勝義」不即不離的「四重二諦」。爲理解上的方便，先錄「四重二諦」的表解⑤，然後再加以簡述如下：

〔法體〕	〔四俗諦〕	〔眞俗對辨〕	〔四眞諦〕	〔安立非安立〕
實我、實法、瓶、盆、軍林等	世間世俗	超過世間世俗		假名安立（隨俗假說，非有體性）（徧計所執自性）
蘊、處、界等	道理世俗	超過道理世俗	世間勝義	
三性、三無性、唯識理、四諦等	證得世俗	超過證得世俗	道理勝義	有相安立（依他起自性）
二空所顯眞如	勝義世俗	超過勝義世俗	證得勝義	
一眞法界（一實眞如）			勝義勝義	無相非安立（圓成實自性）

「世俗諦」開成四重：

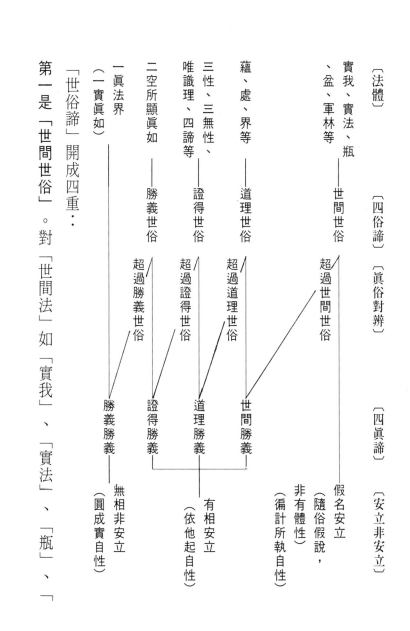

第一是「世間世俗」。對「世間法」如「實我」、「實法」、「瓶」、「

盆」、「軍林」等的認知，是屬於「世俗諦」所攝，所以名爲「世間世俗」（「世間」即「世俗」，於「六離合釋」中屬「持業釋」）。此「世間世俗」的「法體」既指世人所執的「實我」、「實法」，都是隨俗假說，非有眞實自體，所以亦名「假名安立諦」（但有安立假說的「名言概念」，而無實體），在「三自性」中，即屬「徧計所執自性」。

第二是「證得世俗」：對「五蘊」、「十二處」、「十八界」等「道理」(理論)的認知，包括名相的施設及理論的推尋，屬「世俗諦」所攝，所以名爲「道理世俗」（「道理」即「世俗」義）。此中的「蘊」、「處」、「界」等雖是假安立的「名言概念」，但卻以「緣生法」爲對境，非如「世間世俗」般「體相全無」，所以是「有相安立」的「有體法」，較初「世間世俗」爲勝，於「三自性」中，即「依他起自性」所攝。

第三是「證得世俗」：彼「三自性」、「三無性」、「唯識理」、「四諦」等「有相安立境」，是聖者依其體證所得而施設言教以開示有情的，亦屬「世俗諦」所攝，所以名爲「證得世俗」（「證得」即「世俗」義）。彼「三自性」等是聖者體證之境，比「道理世俗」的「蘊」、「處」、「界」等理論之境爲勝，但仍是「有相安立」，於「三自性」中，「依他起自性」所攝。

第四是「勝義世俗」：以「二空所顯」的「眞如實性」爲法體；此「眞如」體即是「勝義無性」之境，有可證的眞實體，但仍賴名言概念來加表達以示人，所以雖較「證得世俗」爲勝（按「證得世俗」兼攝體用，此「勝義世俗」純就體邊爲言），仍是「有相安立諦」的「依他起自性」所攝。

至於「勝義諦」亦開成四重：

一者是「世間勝義」：體即「道理世俗」，較「世間世俗」爲勝，所以名爲「世間勝義」（「世間」之「勝義」，在「六離合釋」中，屬「依主釋」），它是較「世間世俗」爲勝的「勝義諦」。因爲同樣以「蘊」、「處」、「界」（名爲「三科」）爲法體，所以屬「有相安立」的「依他起自性」所攝。

二者、「道理勝義」：體即「證得世俗」，較「道理世俗」爲勝，所以名爲「道理勝義」（較「道理世俗」爲勝之「勝義諦」）。因爲以可以言表的「三自性」等爲法體，故屬「有相安立」的「依他起自性」所攝。

三者、「證得勝義」：體即「勝義世俗」，較「證得世俗」爲勝，故名「證得勝義」（較「證得世俗」爲勝之「勝義諦」）。因爲以可以言表的「二空眞如」爲法體，所以仍屬「有相安立」的「依他起自性」所攝。

四者、「勝義勝義」：體是「一眞法界」。「一」是絕對義，「眞」非虛妄義，「法」指「宇宙萬象」義，「界」乃「實體」義。此「一眞法界」，是離言絕慮，由「無漏無分別」的正智所觀照體證的「宇宙萬象的絕對、眞實不虛之實體」，也就是「宇宙實體」、「依他起自性」所依的「絕對實體」，即「圓成實自性」，非語言概念所行境界，遠較「勝義世俗」爲殊勝，故名「勝義勝義」（意指：較「勝義世俗」爲勝之「勝義諦」）。此「勝義勝義」的法體「一眞法界」（或名「一實眞如」）的自體，是「無相」的（「無漏無分別正智」或名「般若智」的所緣境是離一切相的，故名「無相」），非語言概念所安立施設的，所以亦名「無相非安立諦」。與第三勝義相較，彼第三勝義（即「證得勝義」）之法體是「二空眞如」，仍需以「二空」的名言，以詮顯「眞如」的法性；此第四勝義（即「勝義勝義」）之法體是「一眞法界」，心言俱絕，直指法性，所以亦名「無相非安立」的「廢詮談旨諦」。於「三自性」中，即是「圓成實自性」。

於上述的「四重二諦」中，第一世俗（名爲「世間世俗」），唯有假名，無有實體，譬如兎角，體用全無，一切實我、實法由妄情執着所生，即「偏計所執自性」，唯俗非眞，俗中之極劣者。

「世俗後三諦」與「勝義前三諦」（即「道理世俗」、「證得世俗」、「勝義世俗」、「世間勝義」、「道理勝義」及「證得勝義」），亦是俗諦，亦是眞諦，亦事亦理（「蘊」、「處」、「界」爲「事」；「四諦」、「二空」等爲理），有淺有深（「四諦」之理爲淺，「二空」之理爲深），皆是有體之法，但仍有相，仍待「名言」安立以爲詮表，非離言的「宇宙實體」，故即「依他起自性」。

至於第四勝義（名爲「勝義勝義」）是「宇宙實體」，是「依他起自性」的「所依實體」，體妙離言，不可施設，是唯眞非俗，是「勝義諦」中的最爲殊勝者，法體即是「圓成實自性」。

此「圓成實自性」即「勝義無性」，即「唯識實性」，即「四重二諦」中的「勝義勝義」，是一切諸行（即「依他起自性」）的所依，是「宇宙實體」，名曰「眞如」，與諸行依「體」、「用」關係，是「不一不異」的，是「諸法」中最爲殊勝的，所以頌文有「此諸法勝義，亦即是眞如」的說法。而《成唯識論》也說：「此（『唯識實性』，即『圓成實自性』）即是『諸法（中的）勝義』，是一切法（的）『勝義諦』故。然『勝義諦』，略有四種：

一、世間勝義，謂蘊、處、界等；

二、道理勝義，謂苦等四諦；

三、證得勝義，謂二空眞如；

四、勝義勝義，謂一眞法界。

此中『（諸法）勝義』，依最後（的一種勝義——即『勝義勝義』立）說，是最勝道（無漏無分別根本智）所行（境）義故。」⑥故知「唯識實性」，於「四重二諦」中，唯指「勝義勝義」，而非餘諦。

【註釋】

①依《藏要》所校勘梵、藏本《安慧釋》，此頌是解釋「三無性」中的「勝義無性」的。原文只有「常如其性故，即唯識實性」兩句。今譯增加前面「此諸法勝義，亦即是眞如」兩句，以明「唯識性」，未詳所據。

又「眞如」一詞，原作「如性」，今增「眞」字。

《霍譯安慧釋》，此頌作「常如此有故，彼即唯表性」。

②頌文以「常如其性故」釋「眞如」的意義，所謂「此諸法勝義，亦即是眞如，常如其性故」。《成唯識論》云：「眞謂眞實，顯非虛妄；如謂如常，表無變易。謂此眞實，於一切位常如其性，故曰眞如，即是湛然不虛妄義：」見《大正藏》卷三一、頁四八。

③見《大正藏》卷三一、頁四八。

④見《大正藏》卷四三、頁五五五。

⑤此表參考羅時憲先生的《成唯識論述記刪注》（卷一，頁一六五）及《唯識方隅》（頁一〇六）而製成。

⑥見註③。

甲三、明唯識位

【頌文】乃至未起識，求住唯識性①。
於二取隨眠，猶未能伏滅。
現前立少物②，謂是唯識性；
以有所得故，非實住唯識③。
若時於所緣，智都無所得；
爾時住唯識④，離二取相故。
無得不思議⑤，是出世間智，
捨二粗重故，便證得轉依⑥。
此即無漏界，不思議、善、常⑦、
安樂解脱身，大牟尼名法⑧。

(一) 總說：《唯識三十頌》分為甲一、〈明唯識相〉(前二十四頌)、甲二、〈明唯識性〉(第二十五頌)、甲三、〈明唯識位〉(後五頌) 三大部份。上文已交代了「明唯識相」及「明唯識性」兩部；今則闡述「明唯識位」。「唯識位」就是依「唯識理論」進行修行實踐、直至獲得究竟佛果的「修行階位」；階位有五：即「資糧位」、「加行位」、「通達位」、「修習位」及「究竟位」。下文就依此五位，分別加以闡釋。此「唯識五位」就是「瑜伽行派」的「瑜伽實踐論」的綱要，所以《霍譯安慧釋》把此部份標題爲〈第三分・瑜伽實踐〉⑨。

（二）修瑜伽行的條件及階位：在未闡述「唯識五位」前，應先瞭解何種衆生有條件透過修行實踐，悟入「唯識實性」，終究成就佛果。《成唯識論》指出需具「大乘二種性」的有情，才可以於「唯識五位」中，漸次悟入。所謂「大乘二種性」是指：

一、本性住種姓⑩：那是指具「菩薩種姓」的有情，及「不定種姓」（一、兼具菩薩種姓及聲聞種姓，二、兼具菩薩種姓及獨覺種姓，三、兼具菩薩、聲聞及獨覺種姓）的有情⑪，在他們的阿賴耶識中，無始時來，寄存着法爾所得的成佛無漏種子功能。這些功能名爲「本性住種姓」，即「本有無漏種子」。

二、習所成種姓：具有「本姓住種姓」的有情，由於聽聞正法，修習正行，熏習成有漏的「聞所成慧」及「思所成慧」種子；由熏習力故、使寄存於阿賴耶識中的「本性住種姓」（簡稱「本有無漏種子」）勢力增長（名為「熏長」），此等已熏長的「本性住種姓」，說名「習所成種姓」。

如是要具有大乘「本性住種姓」及「習所成種姓」此二種姓的有情，才有條件漸次悟入「唯識五位」。所謂「五位」是指：

㈠資糧位——由初發心至十迴向⑫，修習大乘順解脫分⑬。

㈡加行位——修習大乘順決擇分⑭，即煖、頂、忍、世第一法的「四善根」⑮。（「資糧位」及「加行位」共歷第一個「無量劫」⑯的時間）

㈢通達位——謂諸菩薩最初證入「眞如」（圓成實自性）的修行階段（亦名「見道位」）。

㈣修習位——謂諸菩薩從「見道」以迄「成佛」這一段修習階位（亦名「修道位」）。（從「見道」迄修習位的「第八地」歷第二個

「無量劫」;從「第八地」至「究竟位」歷第三個「無量劫」)

㈤究竟位——謂證得無上正等菩提的佛果（自「修習位・金剛心無間位」之後，直至盡未來際，皆「究竟位」攝）。

如是具大乘「本性住種姓」及「習所成種姓」的有情，經「唯識五位」的實踐修習歷程，至究竟位，便可證得「大涅槃」與「大菩提」的佛果，但他的無漏生命是繼續相續下去的，普渡衆生，無邊功德，盡未來際，無有竟時。

（三）釋資糧位（Sambharavastha）：「資糧位」是「唯識五位」中的第一位，其相如何？《唯識三十頌》說言：「乃至未起識，求住唯識性；於二取隨眠，猶未能伏滅。」下文將就「資糧位」的「定義」、「修行條件」、「修行內容」、「修行效果」等四種角度進行探索：

甲、資糧位的定義——《成唯識論》說：「（衆生）從發深固『大菩提心』乃至未起『順決擇識』，求住『唯識眞勝義性』，齊此皆是『資糧位』攝。」⑰那就說：凡夫有情從初發「大菩提心」起，修行實踐，直至生起「順決擇識」前，這段修行階位名爲「資糧位」。

發「大菩提心」就是指修行者信解唯識道理，發起自利而利他的大願，如《瑜伽師地論》（卷三五）所載：「願我決定當證無上正等菩提，能作有情一切義利，畢竟安處究竟涅槃，及以如來廣大智中。」⑱此時雖然未能生起「順決擇識」中「煖」、「頂」、「忍」、「世第一法」等「四加行智」⑲，但發心趣向「無上菩提」，求證「唯識眞勝義性」（眞如），即頌文所謂「乃至未起識，求住唯識性」（按：「未起識」，指未能生起「煖」等四加行智的心識，即「順決擇識」；「住」是「能觀智，住於（證）所觀境」；「唯識性」是指「唯識眞勝義性」，亦即「唯識實性」，亦即「圓成實自性」、「勝義無性」、「眞如」等），於是修集「福德」及「智慧」兩種資糧（按：「資糧」是「資益身心，以趣向菩提法身的食糧」義），所以名此段的修行階位爲「資糧位」。

乙、修行條件——修行者要進入「資糧位」必須具備兩個條件：一者、他一定是具有「大乘種姓」的有情，具大乘成佛的先天種子功能；在「五種姓」

中，他或屬「菩薩種姓」，或屬「不定種姓」中的「聲聞兼菩薩種姓」、「獨覺兼菩薩種姓」、「聲聞、獨覺兼菩薩種姓」有情。二者、他具慈悲、智慧，外逢良師、益友，得聞正法，思流轉生死的可厭，愍含識有情之多艱，於是「爲有情故，勤求解脫」，發心修行，才得進入「資糧位」。

丙、修行內容——修行者於發「大菩提心」後，歷「十住」、「十行」、「十迴向」三階段。修行的內容是「六度」，即是「布施」、「持戒」、「忍辱」、「精進」、「禪定」、「般若」等「六波羅蜜多」（Paramita）。如是修學六度，雖未達到殊勝境界，但心堅住，無所動轉，故名「十住」。及漸趣殊勝，於佛敎授，都能如敎修行，說名「十行」。及所修六度、四攝⑳等行，與一切有情平等共有，不作他求，全都迴向「無上正等菩提」，說名「十迴向」。如是所需「十住」、「十行」、「十迴向」俱得圓滿，則可以超越「資糧位」而進於第二「加行位」。

丁、修行效果——此位的修行者，依「因力」、「善友力」、「作意力」及「資糧力」等四種殊勝力量，使自己對「唯識義理」深生信解，這是本位所得的修行效果，所以本位亦名「勝解行地」。所謂「四種勝力」是指：

一者、「因力」：此指修行者無始時來，依附寄存於第八阿賴耶中法爾本具的「大乘成佛種子功能」，名爲「本性住種姓」；亦指由「多聞熏習、如理作意」後天熏習所得的「習所成種姓」。簡別二乘種姓及無種姓。

二者、「善友力」：此指逢事無量諸佛。簡別惡友諸違緣。

三者、「作意力」：此指遇惡友等違緣時，能依「決定勝解」而起作意，不爲傾動破壞自己的修行。此猶藉「作意力」以除去違緣，未能任運自然，故簡別「任運心」。

四者、「資糧力」：此指已能積集諸善根福德及智慧的資糧，而簡別下劣資糧。

由此「四種勝力」，對「唯識道理」，能深信解；但由於多住散心修行，禪定功夫猶未到家，於是上觀力微，只能暫伏「粗分別」的「二障現行」（按：由信仰邪教所引起的「煩惱障」及「所知障」的分別現行）。但是對於因邪思惟所引起的「細分別」之「二障現行」，則還不能加以暫伏；至於「二障種子」，不論是後天「粗分別」的，或「細分別」的，或先天「俱生」的，自然也沒有能力加以銷毀。因此頌文說言：「於二取隨眠，猶未能伏滅。」

所謂「二取隨眠」，即是「煩惱障種子」及「所知障種子」[21]。何則？「二取」是「執有實能取」（此是「煩惱障」）及「執有實所取」（此是「所知障」）；此「二取」的執著現行時，熏成種子攝藏於第八阿賴耶識之中，名爲「二取習氣」，亦名「二取隨眠」——彼「二取」新熏種子，隨逐有情，眠伏在第八阿賴耶識（即「藏識」）中，故「二取習氣」亦名「二取隨眠」。

由於此位的修行者，多處散心，止觀的力量微劣，既不能把「俱生」的及「細分別」的二障現行暫伏，更不能把「煩惱障種子」及「所知障種子」予以永久銷滅，使永不現行，所以《唯識三十頌》有「於二取隨眠，猶未能伏滅」之說。

（四）釋加行位（Praycgarastha）：「加行位」是「唯識五位」中的第二位。修行者於前「資糧位」中，修行「十住」、「十行」、「十迴向」圓滿時（亦即「順解脫分」圓滿時），便轉入「加行位」。《唯識三十頌》記述本位的情況言：「現前立少物，謂是唯識性，以有所得故，非實住唯識。」以下將分「定義」、「內容」、「效果」三門加以闡述：

甲、加行位的定義——修行者在「資糧位」的無數劫中，貯藏相當的「福德資糧」及「智慧資糧」，「順解脫分」的善根已得滿足，爲了進入「見道」，住於（證得）「唯識實性」，所以於止觀中，特別加功修行「煖」、「頂」、「忍」、「世第一法」等四位的觀法（此四總名「順決擇分」），以期伏除「二取隨眠」。就其爲「見道」、證「唯識實性」作準備，於止觀等法加功修行言，所以名此修行階段爲「加行位」。

乙、修行內容——本位的修行內容主要分「止」（Samatha）和「觀」（Vipasyana）兩大部份。「止」在止息其心，心住一境；此位的「止」，在第四靜慮（即「第四禪」），別開爲「明得定」、「明增定」、「印順定」、「無間定」等四種靜慮。此位所修的「觀」，能增長無漏智慧。「觀」亦有四類，即「下品尋思」、「上品尋思」、「下品如實智」、「上品如實智」（總名爲「四尋思」及「四如實智」㉒）。如是「止」與「觀」配合，可有「煖」

、「頂」、「忍」、「世第一法」四位，今表列如下：

	四位	所依定	能觀智		觀相
加行位	煖位	明得定	下品尋思		觀所取空
	頂位	明增定	上品尋思		
	忍位	印順定	下品如實智	下忍	印所取空
				中忍	觀能取空
				上忍	印能取空
	世第一法位	無間定	上品如實智		雙印二取空

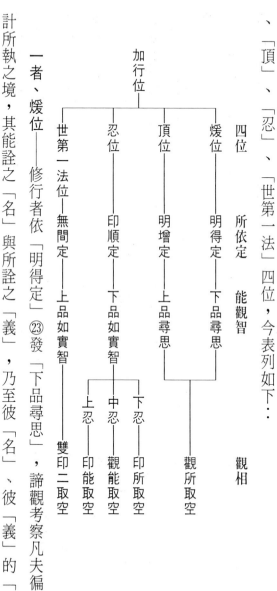

一者、煖位——修行者依「明得定」㉓發「下品尋思」，諦觀考察凡夫徧計所執之境，其能詮之「名」與所詮之「義」，乃至彼「名」、彼「義」的「自性」與「差別」，此所取境，皆自心所變，唯依心、心所法之所現起，體用都無，唯假施設有，故實不可得，說之爲空。此位的修行者初獲「無漏智」的「前行相狀」，猶如鑽木取火，尚未得火，先有煖氣。「煖」便成爲「火」的

「前行相狀」，因名此階段的「觀所取空」的加行爲「煖位」。

二者、頂位——修行者進於此位，依「明增定」㉔，發「上品尋思」，重觀「所取境空」（即「所取境」的「名」、「義」、「自性」、「差別」）皆自心變，假施設有，實不可得。由此有漏尋思，已登極位，故名爲「頂位」。譬如鑽木取火，雖未有火，而熱氣上騰，距生「無漏智火」所去不遠。

三者、忍位——修行者進於此位，依「印順定」㉕，發「下品如實智」，先於「所取境空」，決定印持，說名「下忍」（按：「忍」是「印忍」義、「決定無疑」義）。次於「能取（之）識（亦）空」的眞理，亦順樂忍可，說名「中忍」。復次，於「能取空」，不僅忍可，進而再加印持，說名「上忍」。如是於此位，運用「下品如實習」，能先後印持忍可「所取之境」與「能取之識」，其體皆空，所以名此位爲「忍位」，譬如鑽木取火，雖未生火，但煙已發出。

四者、世第一法位——修行者進於此位，依「無間定」㉖，發「上品如實智」，同時雙印「所取境空」及「能取識空」。前「忍位」中的「上忍」觀智，只能印持「能取識空」，今能「雙印（所取、能取）二空」，雖彼觀智仍屬有漏，但在凡夫的世間法中，最爲殊勝，最爲第一，所以名此修行階位爲「世第一法」；猶於鑽木取火，雖未有燄火流出（「燄火」以喻「初見道」時，冥證「眞如實性」的「無漏智」），但由此無間，必有猛燄發生。

如是初於「煖位」，依「明得定」，發「下品尋思」，觀「所取空」；次於「頂位」，依「明增定」，發「上品尋思」，重觀「所取空」；復次於「忍位」，依「印順定」，發「下品如實智」先印持「所取空」，中順觀「能取空」，後印持「能取空」；最後於「世第一法位」中，依「無間定」，發「上品如實智」，雙印「二取空」。由此可以無間地進入「見道位」。這便是「見道」前，在「加行位」中，加功修行止、觀的全部內容㉗。

丙、修行效果——在「加行位」中，修行者能夠觀察、印持一切固定實有的「所取」是不存在的，一切不變實在的「能取」亦不存在，甚至可以雙印實在的「所取」、「能取」俱不存在，達至「雙印二取空」的境界；但此位的觀智仍未能冥證「眞如實體」（亦名「唯識實性」），（只能在觀心之上，浮現

「眞如之相」）（因本位的「四尋思」及「四如實智」都是「帶相觀」，而非「無相觀」）以爲此「相」便是「唯識實性」（即「眞如」），所以頌文說「現前立少物（眞如之相），謂是唯識（實）性」，由於還須安立「眞如之相」，所以帶相的觀智，猶需以「眞如之相」爲所憑依，是「有所得」的觀智，以「有所得」故，以「相」爲憑依故，還不能冥證「無相」的「眞如實體」（即「唯識實性」），因此《唯識三十頌》說言：「以有所得故，非實住（冥證）唯識（實性）」。由此仍屬「勝解行地」攝。

又此位的修行者，透過上述的止、觀實踐，能夠把由後天「分別起」的「煩惱障」及「所知障」彼二障的現行，無論是「粗分別」的、或「細分別」的，都已全部伏除，使由邪教分別而起及由邪思惟分別而起的「分別二障」悉不現行；但由先天引起的「俱生二障」的現行仍不能全部降伏；至於「分別二障」及「俱生二障」的種子功能（「二取隨眠」），自然也還沒有銷毀。

又此位的修行者，雖已空除「所取執相」及「能取執相」，但「依他之相」仍然存在。因爲一切「有漏善」、「無記」、「不善」等心、心所活動，皆有「分別相分」，此「相」能束縛「見分」，不得自在，名爲「相縛」；今此位的觀智既未離相，故「相縛」仍未遣除。又「煩惱習氣」（即「煩惱障種子」，亦名「煩惱障隨眠」）攝藏於阿賴耶識中，會產生增上作用，使身心不安穩、無堪任、不自在，所以名爲「粗重縛」；此位的修行者，於「所知障」及「煩惱障」的「二取隨眠」還沒有銷毀斷除，所以彼「粗重縛」亦未能斷㉘。

（五）釋通達位（Prativedhavastha）：此修行階位亦名「見道位」。修行者超越「加行位」中的「世第一法」後，便進入「通達位」這個修行的第三階位。《唯識三十頌》描述「通達位」的情況言：「若時於所緣，智都無所得；爾時住唯識，離二取相故。」下文將分「定義」、「歷程」及「效果」三門加以闡述：

甲、通達位的定義——《成唯識論》釋「通達位」或「見道位」的名稱說：「加行無間，此智生時，體會眞如，名『通達位』；初照理故，亦名『見道』。」㉙那就是說：修行者在「加行位」的「世第一法」修行圓滿時，無漏無分別智體無間地初次現行，現量體證「唯識實性」之「眞如實體」，名爲「通達」；「通達」即「體會」的意思。由此而名此修行階段爲「通達位」。又在此位，修行者能初次見照「四聖諦」之眞理，亦名「見道」，「道」是「眞理」義，故此位亦名「見道位」。

乙、見道的歷程——前「加行位」的觀智活動是以「眞如之相」爲所緣境，但到了「見道位」，則以「唯識實性」（即「眞如實體」）爲冥證的所緣境；彼「唯識實性」（即「眞如」），其體微妙，離一切種種戲論相，離一切名言分別相，是「無漏無分別正智」的所緣境界。所以頌文說「若時於所緣，智都無所得」；「無所得」指「無漏無分別正智」是「不取相」的（「無所得」是「無任何相狀可得」義）。

此時「正智」緣「眞如」而無所得的時候，只是「無漏無分別正智」住於（冥證）「眞如實體」（即「唯識實性」），遠離一切「能取執相」，亦遠離一切「所取執相」，「智」與「眞如」一切平等平等，所以頌言：「爾時住（冥證）唯識（實性）（亦即「眞如」）），離二取相故」。

此能緣的「無漏無分別正智」其實是無漏意識的生起

，有沒有「見分」和「相分」的呢？《成唯識論》說有三種主張：其一主張「見、相俱無」，其二主張「見、相俱有」；其三主張「見有相無」。此中「見有相無」（「見分有」、「相分無」）爲正義。何則？「正智」冥證「眞如」是「無所得」的，不取「相」的；既不取相，故無「相分」，但心識起，不能沒有能緣「見分」；所以「見分」是有；「見分」生時，挾帶「眞如」「無相之相」而緣之。所以《成唯識論》說：「雖無『相分』，而可說此（『見分』）帶（眞）如（無相之）相（生）起，不離（眞）故，如『自證分』緣『見分』時，不變而緣，此（『見分』緣『眞如』）亦應爾（如此）。」㉚

此「通達位」的過程，細分可有「眞見道」及「相見道」兩個歷程，現分述如下：

前、眞見道（Tattvadarsanamarga）：頌文所說「若時於所緣，智都無所得：爾時住唯識，離二取相故」，便是對「眞見道」情況的描述。「眞見道」時的能緣智是無漏的無分別「根本智」，所緣的境是「眞實的」、「離虛妄的」、「常如其性的」、「二空所顯的」「眞如實體」（即「唯識實性」），以其「眞」而「非妄」，所以名此歷程爲「眞見道」。

如是「根本智」冥證「眞如」之時，是先要斷除「煩惱障」及「所智障」的「分別隨眠」（種子）的，亦要暫伏彼「俱生種子」，使不現行，然後才能「無尋思分別」地、「離名言概念」地、「無諸相可得」地迫附於「眞如」自體，平等平等如實而冥證之。如是有兩步驟：

其一、無間道：斷分別所起的「煩惱障」及「所知障」種子。暫伏俱生存在的「煩惱障」及「所知障」種子，使不現行。此活動是從「加行位」無間而生，所以名「無間道」。

其二、解脫道：由斷「分別二障」的種子及現行，伏「俱生二障」的種子，令不現行，離一切「相縛」及粗分別二障的「粗重縛」，而立即冥體「二空所顯」的「眞如實體」，獲得眞正的自在，故名爲「解脫道」。

彼「無間道」及「解脫道」雖是兩種活動，但連接出現；又每一「道」起時，雖歷多刹那事方究竟，但前後相等似相續，總說「一心」。所以「眞見道」名爲「一心見道」。

後、相見道（Laksanadarsanamarga）：「眞見道」完畢後，無分別的「根本智」沈沒；代之而起的是有概念的「後得智」。「後得智」是有分別的，有名言概念的，有相可得的。此智起時，由與其俱起的「念」心所之助力，足以現似前「眞見道」的情況，並建構名言概念以顯示之，以作將來悟他之用。所以此「相見道」，並非冥證「眞如」，只是效法（模仿）「眞見道」中的「人我空」及「法我空」的「根本智」之「見分」活動，效法它如何斷伏「煩惱障」和「所知障」，而得「無間道」及「解脫道」，證入「眞如實性」；以有「相分」與「見分」俱起，以仿效「眞見道」的行相，故名爲「相見道」。此「相見道」再分「三心見道」及「十六心見道」兩個階段：

其一、「三心相見道」——此是「相見道」的前一階段活動。由有分別的無漏「後得智」效法（模仿）「根本智」冥證「眞如」時的情狀，而變起「相分」以次第把它顯示出來；以「眞如」是「非安立」施設的，故名爲「觀非安立諦」。步驟有三：**一者、內遣有情假**；彼「內遣有情假」的「能緣智」，能把「輭品（初起智所斷的）分別隨眠」（即「分別而起的人我執的煩惱障種子」）予以銷毀。二者、內遣諸法假：彼「內遣諸法假」的「能緣智」，能把「中品分別隨眠」（即「分別而起的法我執的所知障種子」）予以銷毀。三者、徧遣一切有情諸法假；彼「能徧遣一切有情諸法假」的「能緣智」，能把「一切分別隨眠」（即「一切分別而起的『煩惱障』及『所知障』種子」）予以徹底銷毀。如是三個「相見道行相」可以與「無間道」、「解脫道」相配合如下：

(1)無間道——起「遣有情假」的能緣智
(2)無間道——起「遣諸法假」的能緣智
(3)解脫道——起「徧遣一切有情諸法假」的能緣智
——三心

如是透過「遣有情假」、「遣諸法假」及「徧遣一切有情諸法假」的三種「能緣智」的活動，修行者便能冥證「眞如實體」，所以說名「三心相見道」㉛。

其二、「十六心相見道」——此是「相見道」的後一階段的活動，緊接「三心相見道」而來，由有分別的無漏「後得智」，緣所觀的「四諦境」及「能觀四諦境之智」，變起相分，建立名言，次第加以分別，以便說法利生。爲方便閱讀，先列出有關名相的定義，後列出「八心觀眞如」、「八心觀正智」的表解如下：

①苦法智忍——解脫苦諦的經教名爲「苦法」。「智」是前加行道緣「苦法」的智慧，「忍」是忍印前「苦法智」的無漏慧。依「苦諦教法」起觀，能斷除由見道時苦諦所應斷的各種分別煩惱種子，斷一分煩惱即證一分解脫，名「苦諦眞如」。如是效法「眞見道」中「無間道」觀「苦諦眞如」的「見分」活動㉜，名爲「苦法智忍」的「相見道」活動。

②苦法智——能緣「苦諦眞如」的無漏智慧，名爲「苦法智」。如是效法「眞見道」中「解脫道」觀「苦諦眞如」而證解脫的「見分」活動，名「苦法智」的「相見道」活動㉝。

③苦類智忍——緣前「苦法智忍」的無漏慧，名爲「苦類智忍」。如是效法「眞見道」中「無間道」觀「苦諦眞如」的「自證分」活動（「自證分」唯緣「觀苦諦眞如的見分」，即以「能緣智」爲對境，非以「眞如」爲對境），名爲「苦類智忍

」的「相見道」活動㉞。「類」是「同類」義，此能觀「見分」的「自證分」，望彼「見分」爲同類故，即「苦類智忍」是「苦法智忍」的同類；「苦類智」是「苦法智」的同類。

④苦類智——緣前「苦法智」的無漏智慧，名「苦類智」。如是效法「眞見道」中「解脫道」觀「苦諦眞如」而證解脫的「自證分」活動（「自證分」以「能緣見分」爲對境），名爲「苦類智」的「相見道」活動。

⑤集法智忍——效法「眞見道」中「無間道」觀「集諦眞如」與破惑的「見分」活動。

⑥集法忍——效法「眞見道」中「解脫道」觀「集諦眞如」而證解脫的「見分」活動。

⑦集類智忍——效法「眞見道」中「無間道」觀「集諦眞如」的「自證分」活動。

⑧**集類智**——效法「眞見道」中「解脫道」觀「集諦眞如」的「自證分」活動。

⑨**滅法智忍**——效法「眞見道」中「無間道」觀「滅諦眞如」及破惑的「見分」活動。

⑩**滅法智**——效法「眞見道」中「解脫道」觀「滅諦眞如」而證解脫的「見分」活動。

⑪**滅類智忍**——效法「眞見道」中「無間道」觀「滅諦眞如」的「自證分」活動。

⑫**滅類智**——效法「眞見道」中「解脫道」觀「滅諦眞如」的「自證分」活動。

⑬**道法智忍**——效法「眞見道」中「無間道」觀「道諦眞如」及破惑的「見分」活動。

⑭**道法智**——效法「眞見道」中「解脫道」觀「道諦眞如」而證解脫的「見分」活動。

⑮道類智忍——效法「眞見道」中「無間道」觀「道諦眞如」的「自證分」活動。

⑯道類智——效法「眞見道」中「解脫道」觀「道諦眞如」的「自證分」活動。

八心觀眞如
- 苦
  - 苦法智忍
  - 苦法智
- 集
  - 集法智忍
  - 集法智
- 滅
  - 滅法智忍
  - 滅法智
- 道
  - 道法智忍
  - 道法智

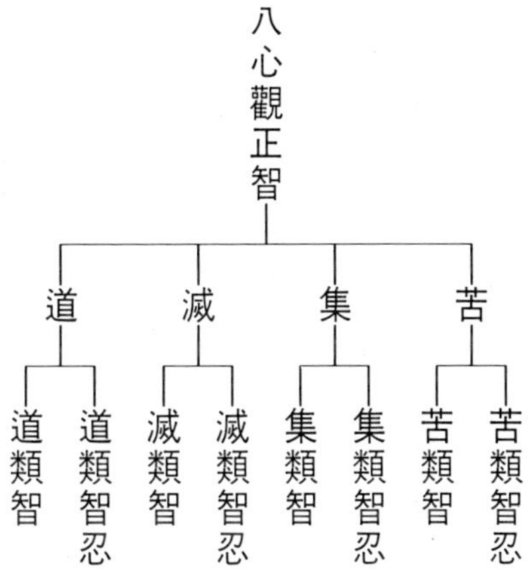

如是「十六心相見道」，施設名言，效法「眞見道」中的「見分」及「自證分」的「行相」，以有安立故，名爲「緣安立諦十六心相見道」。在此「十六心」中，觀「苦」、「集」、「滅」、「道」等四諦的活動各有四心，其情況可略述如下：

一者、觀「苦諦」有四心。其一，以「苦法智忍」效法「眞見道・無間道」的「見分」活動，即依「苦諦教法」起觀，斷「見（道時）苦（諦）所（應）斷（的）二十八種分別隨眠（種子）」，初步證入「苦諦眞如」。其二，以「苦法智」效法「眞見道・無間道」的「見分」活動，即重證「苦諦眞如」而得解脫。其三、以「苦類智忍」效法「眞見道・解脫道」的「自證分」活動，即重證「見分」的斷惑障及觀照「苦諦眞如」的情況。其四，以「苦類智」效法「眞見道・解脫道」的「自證分」活動，即重證「見分」之證「苦諦眞如」而得解脫的情況。如是「二心觀眞如、二心觀正智」的活動，名爲「觀苦諦四心」。

二者、觀「集諦」亦有四心。其一，以「集法智忍」效法「眞見道・無間道」的「見分」活動，即依「集諦教法」起觀，斷「見（道時）集（諦）所（應）斷（的）二十八種分別隨眠（種子）」，證入「集諦眞如」。其二，以「集法智」效法「眞見道・解脫道」的「見分」活動，即重證「集諦眞如」而得解脫。其三，以「集類智忍」效法「眞見道・無間道」的「自證分」活動，即重證「見分」的斷惑障及觀照「集諦眞如」的情況。其四，以「集類智」效法「眞見道・解脫道」的「自證分」活動，即重證「見分」之證「集諦眞如」而得解脫的情況。如是「二心觀眞如、二心觀正智」的活動，名爲「觀集諦四心」。

三者、觀「滅諦」亦有四心。其一，以「滅法智忍」效法「眞見道・無間道」的「見分」活動，即依「滅諦教法」起觀，斷「見滅所（應）斷二十八種分別隨眠」，證入「滅諦眞如」。其二，以「滅法智」效法「眞見道・解脫道」的「見分」活動，即重證「滅諦眞如」而得解脫。其三，以「滅類智忍」效法「眞見道・無間道」的「自證分」活動，即重證「見分」的斷惑障及觀照「滅諦眞如」的情況。其四，以「滅類智」效法「眞見道・解脫道」的「自證分」活動，即重證「見分」之證「滅諦眞如」而得解脫的情況。如是「二心觀眞如、二心觀正智」的活動，名爲「觀滅諦四心」。

四者、觀「道諦」亦有四心。其一、以「道法智忍」效法「眞見道・無間道」的「見分」活動，即依「道諦教法」起觀，斷「見道所（應）斷二十八種分別隨眠」，證入「道諦眞如」。其二，以「道法智」效法「眞見道・解脫道」的「見分」活動，即重證「道諦眞如」而得解脫。其三，以「道類智忍」效法「眞見道・無間道」的「自證分」活動，即重證「見分」的斷惑障及觀照「道諦眞如」的情況。其四，以「滅類智」效法「眞見道・解脫道」的「自證分」活動，即重證「見分」之證「道諦眞如」而得解脫的情況。如是「二心觀眞如、二心觀正智」的活動，名爲「觀道諦四心」。

合「苦」、「集」、「滅」、「道」等四諦的各別四心活動，便構成了「十六心相見道」的整個歷程。再總合「三心相見道」及「十六心相見道」的活動，便構成了「見道位」（即「通達位」）中的「相見道」的整個歷程。如是結合「眞見道」及「相見道」，便完成了修行者「見道位」（即「通達位」）的整個修行階段。

丙、修行效果——修行者在「通達位」的最大成就是無始時來的第一次冥證「眞如實體」，即證得「唯識實性」，由凡夫位而進於「聖者」位，登上「十地」中的「初位」。在「通達位」前，雖嘗發「大菩提心」，由於尚未「見道」，只名「地前菩薩」；今已證「眞如」、入「聖者」行例，則成爲「地上菩薩」，此是本位的第一效果。

復次，修行者於「無間道」，徹底斷除一切「分別所起的二障隨眠」（即斷「分別所起的煩惱障及所知障種子」），使「分別二障」永不能現行。而且在「見道」時，彼先天無始時來的「俱生二障」，亦由「根本智」所伏，不得現行，障「見道」故。不過彼「俱生二障」的種子功能，雖被暫伏，不能現行，但仍未加以銷毀，所以「見道」後出定時，彼「俱生二障」仍得現行，有待「修道位」中，漸次伏斷。

《成唯識論》把修行者在「通達位」所得功德，總結來說：「菩薩得此（眞見道及相見道）二（種）見道時，生如來家，住極喜地，善達法界，得（一切有情、菩薩、如來）諸平等；常生諸佛大集合中，於多百門，已得自在，自知不久證大菩提，能盡未來利樂一切。」[35]

（六）釋修習位（Bhavanamarga）：修行者住「通達位」，其實已經進入「修習位」；「修習位」是修瑜伽行的第四階段。《唯識三十頌》描述本位的情況說：「無得不思議，是出世間智；捨二粗重故，便證得轉依。」茲依「定義」、「內容」、「效果」三門分述如下：

甲、修習位的定義——修行者從住「通達位」見道開始，直至成佛前的金剛無間心止，此極長的修行階段，總名爲「修習位」，亦名爲「修道位」。何則？修行者在前「見道」時，雖已斷除「分別二障種子」，證得「唯識實性」（眞如），但其餘的「俱生二障現行」，於「見道」後，還會生起，而彼「俱生二障種子」更未斷除。故於此「修習位」中，爲了斷除「俱生二障種子」及其「習氣」（此指「二障所產生的影響」，不取「新熏種子」義），同時爲了證得「大菩提」及「大涅槃」兩種「轉依」，於是數數修習無漏「無分別智」，所以這修行階段，名爲「修習位」。

頌文「無得不思議，是出世間智」二句，指出本位所修習的智慧是「出世間智」；「出世間智」就是無漏的「無分別智」，此智能斷世間的「二取隨眠」（即「煩惱障」及「所知障」的種子，亦總名「二障種子」），所以名「出世間智」。此智具有「無得（及）不思議」兩種特點。此「無分別出世間智」遠離「遍計所執」的「所取」、「能取」的惑障，而沒有「取相」可得，說名「無得」（此是「無取相可得」義）；又此「無分別出世間智」妙用難測，說名「不思議」。

又由於數數修習「無分別出世間智」，經歷「十地」，修「十波羅蜜多」，斷「十重障」，證「十眞如」，斷捨「二粗重」（按：「煩惱障」與「所知障」的種子及彼二障影響的「習氣」，總名爲「二粗重」，性無堪任故；令彼「二粗重」永滅，說名爲「捨」）；由捨「二粗重」故，最終可以在「究竟位」中，證得「大菩提」及「大涅槃」兩種「轉依」，所以頌言「捨二粗重故，便證得轉依」——這便是正顯本位的最終果德。

乙、修行內容——《成唯識論》說：「如是菩薩，於十地中，勇猛修行十種勝行、斷十重障、證十眞如，於二轉依便能證得。」㊱在「修習位」中，修行需歷十個階位（名爲「十地」㊲），修行、斷障、證眞如，最終（於「究竟位」中）證得「大涅槃」及「大菩提」。今把修行內容表解如下：

十地名稱	所修勝行	所斷十障	所證十眞如
一、極喜地	布施	異生性障	徧行眞如
二、離垢地	持戒	邪行障	最勝眞如
三、發光地	忍辱	闇鈍障	勝流眞如
四、燄慧地	精進	微細煩惱現行障	無攝受眞如
五、極難勝地	靜慮	於下乘般涅槃障	類無別眞如
六、現前地	般若	粗相現行障	無染淨眞如
七、遠行地	方便善巧	細相現行障	法無別眞如
八、不動地	願	無相中作加行障	不增減眞如
九、善慧地	力	利他中不欲行障	智自在所依眞如
十、法雲地	智	於諸法中未得自在障	業自在等依眞如

今依上表排列的順序，把每一地所修的勝行、所斷的障礙、所證的眞如，簡述如下：

第一、極喜地（Pramudita bhumi）——修行者住初地（名「極喜地」）

，修一切「六度」、「四攝」等善法；其中以修「十種波羅蜜多」中的「布施波羅蜜多」最爲圓滿。「布施」包括「財施」（以財物資助他身）、「無畏施」（以精神資益他心）及「法施」（以一切教法資益他人的善根）。由於此地的修行者，能斷除「異生性障」（此謂彼能斷除分別所生的「煩惱障」及「所知障」種子，名斷「異生性障」；凡夫不能斷彼「分別二障種子」，便是異生凡夫，今彼於「見道・無間道」中，斷彼「分別二障種子」便成「聖者」）。此「異生性障」包括「執着我法愚」及「惡趣雜染愚」㊳，以及彼「二愚」所引起身心「無堪任性」的「粗重」；由此能伏「人我執」及「法我執」，亦不會造諸雜染行爲而得「惡趣業果」。

由斷「異生性障」故，證入「偏行眞如」，此「眞如」非離「唯識實性」的「眞如」而別有體，只不過彼內破「人我執」及「法我執」之「二空所顯」、無有法而不以彼爲所依體，故名「偏行眞如」。如是修行者初證眞如，登聖者之位，俱證二空，能益自他，生大歡喜，所以名此階位爲「極喜地」。

第二、離垢地（Vimala bhumi）——於此位中，修行「持戒波羅蜜多」最爲圓滿（亦修「十善」）。「戒」有三種：謂「律儀戒」（遵守別解脫戒條，任持善法）、「攝善法戒」（任持成佛善法，作菩提之因）及「饒益有情戒」（資益一切有情，任持大悲）。修行者入此位時，能斷除「邪行障」（彼是「俱生所知障」中的一分，及由彼障所引起的誤犯戒律的「三業」行爲）。彼障包括「微細誤犯愚」與「種種業趣愚」及彼「二愚」所引致身心「無堪任性」的「粗重」。由彼「二愚」及彼「粗重」，能障第二地的圓滿淨戒，故必須斷除。由此而證入「最勝眞如」；謂此「眞如」具無邊功德莊嚴，於一切法最爲殊勝，故名「最勝眞如」。由於修行者於此地的戒行最爲清淨，遠離能起「微細毀犯煩惱垢」，名此修行階位爲「離垢地」。

第三、發光地（Prabhakari bhumi）——修行者於此地中，修行「忍波羅蜜多」最爲圓滿（亦修殊勝的禪定）；此中包括「耐怨害忍」（忍受別人對己的怨害）、「安受苦忍」（能安受諸苦）及「諦察法忍」（能耐心研習佛法）。入此位時，修行者須斷除「闇鈍障」（彼障是「俱生所知障」的一分，能令所聞之法有所忘失，所思之法有所忘失，所修之法有所忘失；彼障能障「發光地」的勝定、陀羅尼（總持一切教法）及所發「聞」、「思」、「修」的「三慧」，故入地時便須永斷）。彼「闇鈍障」包括「欲貪愚」、「圓滿聞持陀羅尼（總持）愚」及彼「二愚」所引致的「粗重」。由斷彼「闇鈍障」故，得以證入「勝流眞如」；以此「眞如」所流出的教法，與其餘教法相比，極爲殊勝，故名「勝流眞如」。又修行者於此地成就「勝定大法總持」（於勝定中，能總持掌握一切殊勝教法，不使忘失，說名「陀羅尼」），能發無邊的妙慧光，所以名此修行階位爲「發光地」。

第四、焰慧地（Arcismati bhumi）——修行者於此地修行「精進波羅蜜多」最爲圓滿（亦善修「三十七道品」，精通三乘教法）。此中包括「被甲精進」（發勇猛、自利利他的大誓願）、「攝善精進」（攝諸善法，精進修行）及「利樂精進」（利樂一切有情，心不疲倦）。於入地時，能斷「微細煩惱現行障」（彼是「俱生所知障」中的一分，是第六意識所執下品微弱的迷執「身見」等）。彼包括「等至愛愚」（「等至」是「定」義；與「愛着禪定」俱的愚癡，名「等至愛愚」）及「法愛愚」（與「愛着教法」俱的愚癡），以及彼「

二障」所引致的「粗重」。由斷彼「微細煩惱現行障」，證得「無攝受眞如」；謂彼「眞如」無所繫屬，不再爲「我執」等所依取，故名「無攝受眞如」。修行者於此地中，精勤修習最殊勝的「三十七菩提分法」㊴，銷毀煩惱柴薪，使慧焰增盛，所以名此修行階位爲「焰慧地」。

第五、極難勝地（Sudurjaya bhumi）——修行者於此地中，修習「靜慮波羅蜜多」最爲圓滿，此中包括「安住靜慮」（安住法樂、無所厭倦的禪定）、「引發靜慮」（能引發「六種神通」㊵的禪定）及「辦事靜慮」（能辦利樂有情諸事的禪定）。修行者於入地時，能斷「於下乘般涅槃障」（此障是「俱生所知障」中的一分，令厭生死，樂趣涅槃）；此障包括「純作意背生死愚」（一向作意厭離生死的愚癡）及「純作意向涅槃愚」（一向作意樂涅槃的愚癡），以及由此「二障」所引致的「粗重」。由斷「於下乘般涅槃障」故，能證入「類無別眞如」；謂此「眞如」非如眼等有異類分別，故稱「類無別眞如」。

又修行者於此地中，由於不斷修證般若智的緣故，可以於一念之間，「無分別智」（觀空）與「有分別智」（觀有）同時生起，使行相本來相違的眞（無分別智）俗（有分別智）並起相應，極爲難得而殊勝，所以名此修行階位爲「極難勝地」。

第六、現前地（Abhimukhi bhumi）——修行者於此地中，修習「般若波羅蜜多」最爲圓滿（此指「般若智」中的「根本智」最爲圓滿，而非指「後得智」最爲圓滿，於後地修行，漸始圓滿故）。此中包括「三種般若」，謂「生空無分別慧」、「法空無分別慧」，及「（生、法）俱空無分別慧」。於進入第六地時，修行者能斷「粗相現行障」，此障是「俱生所知障」中的一分，執有染淨流轉還滅的粗相；包括「現觀察行流轉愚」（執有苦集染的「粗相流轉」）及「相多現行愚」（執有滅道淨的「粗相還滅」，故「後得智有相觀的現行者多」，而「根本智無相觀的現行者少」，所以說名「相多現行愚」）；除斷二愚外，亦斷二愚所引致的「粗重」。由斷此「粗相現行障」故，能證入「無染淨眞如」，以彼「眞如」本性「無染」，亦不可說斷染後方得「淨」故。修行者於此位中，觀「十二緣起」，住「緣起智」無染淨故，引發最殊勝的無分別般若勝智（此指「根本智」），令其現前，所以名此地爲「現前地」。

第七、遠行地（Duramgama bhumi）——修行者於此地，修行「般若後得智」中的「方便善巧」（波羅蜜多）而得圓滿；此「方便善巧」可有二種：一是「迴向方便善巧」（按：以前修行「六波羅蜜多」所集善根，能共諸有情，迴向求證無上正等菩提，所以此「迴向」即是「般若」）；一是「拔濟方便善巧」（按：成熟有情、拔濟有情，即是「大悲」。）又於進入第七地時，修行者能斷「細相現行障」；此障是「俱生所知障」的一分，執有生滅（流轉及還滅）的細相現行；此中包括「細相現行愚」（按：執有「生者」，即仍執有流轉生死微細之相）；以及「純作意求無相之愚」（按：執有「滅者」，即仍執有「還滅」微細之相），而唯純勤求「無相」作意，而未能於「無相空理」之中，起殊勝的觀行，故名「純作意求無相之愚」。除斷彼「二愚」外，亦兼斷由此「二愚」所引致的「粗重」。

又由於斷此「細相現行障」故，證得「法無別眞如」，謂依此「眞如」雖可安立種種衆多的教法，而其所依之體實無異別。修行者在本位，於「無相觀」（冥眞俗二諦，合根本後得二智），雖不爲一切相所能動搖，然猶須有少許「功用」（加功）然後可以現行，名爲「至無相住功用後邊」，但此已遠超世間及二乘道，故名此修行階位爲「遠行地」。

第八、不動地（Acala bhumi）——修行者在此位中，修習「般若後得智」的「二種願」（願波羅蜜多）：一是「求菩提願」，二是「利樂他願」，於此「二種願」而得圓滿。於進入本地之前，修行者能斷「無相中作加行障」；此是「俱生所知障」的一分，令「無相觀」不能任運（自然）生起（按：前之五地，「有相觀」多，「無相觀」少；於第六地，「有相觀」少，「無相觀」多；第七地中，「純無相觀」雖恆相續，而需有加行）。由「無相觀」有加行故，未能任運顯現「相自在」㊶及「土自在」㊷；如是那種「無相中作加行障」能障礙第八地的「無功用道」（智）的生起，因此在得入第八地時，便須永斷彼障，得「相自在」及「土自在」。彼障包括：「於無相作功用愚」及「於相自在愚」（彼令於「相」及「土」俱不自在），以及彼「二愚」所引致的「粗重」。

由斷彼障及「粗重」故，八地以上的修行活動，便純無漏，任運生起，欲界、色界及無色界等「三有」煩惱永不現行，證得「不增減眞如」；謂此「眞如」離增減執，不隨淨染有增減故，即此亦名「相土自在所依眞如」，以證得此「眞如」後，現相現土，俱自在故。由修行者於此位中，彼「無分別智」不須加行，任運相續，彼一切相用煩惱（以不再生起故）不能予以動搖，所以名此修行階位爲「不動地」。

第九、善慧地（Sadhumati bhumi）——修行者在此位中，修習「般若後得智」中的「二種力」（力波羅蜜多），即「思擇力」及「修習力」，而得圓滿；由此「二種力」，令前所修的「六波羅蜜多」，能夠無間現行。於進入此地之時，能斷「利他中不欲行障」；此障是「俱生所知障」的一分，令於利樂有情事中，不欲勤行，而樂修己利，彼障第九地「四無礙解」㊸的修得，所以入地時必須予以永斷；此障包括「於無量所說法、無量名句字（文）、後後慧辯陀羅尼自在愚」、「辯才自在愚」及由彼「二愚」所引致的「粗重」——於「四無礙解」中，前愚分別障「義無礙解」、「法無礙解」及「辭無礙解」；

後愚則障「辯無礙解」。

由斷彼障故，得證入「智自在所依眞如」；謂證得此「眞如」已，於「四無礙解」便得自在。所謂：一者、「法無礙解自在」（亦名「於無量名句字陀羅尼自在」），即能於一名句字中，現一切名句字；二者、「義無礙解自在」（亦名「於無量所說法陀羅尼自在」），即能於一義中，現一切義；三者、「辭無礙解自在」（亦名「於後後慧辯陀羅尼自在」），即能於一音聲中，現一切音聲；四者「辯無礙解自在」（亦名「辯才自在」），即能善達機宜，巧爲辯說。如是成就微妙「四無礙解」，能徧十方，善說教法，所以名此修行階位爲「善慧地」。

第十、法雲地（Dharmamegha bhumi）——修行者於此位中，能修習「般若後得智」中的「二種智」（智波羅蜜多）：一者「受用法樂智」（按：由「般若波羅蜜多無分別智」，成立「後得智」，再由此「後得智」成立前「六波羅蜜多」，受用法樂，了施、戒等饒益有情，名之爲「受用法樂智」）；二者「成熟有情智」（按：「由「般若波羅蜜多無分別智」，成立「後得智」，再由此「後得智」成立前「六波羅蜜多」，成熟有情，說彼「後得智」爲「成熟有情智」）。

又修行者於入第十地時，斷除「於諸法中未得自在障」；此障是「俱生所知障」中的一分，能令諸法不得自在，包括「大神通愚」、「悟入微細秘密愚」及彼「二愚」所引致的「粗重」。彼「大神通愚」障礙所起的事業而不得自在；「悟入微細秘密愚」則障礙「大法智雲」及所含藏「衆德水」（按：一切法共相境智，譬如大雲，故名「大法智雲」；彼智所含藏的「陀羅尼」（一切法攝持）及「三摩地」（定），猶如淨水，名「衆德水」），以致不得自在，故入此地時一切應斷。由斷彼障故，得以證入「業自在等所依眞如」；謂若證得如此「眞如」已，普於一切神通、作業、總持、定門，皆得自在。如是修行者於此位中，由「大法智雲」含「衆德水」，蔭蔽一切，如是空除粗重，充滿法身，所以名此修行階位爲「法雲地」。

丙、修行效果——在修習位的行者，爲要在「究竟位」中證得「大菩提」及「大涅槃」二種轉依，所以數數修習「般若智慧」，經歷「十地」，修「十波羅蜜多」（除施、戒、忍、勤、定、慧等「六波羅蜜多」外，兼修「方便善巧」、「二種願」、「二種力」、及「二種智」等「般若後得智慧」），能斷「十重障」，證得「十眞如」，這都是本位的修行效果，其釋已如上面「修行內容」所記述。

概而言之，斷俱生「所知障」及「煩惱障」彼「二障種子」是「修習位」的基本任務。因爲「煩惱障」可障「大涅槃」，「所知障」能障「大菩提」；有彼「二障種子」，則終無法證得「轉依」，無從證得「佛果」。「二障」有「分別」與「俱生」之別。「分別二障種子」已於入「通達位」時，一時頓斷，不再現行；而「俱生二障種子」於入「通達位」時，只能暫伏，種子未斷，故出定時，彼「俱生二障」還得現行，故必須於「修習位」的「十地」之歷程中，地地漸斷其「俱生二障種子」。直至第十地最後心的「金剛喻定」現在前時，把一切「俱生微細所知障及一切任運煩惱障種」二愚及彼「粗重」，頓時斷除，然後入「如來地」（佛地）。所謂「二愚」是指：

一者：「於一切所知境極微細着愚」，即是極其微細的所餘「俱生所知障種子」。

二者：「極微細礙愚」，即是一切極微細任運生起的「俱生煩惱障種子」。故如《集論》所說：「得菩提時，頓斷（所餘）煩惱（障）及所知障（種子），成阿羅漢及成如來，證大涅槃、大菩提故」。如是在「金剛喻定」前後所伏斷的「俱生二障」，請參考下表：

俱生二障
- 與前六識相應
  - 煩惱障
    - 現行：加行位漸伏，初地頓伏。
    - 種子：第十地滿，金剛無間道頓斷。
    - 習氣：地地漸除，佛果解脫道永捨[44]。
  - 所知障
    - 現行：地地漸伏，第八地永伏。
    - 種子：地地漸斷，金剛無間道斷盡。
    - 習氣：地地漸除，解脫道永捨。
- 與第七識相應
  - 煩惱障
    - 現行：初地以上漸伏，第八地永伏。
    - 種子：金剛無間道頓斷。
    - 習氣：解脫道永捨。
  - 所知障
    - 現行：地地或伏或起，金剛道永伏。
    - 種子：金剛道頓斷。
    - 習氣：解脫道永捨。

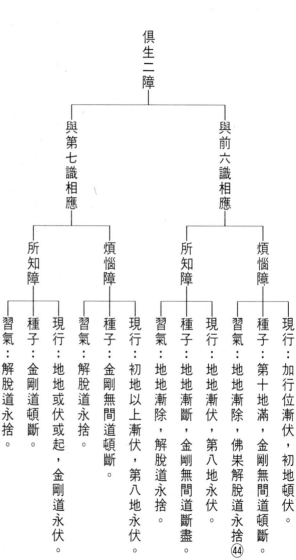

如是修行者於「修習位」地地伏斷「俱生二障種子」，至第十地金剛喻地斷「於一切所知境極微細着愚」（即「俱生微所知障種」）與「極微細礙愚」

（即「一切任運煩惱障種」）及彼「粗重」，進入「佛地」的「究竟位」，證得「大菩提」及「大涅槃」二種「轉依」，所以頌文說：「捨二粗重故，便證得轉依。」由此可知「證得轉依」的「佛果」是下一階位「究竟位」之事；而證「轉依」的準備功夫，則是本階位「修習位」（仍在「因位」，非在「果位」）的任務。所以於此應對「轉依」的涵義有個交代。

「轉依」（Asrayaparavrti），分析起來，可有四重意義：一者是「能轉道」，二者是「所轉依」，三者是「所轉捨」，四者是「所轉得」，如下表所列：

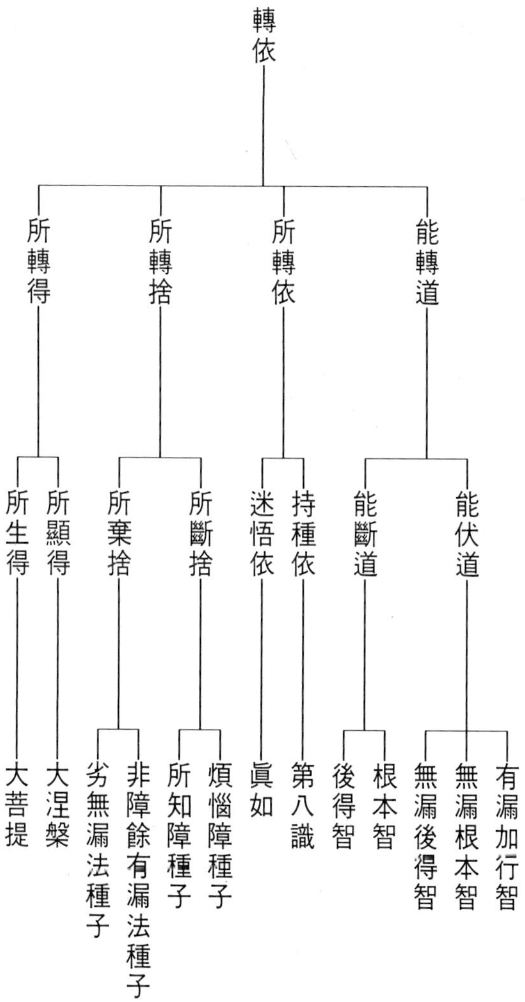

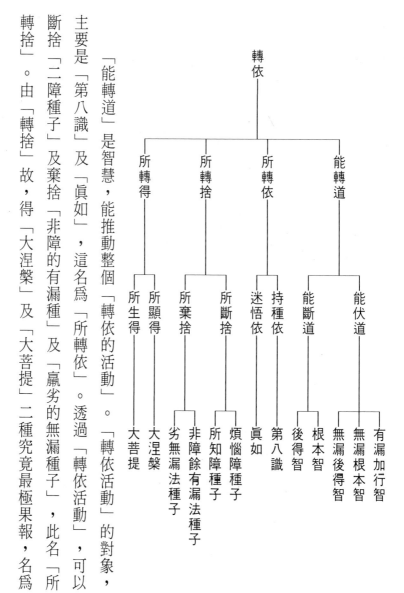

「能轉道」是智慧，能推動整個「轉依的活動」。「轉依活動」的對象，主要是「第八識」及「眞如」，這名爲「所轉依」。透過「轉依活動」，可以斷捨「二障種子」及棄捨「非障的有漏種」及「羸劣的無漏種子」，此名「所轉捨」。由「轉捨」故，得「大涅槃」及「大菩提」二種究竟最極果報，名爲

「所轉得」，這是「轉依活動」的最終結果。茲分述如下：

其一、「能轉道」：「道」是「智慧」；由此智慧所起的作用，推動整個「轉依活動」的進行。所以，可以說：「能轉道」是「轉依活動之因」。此「轉依活動之因」有兩類：第一類是「能伏二障的智慧」名「能伏道」。此又分三：一者是「有漏的加行智」。這就是八地前，「根本、後得二無漏智」未起時的有漏善智；此有漏智能漸伏「所知障」及「煩惱障」的作用，使定中的無漏智慧得以生起。二者是「無漏的般若根本智」、三者是「無漏的般若後得智」；此二無漏智慧，在定中始能生起（先起根本智，後起後得智），彼能頓伏「所知障」及「煩惱障」。

「能轉道」（即「轉依活動之因」）的第二類是「能斷二障的智慧」，名爲「能斷道」；此又分二：一者是「無漏的根本智」，二者是「無漏的後得智」。一切「見所斷」及「修所斷」㊺的「迷理隨眠」㊻，由「無漏的根本智」所斷除；一切其餘「修所斷」的「迷事隨眠」㊼，則由「無漏的根本智」及「無漏的後得智」所分別斷除。所以「能伏道」及「能斷道」是轉有情生命境界的眞正推動力，捨此等智慧，「轉依活動」便不能進行。

其二、「所轉依」：「轉依活動」必有其轉依對象（即「改變對象」）；彼對象有二：一者是「第八識」，名爲「持種依」；二者是「眞如」，名爲「迷悟依」。「第八識」名「持種依」，因爲「第八識」是「藏識」，能攝持一切染、淨諸法的種子功能，是一切染、淨諸法的所依止。「能轉道」（智慧）的任務，就是「轉捨」染法的所依，而要「轉得」圓滿的純善法的所依；那就是「轉捨」有漏的「第八識」（名「阿賴耶識」）；「轉得」純善無漏的「第八識」（名「菴摩羅識」或「大圓鏡智相應心品」）。

「轉依」的第二對象（「眞如」）名爲「迷悟依」；因爲凡夫「迷眞如」故生染法，透過修行「（證）悟眞如」，淨法得生，所以「眞如」也可作迷悟的所依，故說名「迷悟依」。此間以「眞如」爲「所轉依」之一，並非謂對「眞如」的自身有所改變，而是對「眞如」的認知體證有所改變；那就是去除「二障」，改變對「眞如」的迷執，而得到至極圓滿的證悟，那便是「大涅槃」的極果，一切圓滿淨法由此得生。

其三、「所轉捨」：「轉依活動」有「消極的破壞」與「積極的建立」兩方面。「消極的破壞」，名「所轉捨」；「積極的建立」名爲「所轉得」。「所轉捨」的對象有二類：第一是「所斷捨」的「煩惱障種子」及「所知障種子」；如是地地斷除「二障種子」，直至一切「偏計所執」的「實我」、「實法」皆得伏滅，因而最終證得「大涅槃」及「大菩提」的「所依」。第二是「所棄捨」的「非障涅槃、菩提二果的餘有漏法種」（此包括「有漏善法」及「無記法」及其種子），以及「劣無漏法種子」（此指「十地」中所生現行及此種類的中下品的無漏種子；彼非最上品的純善無漏種，不符圓滿的佛果要求，所以亦應捨棄）。如是「所棄捨」的「非障餘有漏法種子」及「劣無漏法種子」，於第十地金剛喩定現在前時，引極圓滿純淨的本識（第八識），不再攝持彼等非圓滿的種子功能，故得加以棄捨。

其四、「所轉得」：於「轉依活動」的歷程中，既從「消極破除」「所斷捨」的「二障種子」及「所棄捨」的「非障餘有漏法種子」與「劣無漏法種子」（按：合「所斷捨」及「所棄捨」名爲「所轉捨」），其詳見上節；於是在

「積極建立」方面，便同時證得「所顯得」的「大涅槃」與「所生得」的「大菩提」。此「大涅槃」與「大菩提」合稱「所轉得」，亦名「二種轉依」，即「轉依活動」的最終目標與成果。獲「所轉得」的「大涅槃」與「大菩提」，便成佛果，亦即「轉依活動」大功告成，已經達到理想人生的最高、最圓滿的歸趣。這是「修行五位」中的「究竟位」的境界，而不是「第四修習位」的境界。「修習位」的工作，只爲達至那最高境界而完成一切所應完成的準備工作而已。

（七）釋「究竟位」（Nistharastha）：「究竟位」是修行的最後階位，即達到成佛那圓滿的階位，也就是「佛的果位」。《唯識三十頌》以最後的一首頌來描寫「佛的果位」說：「此即無漏界，不思議善常，安樂解脫身，大牟尼名法。」下文分「定義」、「勝德」、「大涅槃」、「大菩提」、「三身、三土」等五段予以闡述：

甲、定義：《成唯識論》云：「前修習位所得轉依，應知即是究竟位相。」㊽修行者在前「修習位」中，經十地修行圓滿，至第十地金剛心無間道起，永斷「煩惱障種」及「所知障種」，至解脫道，永捨「餘有漏善及無記法種」與「劣無漏法種」，證得「大涅槃」及「大菩提」這「二轉依果」，自此成佛以至盡未來際，是名「究竟位」。言「究竟者」，顯示此位超過前「資糧」、「加行」、「通達」、「修習」等四位，亦超越小乘果位而達圓滿境界。《唯識三十頌》言：「此即無漏界。」此中「此」字，是指本位所得的「大涅槃」及「大菩提」這「二轉依果」。此二「轉依果」便是「究竟無漏界攝」。「諸漏永盡，非漏隨增，性淨圓明，故名無漏；界是藏義，此中含(藏)無邊希有大功德故」㊾。

由此可知有情修行，達「究竟位」，證得「大涅槃」及「大菩提」那「二轉依」的「佛果」，則其生命含藏無邊希有大功德，成就世間、出世間的利樂有情事；由於永斷一切有漏「二障種子」，所以「二種轉依」的「佛果」純是「圓明無漏」境界，故頌說：「此即無漏界。」

乙、勝德：修行者達「究竟位」、得「大涅槃」及「大菩提」那「二種轉依」的「佛果」時，即具備四種殊勝的德性，說名「四種勝德」，如頌文所言

「不思議、善、常、安樂」等四。茲述如下：

一者、不思議——「大涅槃」及「大菩提」彼「二種轉依」的「佛果」，是甚深微妙、超越尋思言議的自內證所行境界，非一切世間譬喻所能比況，所以名爲「不思議」。

二者、善——「佛果」中的「大涅槃」是「清淨法界」的「眞如實體」，遠離生滅，極其安穩，故說名爲「善」。「佛果」中的「大菩提」，妙用無方，普渡一切有情，極爲善巧方便，故說名「善」。如是「大涅槃」及「大菩提」彼「二種轉依」的「佛果」，有爲無爲，俱有順益之相，與不善相違，所以「佛果」爲「純善」。

三者、常——「佛果」中的「大涅槃」是「清淨法界」的「眞如實體」，無生無滅，性無變易，故說爲「常」。「佛果」中的「大菩提」，雖有生滅，但常住於「眞如」而爲所依，無有斷盡，故亦名「常」；又此「大菩提」，由本願力，所化有情，無有盡期，窮未來際，無斷無盡，故名爲「常」。

四者、安樂——「佛果」中的「大涅槃」，是「清淨法界」的「眞如實體」，其相寂靜，無有逼惱，故名「安樂」。「佛果」中的「大菩提」，亦離一切惱害，亦能安樂一切有情，故名「安樂」。

如是大覺世尊，成就「不思議」、「善」、「常」、「安樂」的「佛果」，得「解脫身」：此「解脫身」（Vimuktikaya）超勝於二乘的「解脫身」，名之爲「大牟尼法身」（Mahamuni dharmakaya）。所以《唯識三十頌》言：「解脫身大牟尼名法。」（意即是「佛的『解脫身』名爲『大牟尼法身』義）

因爲二乘中「聲聞乘」修行者的究竟果是「阿羅漢」；「獨覺乘」修行者的究竟果是「辟支佛」。彼二果唯永遠離「煩惱障」，但未永遠離「所知障」，故雖證得「轉依」的「解脫身」，離生死流轉，但不得無邊的莊嚴的「十力」、「四無畏」㊿等殊勝功德法，所以不名「大牟尼法身」。「大牟尼」是「無上寂默」的意思。大乘世尊，既永斷「煩惱障」及「所知障」，故能成就「十力」、「四無畏」等一切無邊殊勝功德法；由彼殊勝功德法所莊嚴，達到最勝無上寂默境界，所以名爲證得「大牟尼法身」。——此「法身」是「大涅槃」及「大菩提」那「二種轉依」及「佛果」的總名，其詳當於下文記述。

丙、「大涅槃」（Mahaparinirvana）——「佛果」便是「大涅槃」及「大菩提」那「二種轉依」。今先述「大涅槃」的含義。「大涅槃」是修行者於「轉依活動」中，斷「煩惱障」所顯得的「自性清淨法界」，即清淨的「眞如實體」。「自性清淨法界」雖爲一切有情及宇宙的共同「實體」，但由客障所覆，令不得顯，凡夫未能證得，至眞聖道生時，斷彼覆障，令其相顯，名得「涅槃」（Nirvana）。

「涅槃」可分爲四種（從四個角度觀之，可分四種，非體有四）：

一者、「本來自性清淨大涅槃」：簡稱「自性涅槃」。此是「一切法相眞如理」，即諸行萬象所依的「絕對本體」，一切有情之所共有，唯由客障所覆，凡夫未能證得。但彼「眞如實體」，雖有客染，然本性清淨，具無量微妙功德，無生無滅，湛若虛空，與一切法不一不異，離一切相，離一切分別，尋思路絕，名言道斷，唯眞聖者自內所證，其性本寂，故名「涅槃」。

二者、「有餘依涅槃」：簡稱「有餘涅槃」。其體亦即「眞如」，亦即「

自性涅槃」，於成「阿羅漢」時[51]，斷除煩惱障而得顯現。然雖斷煩惱障，但仍有殘餘所依的身體存在（按：證此「自性涅槃」時仍有殘餘身體以爲精神之所依，故名此「自性涅槃」爲「有餘依涅槃」。如是直至此殘餘身體入滅之前，仍名「有餘依涅槃」）。此殘餘所依的身體，是因前世業報而殘存，故仍有微苦，唯入第四靜慮的禪定，則無苦受。住「有餘依涅槃」，雖有微苦，但煩惱障永寂，所以得名「涅槃」。

三者、「無餘依涅槃」：簡稱「無餘涅槃」。其體亦是「自性涅槃」的「眞如實體」，不過是由「斷生死苦果」而得顯現。也就是說，得「有餘依涅槃」的聖者，當其殘餘身體滅後，個人生命不復存在，唯有永恆的宇宙本質——眞如實體[53]。如是既無殘餘所依的身體，亦無絲毫的煩惱障覆，而永處於「自性清淨」的境界，故名得「無餘依涅槃」。

四者、「無住處涅槃」：簡稱「無住涅槃」。其體亦是「自性涅槃」的「眞如實體」；此「眞如」是由「斷除所知障」之所顯現。證此涅槃，即有「大悲」及「般若智慧」常所輔翼。有「大悲」故，不住於「無餘依涅槃」，而能利樂有情，窮未來際；有「般若大智」故，不滯於「生死流轉」，而能脫離迷境，常處「自性清淨」的寂默境界。如是「不住生死流轉」，亦「不住無餘涅槃」，而「利樂有情，用而常寂」，故名入「無住處涅槃」。

上述「四種涅槃」，其體都是「眞如實體」，不過從不同的義用差別立名。至於所證何種涅槃，凡聖之間，自然亦有分別，今表解如下：

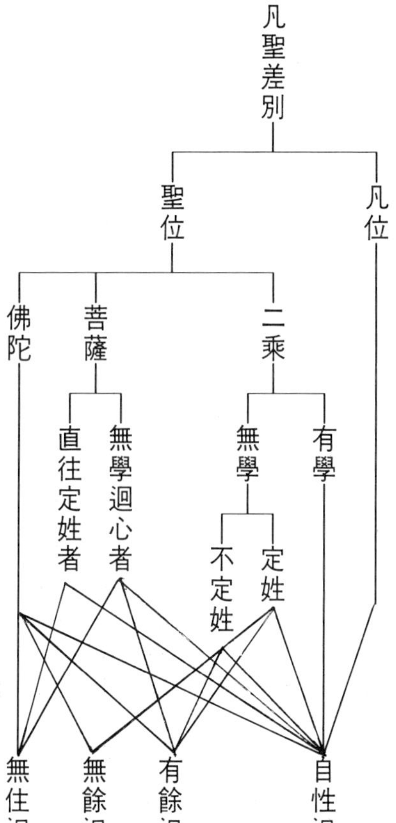

依表可見：凡位有情及「二乘有學」皆有「自性涅槃」。「二乘無學」，

定姓者有「自性涅槃」、「有餘涅槃」及「無餘涅槃」等三；不定姓（而有菩薩種姓而未入地）者，由於要迴心向大，不入「無餘涅槃」，故得「自性涅槃」及「有餘涅槃」。「地上菩薩」，由「無學」迴心向大者，則有「自性涅槃」、「有餘涅槃」及「無住涅槃」；直往定姓者，由於未達「究竟位」，故只得「自性涅槃」及「無住涅槃」。唯入「究竟位」的佛陀如來，證得「轉依佛果」，然後「四種涅槃」圓滿具足（能入「無餘涅槃」，但不住於「無餘涅槃」）。如是具足「四種涅槃」，名爲證得「二轉依果」中的「大涅槃」。

丁、大菩提（Mahabodhi）——「大菩提」是修行者於「轉依活動」中，斷「所知障」，轉捨「有漏八識」而生得的「無漏八識」，其體即是「無漏智」；所以得「大菩提」就是轉「有漏八識」而成「無漏四智相應心品」，簡稱爲「轉識成智」，無漏善種生起「菩提四智」，起已相續，利樂有情，窮未來際。「菩提四智」者，就是「大圓鏡智相應心品」、「平等性智相應心品」、「妙觀察智相應心品」及「成所作智相應心品」，茲分述如下：

一者、「大圓鏡智相應心品」：此由轉「有漏第八識及其相應心所聚」所得；攝持一切最上殊勝「無漏種子」，離諸分別，性相清淨，能現「佛果」的「正報」（如「自受用身」、「自受用土」）及「依報」（依「自受用身」、「自受用土」相應的一切所受用諸法）、餘三智功德，乃至一切餘種種物質影像等。離諸雜染，純淨圓明，無間無斷，窮未來際，如大圓鏡，現衆色像，故名「大圓鏡智相應心品」。

二者、「平等性智相應心品」：此由轉「有漏第七識及其相應心所聚」所得。由捨棄有我執的「染污第七識」，於是「無漏智」能觀「一切諸法」及「一切有情」，於自於他，悉皆平等。由大慈大悲等善心恆共相應，能隨着有情所樂，示現種種「他受用身」、「他受用土」的影像，是「妙觀察智」的不共所依；「無住處涅槃」亦依此而得建立，一味相續，窮未來際。由此智成就一切平等，故名「平等性智相應心品」。

三者、「妙觀察智相應心品」：此由轉「有漏第六意識及其相應心所聚」所得；能善觀諸法的「自相」、「共相」，攝藏無量「陀羅尼門」（諸法總持之門）及「三摩地門」（一切禪定之門）；能發如「十力」、「四無畏」等功德珍寶；於大衆會中，能現種種無邊神通作用，皆得自在轉「大法輪」（說法），斷一切疑，窮未來際，令諸有情皆獲利樂。以其妙觀一切法，故名「妙觀察智相應心品」。

四者、「成所作智相應心品」：此由轉「有漏前五識及其相應心所聚」所得；爲欲利樂地前菩薩、二乘、凡夫等，徧於一切十方世界，示現種種「變化身」、「變化土」及變化身、語、意三業；窮未來際，成就本願所應作的一切事業，所以名爲「成所作智相應心品」。

如是所述「菩提四智」，其中的「平等性智」及「妙觀察智」二者，在「通達位」及「修習位」中，也有一部份可以證得；但「大圓鏡智」及「成所作智」等二相應心品，則唯有在成佛的「究竟位」方能證得㊹。修行者證得全部「菩提四智」，說名證得「二轉依果」中的「大菩提」佛果。

戊、「三身、三土」：修行者達「究竟地」，便可通過「轉依活動」，轉得「大涅槃」及「大菩提」這最殊勝、最圓滿、最理想的「佛果」；這個「佛果」，總名爲「大牟尼法身」㊺，如是「法身」有三相分別，即「自性身」、

「受用身」及「變化身」。茲分述如下：

一者、自性身（Svabhavikakaya）：亦名爲「法身」（按：此是狹義的「法身」，不同於兼攝「三身」的廣義「法身」）。這是諸佛如來所共同證得的「眞淨法界」，是一切「受用身」、「受用土」、「變化身」、「變化土」等，乃至一切「大圓鏡智」、「平等性智」、「妙觀察智」、「成所作智」等無邊功德諸法所依的「眞如實體」。凡夫爲惑障所覆，所以自性不顯；大覺世尊永斷惑障，恆常證得，其相寂然。

二者、受用身（Sambhogakaya）：此有二種：其一是「自受用身」，其二是「他受用身」。

「自受用身」者，是諸如來於「三無量劫」中，修集無量福德、智慧資糧，於是得以成就無邊眞實功德，以及感得極其圓滿淸淨、其體無邊的莊嚴色身，名爲「自受用身」。此色身由「大圓鏡智」所變，湛然相續，盡未來際，恆自受用廣大法樂。

「他受用身」，是諸如來各自從「平等性智」所示現；此色身具微妙純淨功德，居純淨土，爲住十地「修習位」的有情聖者，現大神通，轉正法輪（說法），斷彼疑惘，令彼得以受用大乘法樂。

三者、變化身（Nirmanakaya）：諸如來各從其「成所作智」，隨各有情的機緣品類，示現種種的「變化身」，或居淨土，或居穢土，爲未達「通達位」（即未登地、未證「眞如」的有情）諸菩薩衆、二乘異生（凡夫），切合彼等機宜，現種種神通，說種種教法，令彼都能獲得種種利樂。

又諸佛的「三身」，又各有所應依的佛土（淨土）。佛土有三：

一者、法性土：此是「自性身」的所依。「自性身」與「法性土」，體無差別，即是「眞如實性」；此土不是物質世界，不可說其形量小大，只是隨一切事相，其量無邊，譬如虛空，徧一切處。

二者、受用土：此又分二，一者「自受用土」，二者「他受用土」。「自受用土」爲「自受用身」的所依淨土。此土由於過去三大「無量劫」修行自利無漏純淨佛土的善根，因緣成熟，至「究竟位」，由「大圓鏡智」之所變現，周圓無際，衆寶莊嚴，相續不斷，盡未來際。

至於「他受用土」，則爲「他受用身」所依淨土。此土由過去所修利他無漏純淨土的善根，因緣成熟，由「平等性智」的大慈悲力，隨着初地至第十地菩薩的機緣所宜，變現淨土，或小或大，或劣或勝，前後改變。

三者、變化土：此爲「變化身」之所依止，由「成所作智」的大慈悲力之所變現。此由往昔修利他無漏淨穢佛力的善根，因緣成熟，至「究竟位」，隨着未登地有情（凡夫）之所宜，化爲佛土，或淨或穢，或大或小，前後改變。

如是「三身」、「三土」中，「自性身」及「法性土」，體即「眞如實體」，與「四種涅槃」的所依體無異，可由「大涅槃」加以統攝。「自受用身」、「自受用土」、「他受用身」、「他受用土」、「變化身」及「變化土」，皆由「菩提四智」之所變現，可由「大菩提」加以統攝。故知佛之「三身」、「三土」，不離「大涅槃」與「大菩提」，是純善、清淨、圓滿佛果的具體表現。

【註釋】

①依《藏要》校勘梵、藏本，本頌首二句是：「乃至唯識性，識未住彼時」，《轉識論》作

：「若人修道慧，未住此唯識義者」；皆無「求住」的意思，今譯增文。

②依《藏要》校勘梵、藏本，此句應屬第三句。《轉識論》作：「若謂但唯有識，現前起此執」。今譯改文。《霍譯安慧釋》本頌云：「謂是唯表別，然有所得故，現前立少物，實未住唯表。」

③依《藏要》勘梵、藏本，「唯識」一詞，作「唯彼」（tammatra）、（de-ni tsam-pa）。

④依《藏要》勘梵、藏本，本頌首三句意云：「若時於所緣，識亦無所得，爾時則住於唯識性。」所謂「所緣」，即前之以「唯識」爲「所緣」。《轉識論》作：「若智者不更緣此境」；釋云：「『此境』即此『唯識境』是也。」今譯改「識」爲「智」。

⑤依《藏要》勘梵、藏本，此句意云「此無心無得」，轉識論同。《霍譯安慧釋》亦作「彼無心、無得，是出世間智」。

⑥依《藏要》勘梵、藏本，此句應與前句互調，即「便證得轉依，捨二粗重故」。

⑦依《藏要》勘梵、藏本，此中「常」字，原文作「堅定」（dhruvah），有「堅固」、「堅穩」、「不動搖」諸義。《安慧釋》以「常住」（nitya）來解釋；玄奘可能依安慧釋義，轉譯爲「常」。Steven Anacker的英譯把‘dhruvah’譯成‘Constant Ground’。

⑧依《藏要》勘梵、藏本，此句作「名大牟尼之法」，今譯倒文。《霍譯安慧釋》作「名大牟尼法」；Steven Anacker的英譯本作'the liberation-body called the Dharma-body of the Sage'。

⑨見《霍譯安慧釋》頁一四一。

⑩依窺基《述記》，「性」是「體」義；「姓」是「類」義。但據行文的脈絡意義推知，「姓」與「性」同義；「種姓」即「種性」、「種子」義。「本性住種姓」即「本性住種性」，是「本有無漏種子」義；「習所成種姓」即「習所成種性」，是經熏長後的「無漏種子」。

⑪如前所述，唯識家把一切有情依能否解脫生死及解脫的方式，分成五大類：

一、聲聞種性——有成爲小乘阿羅漢潛能的有情。

二、獨覺種性——有成爲小乘辟支佛潛能的有情。

三、菩薩種性——有大乘成佛潛能的有情。

四、不定種性——此有四種：

　　一具聲聞、菩薩二種性的有情。

2具獨覺、菩薩二種性的有情。

3具聲聞、獨覺二種性的有情。

4具聲聞、獨覺、菩薩三種性的有情。

五、無種性——全不具聲聞、獨覺、或菩薩種性的有情，永不能斷惑解脫，只能修行世間善業，受人、天有漏果報。

⑫「初發心」是指有情初發「大菩提心」，其發心的內容如《金剛經》所述「謂一切衆生之類，若卵生，若胎生，若濕生，若化生……我皆令入無餘涅槃而滅度之」。那就是發願要：在自，成就「大涅槃」、「大菩提」的佛果；在他，則普渡一切有情，使彼亦得證果，解脫生死。所謂「十迴向」者，指「資糧位」的修行者，從「發心」後，所經「十住」、「十行」、「十迴向」的三個階段中的最後一個階段。「十」是「圓滿之數」。茲把三個階段分述如下：

⑴十住——創始修行，信心堅固，學修六度（即：「布施」、「持戒」、「忍辱」、「精進」、「禪定」、「般若」等「六波羅蜜多」）；雖未殊勝，然心極堅住，無所動搖，說名「十住」。「住」是「立」義。

(2)十行——修行「六波羅蜜多」，漸趣殊勝，於佛所教授，盡能如教而行，說名「十行」。
「行」是「近趣」義。

(3)十迴向——所修「六波羅蜜多」、「四攝」（謂：「布施」、「愛語」、「利行」、「同事」）等善行，與一切有情平等共有，不作他求，而全部迴向「無上正等菩提」的佛果（即以成佛爲修行的目的）。

⑬「大乘順解脫分」：窺基《述記》說：「順彼解脫之分，名『順解脫分』（「分」讀作「份」，是「因」義）；此依利他爲因，爲度有情乃求解脫。」顯淺地說：在「資糧位」修行的有情，他勤修福德、智慧一切善行，目的在求普度有情，因而勤求解脫涅槃的果。於是以此位的修行爲因，可以將來達至自、他獲到解脫涅槃的果德。如是修行是「順益（將來）解脫涅槃得以成佛之因」，說名「大乘順解脫分」。

⑭順決擇分：「抉擇」是無漏智；以此無漏智足以決定簡擇（體證）眞如實性（即「見道」而不疑），故此「無漏智」名爲「決擇」。「分」是「因」義。以此位的修行（指「煖」、「頂」、「忍」、「世第一法」等四種加行），是順趣彼決擇（體證）眞如實性之因，所以名此位爲「順決擇分」。

⑮依「煖」、「頂」、「忍」、「世第一法」勤加修行爲基礎（即「根」義），可得體證眞如（即是「見道」）的效果。故名此「煖」等四種加行，爲「四善根」。

⑯「無量劫」：指一段極爲長久的時，非歲月之所能量度的，亦名「阿僧祇劫」(asankhya)。

⑰見《大正藏》卷三一、頁四八。

⑱見《大正藏》卷三〇、頁四八〇。

⑲「四加行智」即是「煖」、「頂」、「忍」、「世第一法」，亦即是「順決擇識」（按：「煖」等四加行，亦名「順決擇分」，故「四加行智」，即能生起「順決擇分」的心識，名爲「順決擇識」）。亦即頌文中「乃至未起識」中的「識」義。

⑳見註⑫。

㉑「煩惱障」者，謂執「偏計所執實我」的「薩迦耶見」（我執）而爲上首的一百二十八種「根本煩惱」及彼等流的諸「隨煩惱」。（窺基《述記》謂見所斷欲界的「根本煩惱」有四十種，色界三十六種，無色界三十六種，修所斷的根本煩惱有十六種，合共一百二十八種）此等「煩惱」既能亂有情的身心，更能障礙「大涅槃」（解脫）的證得，故名爲「煩惱障」。此障所熏成的種子，名爲「煩惱障種子」。

「所知障」者，謂執「徧計所執實法」的「薩迦耶見」（法執）而爲上首的「見」、「疑」、「無明」、「愛」（貪一分）、「恚」（「瞋」一分）、「慢」等煩惱，彼等能覆所知境的無顚倒性，更能障礙「大菩提」（大覺）的證得，故名「所知障」。此障所熏成的種子，名爲「所知障種子」。

㉒所謂「四尋思」者，是指以「觀智」尋思所取的境不外「名」（能詮名言）、「義」（所詮事象）、「自性」（「名」與「義」的體性）、「差別」（「名」與「義」的相用）等四法，彼等都是「假名無實」的。此是「煖」及「頂」二位的所觀法，唯觀「所取」無。所謂「四如實智」者，是指所修的「觀智」能如實偏知「名」、「義」、「自性」、「差別」此四者都是識所變現，離識非有。此是「忍」與「世第一法」二位的能觀智；除觀「所取」無外，兼觀「能取」亦無。

㉓「明得定」是「第四靜慮」（第四禪）中的一種；於此定中，初得「唯識無境」的智慧；「智慧」亦名爲「明」，所以名此定爲「明得定」，取其「初得『唯識無境』之『明』」意義。

㉔「明增定」者，是指觀「唯識無境」的智慧（名爲「明」）漸轉增盛，故名此定爲「明增

定」。

㉕「印順定」者，是指修行者於此定中，能起智慧印前「所取無」，順後「能取無」，復加印忍此「能取無」，所以名之爲「印順定」，取其「印前順後」之意。

㉖「無間定」者，是指修行者於此定中，能無所間隔地必入「見道」，冥證「眞如實性」（即「唯識實性」），故名此定爲「無間定」。

㉗《成唯識論》錄《瑜伽論》頌一首以總結「四加行」言：「菩薩於定位，觀影唯是心（指煖位）；義相既滅除，審觀唯自想（指頂位）。如是住內心，知所取非有（指下忍位），次能取亦無（指中忍位、上忍位及世第一法位），後觸無所得（指未來的見道位）。」

㉘「相縛」唯約「現行」的影響而言；「粗重縛」則就「種子」的影響而說。

㉙見《大正藏》卷三一、頁五〇。

㉚見《大正藏》卷三一、頁四九至五〇。

㉛依此「三心見道」，歐陽竟無先生在《唯識抉擇談》中，別立「三心眞見道」說。他說：「釋『眞見道』，有『一心』、『三心』二家之言。『一心眞見道』者，謂『根本智』實證『二空眞理』，實斷『分別煩惱、所知二障』，雖多剎那事方究竟，而前後相等，不妨

總說一心。『三心眞見道』者，謂由三方面緣遣一切有情等假：一則內遣有情假，二則內遣諸法假，三則偏遣一切有情諸法假。以是前後續起有三，是皆以『根本無分別智』爲其體。」他又說：「於此亦有歧說，謂眞是一心，相見三心。十六心者，以三心別緣人法，同於安立，故亦說之爲相見，斯說也，《唯識》從之，吾今不從。何以故？三心遣假，泯諸分別，不過次第總別有異，而與相見所緣四諦無關；故以眞見一心、三心，相見十六心，爲盡理也。」俱見《歐陽大師遺集》、頁一三六八，台灣新文豐出版社出版。按：「一心眞見道」，是依「二空二障頓證頓斷」而立（《述記》言：「前加行時，意樂俱斷，故入觀位，不別爲三。」）至於「三心眞見道」，固依「三心相見道」反映而得，但亦依《成唯識論》所謂「有義：此中二空二障，漸證漸斷，以有淺深、粗細異故」而得建立。

㉜所謂「苦諦眞如」者，是指透過諦觀「苦諦之理」而證入「眞如」的意思，即「七眞如」中所謂「安立眞如」，非謂離「眞如實體」之外，別有「苦諦眞如」。而卜文所言「集諦眞如」，意謂諦觀「集諦之理」而證入「眞如」（即「邪行眞如」）；「滅諦眞如」，意謂諦觀「滅諦之理」而證入「眞如」（即「清淨眞如」）；「道諦眞如」，意謂諦觀「道諦之理」而證入「眞如」（即「正行眞如」）。又「無間道」的「見分」活動，雖亦有證

「眞如」的作用，但火候未熟，主要在於破執及銷毀二障種子。到了「解脫道」才能得到眞正解脫，圓滿實證「眞如實性」。所以「無間道」主要在「斷惑」，「解脫道」在「證眞」。

㉝前「法智忍」的作用主要在「觀」、在「斷惑」，以在「無間道」故；此「法智」有重證「眞如」作用（前「法智忍」雖亦能證「眞如」，但欠火候），故「法智」的主要作用在「證」、在「解脫」，在「解脫道」故。

㉞由此可知前「法智忍」及「法智」以「四諦境」及「四諦所證眞如」爲所知對象；而此「類智忍」及「類智」以「能觀的智——見分」爲所知對象，所以說它效法「自證分」。故「法智忍」及「法智」唯「外觀所緣」，效法「見分」故；而此「類智忍」及「類智」唯內觀，重觀「能緣之智」，效法「自證分」故。

㉟同見註㉙。

㊱見《大正藏》卷三一、頁五四。

㊲粗略言之，「十地」是指「修行的十個階位」，但《成唯識論》所下的定義是：「與所修行爲勝依持，令得生長，故名爲地。」窺基《述記》補充說：以「地」爲依持，故修行、

眞如、正智皆能生長，故名爲「地」。

㊳此等「愚」，在《解深密經》名爲「愚癡」，即「執着補特伽羅及法愚癡」、「惡趣雜染愚癡」等。見《大正藏》卷十六、頁七〇四。

㊴「三十七菩提分法」（bodhi-paksika），爲修行智慧、進入涅槃境界的二十七種方法。謂（甲）四念處：觀身不淨、觀受是苦、觀心無常、觀法無我。（乙）四正勤：已生惡令永斷、未生惡令不生、未生善令生、已生善令增長。（丙）四如意足：欲如意足、精進如意足、念如意足、思惟如意足。（丁）五根：信根、精進根、念根、定根、慧根。（戊）五力：信力、精進力、念力、定力、慧力。（己）七覺支：擇法覺支、精進覺支、喜覺支、除覺支、捨覺支、定覺支、念覺支。（庚）八正道：正見、正思惟、正語、正業、正命、正精進、正念、正定。

㊵六種神通：謂天眼通、天耳通、他心通、宿命通、神足通、漏盡通。

㊶「相自在」：隨欲能現任何相狀，如金、銀等。

㊷「土自在」：隨欲能現大、小土等。

㊸此指：一法無礙解自在——了知一切法句。

2 義無礙解自在——通達一切義理。

3 辭無礙解自在——分別一切言辭。

4 辯無礙解自在——徧於十方，隨其所宜，自在辯說。

㊹此指二障種子現行所引起的「影響」，而非指二障的「新熏種子」。此表下同。

又此「俱生二障伏斷表」是參考井上玄眞所著的《唯識三十論講話》而製訂。

㊺「見道位」（即「通達位」）時所應斷除的「二障種子」，名爲「見所斷」的「隨眠」；「修道位」（即「修習位」）中所應地地斷除的「二障種子」，名爲「修所斷」的「隨眠」。

㊻妨礙證會「眞如」的「二障種子」名爲「迷理隨眠」。

㊼妨礙對事理的認知的「二障種子」名爲「迷事隨眠」。

㊽見《大正藏》卷三一、頁五七。

㊾這都是《成唯識論》解「究竟無漏」義的文字。同見前註。

㊿「十力」是指如來佛陀的十種智力：一者是「處非處智力」（如來對一切因緣果報，審實能知）。二者是「自業智力」（如來對一切有情的三世業緣果報，皆悉徧知）。三者是「

靜慮解脫等持等至智力」（如來於諸禪定，自在無礙，深淺次第如實偏知）。四者是「諸根勝劣智力」（如來對一切有情的根性勝劣、得果大小，皆悉偏知）。五者是「種種勝解智力」（如來對一切有情的種種欲樂、善惡不同，如實偏知）。六者是「種種界智力」（如來對一切有情種種界分不同，謂種子隨眠的不同，如實偏知）。七者是「偏趣行智力」（如來對有情於六道有漏行所至處，乃至涅槃無漏行所得的果，如實偏知）。八者是「宿住隨念智力」（如來對有情的種種宿命，一劫乃至百千萬劫，姓名飲食、苦樂壽命，如實偏知）。九者是「死生智力」（如來藉天眼如實了知有情生死之時與來生之善惡趣，乃至美醜、貧富等業緣）。十者是「漏盡智力」（如來於一切惑及餘習氣分，永斷不生）。

所謂「四無畏」，是指佛陀如來的四種無所畏。一者是「正等覺無畏」（如來於諸法皆能覺知，住於正見，無所屈伏，具無所怖畏的自性）。二者是「漏盡無畏」（如來斷盡一切煩惱，而無外難的怖畏）。三者是「障法無畏」（如來闡示修行障礙之法，並對任何非難皆無所怖畏）。四者是「出苦道無畏」（如來宣說出離之道而無所怖畏）。

(51)「聲聞乘」與「獨覺乘」的修行者，證第四果（即「無學果」）時，名爲「阿羅漢」；「菩薩乘」的修行者，入「究竟位」，亦得名「阿羅漢」。

⑫定性的「阿羅漢」及「辟支佛」，死後便無「殘餘所依身體」，即入「無餘依涅槃」；但有「菩薩種姓」的「不定姓」之「阿羅漢」及「辟支佛」，入「有餘依涅槃」，直至肉身老死後，依願力再起另一身體，修成佛果；所以雖能入「無餘依涅槃」，而發願不入「無餘依涅槃」，名爲「迴心向大」——是「迴心轉向大乘」的意思。

⑬此表依窺基《述記》所製訂，見《大正藏》卷四三、頁五九六。

⑭《六祖壇經．機緣品》所謂「五八六七果因轉」即是此意。《壇經》意言：修行者在「因位」中（按：未成佛爲在「因位」），亦能「轉第六識爲妙觀察智」及「轉第七識爲平等性智」；但只有在「果位」中（按：已成佛始名在「果位」），方能「轉前五識爲成所作智」及「轉第八識爲大圓鏡智」。

⑮《成唯識論》云：「此牟尼尊所得（大涅槃、大菩提）二果，永離二障，亦名法身。」見《大正藏》卷三一、頁五七。

唯識三十頌導讀

導讀者簡介

李潤生，原籍廣東中山，一九三六年在香港出生，在香港接受教育。先後畢業於葛量洪師範學院、珠海書院及新亞研究所。從事教育工作凡三十餘年，曾任羅富國教育學院、葛量洪教育學院、新亞文商書院、新亞研究所、能仁研究所講師。對中國語言學、文學、佛家唯識學、中觀學、因明學等都有研究。著作有東大圖書公司出版的《僧肇》（世界哲學家叢書之一）、密乘佛學會與博益出版社聯合出版的《因明入正理論導讀》、《唯識三十頌導讀》、《唯識二十論導讀》及《中論導讀》，近作還有《中論析義》、《正理滴論解義》、《大乘成業論疏釋》等，亦快將出版。歷年學術論文有《禪宗對教育的啓示》

、《佛教的時代意義》、《佛家業論辨析》、《佛家邏輯的必然性與概然性》、《因明相違決定的批判》、《因明現量相違的探討》、《法稱因明三因說的探討》等，分別發表於各大專學報或佛學叢刊。此外亦曾爲香港中文大學報紙課程撰作《禪悟歷程》等專文，爲佛教月刊《法燈》撰寫《山齋絮語》的小品專欄。對佛教思想、教育、文藝有一定的貢獻。

佛家經論導讀叢書

編輯委員簡介

談錫永，法號無畏金剛（Dorje Jigdral），以筆名王亭之馳譽於世。廣東南海人，先世八旗士族。

童年隨長輩習東密，十二歲入道家西派之門，旋即對佛典產生濃厚興趣，至二十八歲時皈依西藏密宗，於三十八歲時，得寧瑪派金剛阿闍梨位。一九八六年由香港移居夏威夷，修習大圓滿四部加行法；一九九三年移居加拿大圖麟都（Toronto）。

早期佛學著述，收錄於張曼濤編《現代佛教學術叢刊》；近期著作多發表於《內明》雜誌及《慧炬》雜誌，並結集爲《大中觀論集》。通俗佛學著述有《談佛談密》、《說觀世音與大悲咒》、《談西藏密宗占卜》、《細說輪迴》、《談佛家名相》、《談密宗名相》、《談佛家宗派》、《閒話密宗》等，由全佛文化事業有限公司結集爲《談錫永作品集》。

於一九九二年，與唯識大師羅時憲居士倡議出版《佛家經論導讀叢書》，被推爲主編，並負責《金剛經》、《四法寶鬘》、《楞伽經》、《維摩詰經》及《密續部總建立廣釋》之導讀。

所譯經論，有《四法寶鬘》（龍青巴著）、《密續部總建立廣釋》（克主傑著）、《大圓滿心性休息》及《大圓滿心性休息三住三善導引菩提妙道》（龍青巴著）、《寶性論》（彌勒著，無著釋）等。且據敦珠法王傳授《大圓滿心髓修習明燈》，註疏《大圓滿禪定休息》。

於香港、夏威夷、紐約、圖麟都、溫哥華五地創立「密乘佛學會」，弘揚寧瑪派教法。

馮公夏，廣東人，生於一九〇三年。從何恭弟老師習中文，愛好中國文學，尤喜《易經》。與韋達哲士研究易卜精義。一九三七年皈依密宗上師榮增堪布，修密法。一九五六年往尼泊爾參加佛教大會，順道遊覽印度佛陀聖蹟，又訪問瑜伽大師施化難陀，返港後組織瑜伽學會，傳授瑜伽術，饒益後學。一九七三年再往印度訪問軍徒利瑜伽大師告比奇理士那，親聆其興起拙火經驗，嘆爲觀止。生平所學，宗教與科學並重，務求實證，排除臆測與盲信，近年擬由量子學說之研究，將形而下與形而上世界之隔膜突破，天人合一，印證佛學色空不異與不生不滅眞理。

羅時憲，一九一四年生，廣東順德人。畢業於中山大學中國語言文學系（一九三九）及研究院中國語言文學部（一九四一）。歷任中山大學及廣東國民大學講師、副教授、教授。先後主講大乘及小乘佛學、佛典翻譯文學等科目。

羅氏少從寶靜法師聽講，後皈依太虛大師，廣習天台、唯識、中觀之學。早年著作有《大乘掌中論略疏》、《唯識學之源流》、《唐五代之法難與中國佛教》。一九四九年抵香港，除教學外，更在香海蓮社、三輪佛學社、香港大學及中文大學等機構講授《隋唐佛學》、《成唯識論》、《解深密經》、《金剛經》、《因明入正理論》等，達數十年之久，對佛法在香港之流佈，貢獻極大。一九六二年，應金剛乘學會之邀，主編《佛經選要》。一九六五年，創立法相學會，出版《法相學會集刊》。

一九八四年移居加拿大，從此奔波於港、加兩地，弘揚法相般若。一九八九年創立安省法相學會，使唯識、法相之學說，遠播至北美。

除上所記早年著作外，另有《能斷金剛般若波羅蜜多經纂釋》、《成唯識論述記刪注》、《唯識方隅》、《瑜伽師地論纂釋》、《解深密經測疏節要》等，後結集爲《羅時憲先生全集》。一九九三年冬於香港逝世。

李潤生，見前導讀者簡介。

佛家經論

導讀叢書

集合十幾位佛教學者的傾力巨作

精選數十種佛家重要經論

《佛家經論導讀叢書》精選數十種佛家重要的經論，編成叢書出版，有系統地引導讀者來研讀佛家重要的經論，叢書種類包括：小乘、大乘、空宗、有宗、顯乘、密乘，規模非常可觀。

《佛家經論導讀叢書》中各書的編排順序，乃是依照由淺入深的閱讀程序而制定，能讓讀者循序而入佛陀智慧大海，不僅能對佛學發展的脈絡一目瞭然，亦能體會佛陀宣說一經的用意，以及菩薩演繹一論的用心所在。

叢書內容，除了詮釋及講解各個經論外，更重要的，還指出一經一論的主要思想，以及產生這種思想的背景；同時，交代其來龍去脈，深具啓發承先的作用。

本套叢書之編輯委員包括：羅時憲、馮公夏、李潤生、談錫永四位資深的佛教學者；而導讀作者則包括羅時憲、談錫永、高永霄、釋素聞、李潤生、王頌之、趙國森、劉萬然、黃家樹、羅錦堂、屈大成、釋如吉……等數十位優秀佛學研究者。

《佛家經論導讀叢書》是套非常值得現代佛子們閱讀與收藏的重要典籍，以及修行不可或缺的指導叢書。

出版叢書內容

二十種佛家重要經論的導讀書籍，共計二十五冊。

第一部

書　　名	導讀者	出版日期
1.雜阿含經導讀	黃家樹	$450(已出版)
2.異部宗輪論導讀	高永霄	$240(已出版)
3.大乘成業論導讀	王頌之	$240(已出版)
4.解深密經導讀	趙國森	$320(已出版)
5.阿彌陀經導讀	羅錦堂	$320(已出版)
6.唯識三十頌導讀	李潤生	$450(已出版)
7.唯識二十論導讀	李潤生	$300(已出版)
8.小品般若經論對讀上冊	羅時憲	1999年2月
9.小品般若經論對讀下冊	羅時憲	1999年2月
10.金剛經導讀	談錫永	1999年2月
11.心經導讀	羅時憲	1999年2月

第二部

書　　名	導讀者	出版日期
12.中論導讀上冊	李潤生	1999年3月
13.中論導讀下冊	李潤生	1999年3月
14.楞伽經導讀	談錫永	1999年3月
15.法華經導讀上冊	釋素聞	1999年4月
16.法華經導讀下冊	釋素聞	1999年4月
17.十地經導讀	劉萬然	1999年4月
18.大般涅槃經導讀上冊	屈大成	1999年5月
19.大般涅槃經導讀下冊	屈大成	1999年5月
20.維摩詰經導讀	談錫永	1999年5月
21.菩提道次第略論導讀	釋如吉	1999年6月
22.密續部總建立廣釋導讀	談錫永	1999年6月
23.四法寶鬘導讀	談錫永	1999年6月
24.因明入正理論導讀上冊	李潤生	1999年7月
25.因明入正理論導讀下冊	李潤生	1999年7月

雜阿含經導讀

《雜阿含經》
是佛教最重要的原始經典。
本書詳盡地揭示佛法的見修心要，
並幫助讀者清楚地掌握《雜阿含經》的要旨，
也更能深刻體悟到佛法治除煩惱，
以及安頓心靈的偉大力量。

導讀者 黃家樹

1
佛家經論導讀叢書

定價/450 元

異部宗輪論導讀

本書主要論述佛陀涅槃後的五百年間，
印度佛教的分派情形，
以及各派的不同教義，
並指出各派的主要思想源流與發展，
為研究部派佛學不可或缺的珍貴題材。

導讀者 高永霄

2

佛家經論導讀叢書

定價/240 元

大乘成業論導讀

要得到生命的自在解脫，
首先必須明瞭業力、因果流轉的原理。
藉由本書對眾生因果問題的剖析與歸結，
讀者即能了解佛家自部派時代起，
以訖唯識家止，
一切對於業果問題的探討與觀點。

主　編 談錫永
導讀者 王頌之

3
佛家經論導讀叢書

定價/240 元

解深密經
導讀

《解深密經》
為瑜伽行派的重要典籍，
也是唯識宗的根本要典，
不但詳細分析眾生的心識，
並教導眾生如何破除心識的執著，
以達到「圓成實性」的悟境。

主　編　談錫永
導讀者　趙國森

4
佛家經論導讀叢書

定價/320 元

佛家經論導讀叢書⑥

唯識三十頌導讀

導讀者／李潤生
發行人／黃瑩娟
執行編輯／蕭浩雲・林麗淑
出版者／全佛文化事業有限公司
台北市信義路3段200號5F
永久信箱／台北郵政26-341號信箱
電話／(02) 27011057　傳眞／(02) 27024914
郵政劃撥／19203747　全佛文化事業有限公司
E-mail／buddhall@ms7.hinet.net

行銷代理／紅螞蟻圖書有限公司
台北市內湖區文德路210巷30弄25號
電話／(02) 27999490　傳眞／(02) 27995284

初版／1999年1月
定價／新台幣450元 (平裝)

國家圖書館出版品預行編目資料

唯識三十頌導讀／李潤生導讀. --初版. --
臺北市：全佛文化，1999［民88］
面； 公分.--(佛家經論導讀叢書；6)
ISBN 957-8254-12-1（平裝）

1.論藏

222.5 87016537